文学语境视域下的女性主体性建构

李有亮 著

复旦大学出版社

2019·上海

校庆筹备工作领导小组

组　　长：夏小和　刘晓红
副组长：潘牧天　刘　刚　关保英
　　　　胡继灵　姚建龙
成　　员：高志刚　韩同兰　石其宝
　　　　张　军　郭玉生　欧阳美和
　　　　王晓宇　周　毅　赵运锋
　　　　王明华　赵　俊　叶　玮
　　　　祝耀明　蒋存耀

总序

三十五年的峥嵘岁月,三十五载的春华秋实,转眼间,上海政法学院已经走过三十五个年头。三十五载年华,寒来暑往,风雨阳光。三十五年征程,不忘初心,砥砺前行。三十五年中,上海政法学院坚持"立足政法、服务上海、面向全国、放眼世界",秉承"刻苦求实、开拓创新"的校训精神,走"以需育特、以特促强"的创新发展之路,努力培养德法兼修、全面发展,具有宽厚基础、实践能力、创新思维和全球视野的高素质复合型应用型人才,在中国特色社会主义法治建设征程中留下了浓墨重彩的一笔。

学校主动对接国家和社会发展重大需求,积极服务国家战略。2013年9月13日,习近平主席在上海合作组织比什凯克峰会上宣布,中方将在上海政法学院设立"中国-上海合作组织国际司法交流合作培训基地",愿意利用这一平台为其他成员国培养司法人才。此后,2014年、2015年和2018年,习主席又分别在上合组织杜尚别峰会、乌法峰会、青岛峰会上强调了中方要依托中国-上合基地,为成员国培训司法人才。2017年,中国-上合基地被上海市人民政府列入《上海服务国家"一带一路"建设、发挥桥头堡作用行动方案》。五年来,学校充分发挥中国-上合基地的培训、智库和论坛三大功能,取得了一系列成果。

入选校庆系列丛书的三十五部作品印证了上海政法学院三十五周年的发展历程,也是中国-上海合作组织国际司法交流合作培训基地五周年的内涵提升。儒家经典《大学》开篇即倡导:"大学之道,在明明德,在亲民,在止于至善。"三十五年的刻苦,在有良田美池桑竹之属的野马浜,学校历经上海法律高等专科学校、上海政法管理干部学院、上海大学法学院和上海政法学院等办学阶段。三十五年的求实,上政人孜孜不倦地奋斗在中国法治建设的道路上,为推动中国的法治文明、政治进步、经济发展、文化繁荣与社会和谐而不懈努力。三十五年的开拓,上海政法学院学科门类经历了从单一性向多元性发展的过程,形成了以法学为主干，多学科协调发展的学科体系，学科布局日臻合理，学科交叉日趋完善。三十五年的创新，在我国社会主义法治建设进程中，上海政法学院学科建设与时俱进，为国家发展、社会进步、人民福祉献上累累硕果和片片赤子心！

所谓大学者，非谓有大楼之谓也，有大师之谓也。三十五部作品，是我校学术实力的一次整体亮相，是对我校学术成就的一次重要盘点，是上政方家指点江山、激扬文字的历史见证，也是上海政法学院学科发展的厚重回声和历史积淀。上海政法学院教师展示学术风采、呈现学术思想，如一川清流、一缕阳光，为我国法治事业发展注入新时代的理想与精神。三十五部校庆系列丛书，藏诸名山，传之其人，体现了上海政法学院教师学术思想的精粹、气魄和境界。

红日初升，其道大光。迎着佘山日出的朝阳，莘莘学子承载着上政的学术灵魂和创新精神，走向社会，扎根司法、面向政法、服务社会国家。在佘山脚下这座美丽的花园学府，他们一起看情人坡上夕阳抹上夜色，一起欣赏天鹅一家漫步在上合基地河畔，一起奋斗在落日余晖下的图书馆。这里记录着他们拼搏的青春，放飞着他们心中的梦想。

《礼记·大学》曰："古之欲明明德于天下者，先治其国。"怀着修身、齐家、治国、平天下理想的上政师生，对国家和社会始终有着强烈的责任心和使命感。他们积极践行，敢为人先，坚持奔走在法治实践第一线；他们秉持正义，传播法义，为社会进步摇旗呐喊。上政人有着同一份情怀，那就是校国情怀。无论岁月流逝，无论天南海北，他们情系母校，矢志不渝、和衷共济、奋力拼搏。"刻苦、求实、开拓、创新"的校训，既是办学理念的集中体现，也是学术精神的象征。

路漫漫其修远兮，吾将上下而求索。回顾三十五年的建校历程，我们有过成功，也经历过挫折；我们积累了宝贵的办学经验，也总结了深刻的教训。展望未来，学校在新的发展阶段，如何把握机会，实现新的跨越，将上海政法学院建设成一流的法学强校，是我们应当思考的问题，也是我们努力的方向。不断推进中国的法治建设，为国家的繁荣富强做出贡献，是上政人的光荣使命。我们有经世济民、福泽万邦的志向与情怀，未来我们依旧任重而道远。

天行健，君子以自强不息。著书立说，为往圣继绝学，推动学术传统的发展，是上政群英在学术发展上谱写的华丽篇章。

上海政法学院党委书记　夏小和　教授
上海政法学院校长　刘晓红　教授
2019 年 7 月 23 日

目　录 CONTENTS

总序 ··· 001

引论　文学语境：女性主体性建构的多重场域 ·· 001
　一、两个重要支点 ·· 001
　二、体现跨学科性质 ··· 001
　三、若干主要观点 ·· 002
　四、全书基本架构 ·· 002

第一章　身份与策略：多重文学语境中的女性主体性建构 ························ 004
　一、女人：自我命名的历程与迷思 ··· 004
　　（一）独立意识阶段 ·· 006
　　（二）平等意识阶段 ·· 006
　　（三）性别意识阶段 ·· 007
　　（四）历史意识阶段 ·· 007
　　（五）话语意识阶段 ·· 008
　二、文学语境的多重空间及基本特点 ·· 009
　　（一）文学语境的多重空间 ··· 009
　　（二）文学语境的基本特点 ··· 012
　三、女性主体的多重身份及修辞策略 ·· 013
　　（一）多重身份的文学体现 ··· 014
　　（二）修辞策略与叙事态度 ··· 017

四、从多重文学语境见出女性主体性的多重特性 ·············· 020
  （一）女性主体具有建构性 ································ 020
  （二）女性主体具有差异性 ································ 023
  （三）女性主体具有交互性 ································ 024
  （四）女性主体具有模糊性 ································ 026
  （五）女性主体具有非中立性 ······························ 028
  （六）女性主体具有不完整性 ······························ 029

第二章　自检与参照：女性文学创作及批评交互语境观照 ·············· 031
一、从"老年缺席"现象观察女性创作语境中的关怀盲区 ·········· 031
  （一）"缺席"的涵义 ······································ 032
  （二）现象背后的原因：自轻与逃避 ························ 033
  （三）期待：突破青春期写作的文学想象陈规 ················ 037
二、现代语境中女性文学批评的突出问题 ························ 040
  （一）女性文学的内涵理解及理论边界问题 ·················· 041
  （二）女性文学批评的切入角度问题 ························ 043
三、女性主义文学批评的历时特征及突破维度 ···················· 045
  （一）女性主义文学批评发展的四个阶段 ···················· 045
  （二）女性主义文学批评的视阈局限 ························ 051
  （三）女性主义文学批评欲求突破的两个维度 ················ 052

第三章　女性主体性建构的宏观语境与优化可能 ·············· 056
一、创作生态：现实主义语境下当代文学面临的三大挑战 ·········· 057
  （一）"曾经的"现实主义 ·································· 058
  （二）"期冀的"现实主义 ·································· 060
  （三）"重返现实主义"的三大挑战 ·························· 062
二、理论现场：文学理论的自觉与缺空——以2013年文学理论研究
    为例 ·· 067
  （一）反思：理论自觉中的多样性发现 ······················ 068
  （二）"理论之后"：中国文学理论的未来描绘 ················ 072
  （三）反本质主义论争与"中国问题" ························ 075

（四）文化理论场域：勾勒与期待 …………………………………… 080
　　（五）新媒介文艺现象及学科化建设 …………………………………… 084
三、"文学性"：文本语境的内核及发生机制 …………………………………… 089
　　（一）言说活动的双重陈述功能 …………………………………… 091
　　（二）语言与意象互为主导性陈述力量的内在结构 …………………………………… 095
　　（三）视觉意象作为陈述主导性力量的重要价值 …………………………………… 097
四、困惑与选择：新媒体语境下文学启蒙的新可能 …………………………………… 101
　　（一）新媒体：一种新的文化形态 …………………………………… 102
　　（二）困惑：难以辨认的"启蒙" …………………………………… 103
　　（三）选择：基于责任的延续 …………………………………… 105
　　（四）实践：寻求新的切入点 …………………………………… 107
五、凝结善念：改善人文环境的灵魂所在 …………………………………… 110
　　（一）人文精神的灵魂：善念 …………………………………… 111
　　（二）人文精神缺失的本质：善之殇 …………………………………… 112
　　（三）善的文化承载体系及重构可能 …………………………………… 114

第四章　女性主体性建构的个体化情境及样本解析 …………………………………… 120
一、都市语境中的低空飞翔——徐芳诗考察（上） …………………………………… 120
　　（一）1982—1989：青春，爱情，自我——一代人的黑白照 …………………………………… 121
　　（二）1990—1999：亲情，城市，自然——一种低姿态的飞翔 …………………………………… 127
　　（三）2000 年以来：涵容，隐逸，超越——一个永远无法拉上
　　　　 帷幕的舞台 …………………………………… 133
二、都市语境中的"兼美"可能——徐芳诗考察（下） …………………………………… 140
　　（一）城市诗学的新构 …………………………………… 141
　　（二）日常诗意的发觉 …………………………………… 146
　　（三）人伦亲情的深描 …………………………………… 150
三、俗世语境中的伦理守护——王小鹰小说中的"善意"解析 …………………………………… 153
　　（一）温情绽放：女性命运的关切与反省 …………………………………… 154
　　（二）责任凸显：跨出女界的现实映照 …………………………………… 155
　　（三）历史透视：人生悖论的深刻揭示 …………………………………… 157
　　（四）真实刻画：深沉笃定的母性涵容 …………………………………… 158

四、历史语境中的延伸与穿越——严歌苓小说《第九个寡妇》重读…… 161
   （一）人格美学：一个穿越性的观照视角 ……………………… 162
   （二）个体人格：因阻断而穿越 ………………………………… 163
   （三）个体人格：因他者而自足 ………………………………… 165
   （四）个体人格与女性美 ………………………………………… 167

五、边缘语境中的别样诗情——刘永新诗集《我的玖歌》微观…… 169
   （一）"回望"的抒写姿态 ………………………………………… 170
   （二）记忆在"别处" ……………………………………………… 172
   （三）诗化的故乡及其悲悯情绪 ………………………………… 173
   （四）爱与自我救赎 ……………………………………………… 174

六、心灵语境中的佛与巫——从容诗集《隐秘的莲花》赏析……… 175
   （一）一颗皈依的心究竟有多纯 ………………………………… 176
   （二）守护着一个人的殿堂 ……………………………………… 179
   （三）与自然相融共生的生命体验 ……………………………… 181
   （四）遥远而温馨的记忆 ………………………………………… 183

附录　资源与经验：文学创作语境构成的两个端点 ……………… 186

后记……………………………………………………………………… 195

INTRODUCTION 引论

文学语境：
女性主体性建构的多重场域

文学语境是作家建构自我主体性必然置身或必须依托的一个多维立体的发生场域。主体性建构的一切内涵、价值、意义均只能在这一场域中进行分析、检验和评价。创作主体是否在场、以何在场、何以在场，这些问题也只有通过对主体与语境之间多重关系的辨析才能加以判断。

本书写作最初的出发点，就是为了进一步探究女性文学创作困境背后的深层原因，揭示女性主体性确立受多重文学语境制约的历史真相，以及客观定位女性主体性的内涵与特点。具体来说，一是通过多重语境研究能够对女性主体性的追寻与建构提供一幅更加贴近现实可能的"真实图谱"；二是由此图谱呈现女性主体性所具有的建构性、差异性、变迁性、交互性、模糊性、非中立性、不完整性等复杂特性，对当下女性写作和批评以及现实策略的理性选择均具有积极参考意义。

一、两个重要支点

本书在基本思路上主要有两个逻辑支点：一是紧扣"女性主体性"这一核心命题，紧密结合文本，贯穿"是否在场""以何在场""何以在场"这一纵向递进式内在逻辑，以此揭示不同语境下女性文学实践中主体性建构的丰富样态；二是抓住"女性主体性与多重文学语境"这一基本关系，分析不同语境与写作主体之间形成的不同张力，以及由此促生的不同写作身份、不同主体意识和不同修辞策略，由此形成一个横向比较式的论证结构。大横小纵，纵横交叉，构成一个相对严整的研究格局。

二、体现跨学科性质

本书在研究方法上具有一定跨学科性质，即跨越文学与语言学两大领域，其中运用到一些现代语言学研究方法,特别是围绕女性文学中女性主体性建构问题,多视角、多层次对文学语境进行剖析,必然涉及语境、修辞等重要语言学范畴;文学研究方法方面,由于现代语境研究早已突破单纯语言学界限而渗入人文学科领域,诸如社会历史学、美学、心理学、后现代哲学等,所以研究中还借助了马克思主义文艺学、接受美学、女性心理学、视觉心理学、后现代主义批评等理论与方法。但是,主要运用的还是现代女性主义批评理论与方法,突出文本细读和学理建构相结合的文学研究方法。

三、若干主要观点

本书在对制约和影响女性写作及女性主体性建构的多重语境进行分析过程中,初步建立起了若干基本观点,作为全书在理论建设意义的重要基石。如下撷要陈述:

文学语境,就是文学创作主体在文学实践过程中所依赖和创造的多重文学环境。

女性主体性即女性对自身作为生命存在的一种自觉意识,是女性能认识到自身作为主体的特性和力量的一种确证。

任何文学写作活动都发生在一定的语境中。语境对写作主体具有强大的制约力量。

从女性写作活动所置身的宏观语境意义上讲,不同语境与写作主体之间会形成不同的张力,不同的张力决定着不同的写作身份的选择,不同的写作身份促生不同的女性主体意识,而不同的女性主体意识又制约着不同的言说内容、方式及修辞策略。

从女性写作主体创作的个体情境及文学文本的微观语境意义上说,个体化的女性主体性依托女性文本而寻求确立,而女性文本本身呈现为丰富多彩的文学话语形态,文学话语又是一个包含多个层面的语言聚合存在,其每一个层面都与各种语境因素相互关联。这就使女性主体性建构的过程,实质上就是女性主体意识与多重文学语境之间或顺应、或背离、或妥协、或对抗、或犹疑不决等复杂关系的确立过程。

四、全书基本架构

本书以文学语境为视角,切入中国现当代女性文学创作实践,探究多重文学语境与创作者通过文本建构自身主体性的努力之间复杂微妙的关系,以此探索文学语境于其中形成的多重制约作用,以及由此促生的从表象到内里的诸多特征。这也将构成本书具有贯穿性的主体内容。从结构设计上,主要包括四个部分:第一部分"多重文学语境中的女性主体性建构",主要是对文学语境和女性主体性的概念、范畴、特点、关系等基本问题的理论阐释;第二部分"女性文学创作及批评交互语境观照",主要是对女性自身创作视阈和阅读批评界研究视阈交互形成的文学语境予以分析;第三部分"女性主体性建构的宏观语境与优化可能",侧重于对作家置身的一般社会环境意义上的宏观文学语境进行专向性深度描述;第四部分"女性主体性建构的个体化情境及样本解析",通过典型性女性文学文本细读与深析,对作家个性化掌握现实世界意义上的微观文学语境予以揭示。

无论宏观语境、微观语境,还是介于两者之间的更为曲折微妙的关联性语境,都提示我们文学理论研究者应该注意到,文学语境具有多重空间和多个特点,对于女性主体性建构具有多重意义。文学语境的多重性又决定了主体身份的多重性以及修辞策略的复杂性,从而通过多重文学语境,我们可以呈现女性主体性多元的而非单一的、动态的而非固定的、交互的而非对立的、模糊的而非本质的等多重特性,从而对当下社会女性进一步解放自我、实现真正男女平等、理性开发自身潜质、达致男女和谐共建目标提供一定的启示与参考。同时,通过研究揭示出在语境的制约与反制约的张力中寻找女性话语空间这一宝贵历史经验,对于女性写作进一步趋于理智和成熟能够提供一定借鉴。

CHAPTER1 第一章

身份与策略：
多重文学语境中的女性主体性建构

如果将文学创作活动视为创作主体与创作语境这样两个方面诸多因素互生互动的复杂过程，那么，就其可控性而言，一个作家一般只能在自我主体一端作出不断的努力。这种努力的目的也许并不简单：有些趋于现实表面，有些则深及自我内在心灵和人格构成；有些只是对于外在强大环境力量的适应或妥协，有些则具有一定的解构性或革命性。这之间的微妙差别，就体现在作家在创作过程中对于自我主体身份的或显或隐的内部设定，以及由此派生或激发出的对于多重文学语境的应对策略。如果将这一分析联系到女性解放的漫长历程，我们可以将这一创作主体身份与策略选择的过程解读为女性自我命名的历程，以及于此间产生的一系列困惑与迷思。

一、女人：自我命名的历程与迷思

女性解放自身的历史，其实就是女性对自我性别加以辨析和确认的过程，也就是一个自我命名的漫长历程，同时也是一个不断陷于迷失又不断挣脱出来的过程。

女人，这一概念的内涵一直是为几千年来的父权制历史文化所命定的。因此，女性从开始觉醒的那一刻起，就是在与无比强大的男权传统的不断对抗中获取属于自我命名的权力。康正果在诠释女权主义时曾讲过这样一段话："性别划分实质上是一个命名和贴标签的问题。由于命名的大权操在男性手中，所以语言是男人制造的，它传达男性的价值，妇女使用男人制造的语言难免要内化男性的价值。女权主义者认为，在父权制的社会中，语言本身就对妇女构成了压迫，它一直使妇女处在沉默的状态中。妇女好像哑巴一样，不管她有多么复杂的经验,到头来连一个字都说不清楚。"〔1〕所以,女性自我认知、自我命名并不断发出自己的声音,就构成了解放自身的基本内涵。

从18世纪启蒙运动以来,西方女性正式开启了这一自我命名的艰难历程。玛莉·沃斯通克拉夫特(Mary Wollstonecraft)于1792年所著的《女权的辩护》被视作19世纪之前少数几篇可以称得上是女性主义的著作之一,她首次将女性比喻为"高贵的社会精英",并且认为女性理所当然地应当拥有比男性更多的权力。迄今两百多年的历史进程中,西方女性主义以自由和平等为目标,以人权思想为理论纲领,经过艰苦不懈的努力,不但使西方妇女的法律地位得到大大改善,而且通过女子教育和维权组织使妇女权益得到保障,从而在实践和理论上促使女性主义思想不断发展与深化。中国女性的自我命名从"五四"新文化运动肇始,在至今近百年的历史中,中国女性经历了怎样艰难而曲折的命名之路?从"我是我自己的"这样的女性独立宣言开始,造就了一大批初具自主意识的"五四女性";之后又历经革命与战争的洗礼,在与男人完全相同的"战时语境"中,延续着"女人也是人"的思考与探求;此后,无论是在新中国建立之初"男女都一样"的新的平等承诺下的被动选择,还是进入新时期改革开放之初"女人就是女人"的性别意识初醒、20世纪80年代中期之后女性对"性权力"的日益大胆的张扬,以及进入21世纪之后女性在世俗欲望与精神超越之间的抉择,中国女性始终在自我命名的道路上艰难跋涉着、摸索着。

从人的主体意识确立的角度来看,女性自我命名的历程也就是一个女性不断认知自我、女性主体意识不断觉醒、女性主体性不断建构的过程。什么是主体?主体问题历来是哲学研究的核心问题。马克思在继承康德、黑格尔等前人的主体思想的基础上,把人置于生产关系之中,从而革命性地揭示出:"主体是人,客体是自然";而主客体之间,"作为主体的人必须是出发点"〔2〕。可见,在马克思看来,主体就是自由自觉活动的人,是相对于活动的客体而言的,是在人主观能动的活动中展现的。依照这一理论,我们可以把主体解释为"在一定历史条件下具有自我存在意识和自我与世界关系意识的人"〔3〕。什么是主体性?所谓主体性,就是人之所以成为人的那种特性,"它既包括人的主观需求,也包

---

〔1〕 康正果:《女权主义与文学》,中国社会科学出版社1994年版,第133—134页。
〔2〕 《马克思恩格斯选集》(第2卷),人民出版社1972年版,第88页。
〔3〕 单小曦:《西方女性主体性的建构之路与学理反思》,载《鲁东大学学报(哲学社会科学版)》2010年第4期。

括人通过实践活动对客观世界的理解和把握"[1]。什么是女性主体性？就是女性之所以为女性的那种特性，就是女性对自身作为生命存在的一种自觉意识，是女性能够认识到自身作为主体的特性和力量的一种确证，从而"自觉要求自身在地位、能力、生活方式、知识水平、人格塑造、心理健康等方面的不断提高和完善，并为之而努力、奋斗的体现在社会生活实践活动中的一种自觉能动性"[2]。

女性主体的生成就是一个女性主体意识不断觉醒的历程。自"五四"以来，中国女性文学塑造了无数的现代女性形象，描述了她们千姿百态的人生命运，尤其是对于女性追求个人幸福、追求自我解放的艰难历程予以了深入揭示。纵观百年现代女性文学历史，可以看到女性生存境遇的历时性变化，女性主体意识的不断发展与深化。从"五四"新文化运动至今，女性主体意识发展大体经历了这样五个阶段。

（一）独立意识阶段

自近代以来，妇女解放日渐成为文化思想界、政府改革、立法和政党鼓动民众的重要内容，少数男性精英知识分子直接投身妇女解放运动。"五四"新文化运动所带来的自由、民主思潮，女子学校的创办，女性团体、女性刊物的出现，使妇女群体力量迅速壮大。在这萌发初期的女权思想中，追求个性自由与自我独立是当时女性的主导性诉求。因为对于正在努力从几千年父权体制下挣脱出来的中国女性而言，能够拥有个性自由、婚恋自主权力，能够初次独立主宰自己的命运，已不啻于梦想的实现。所以，子君敢于冲脱封建礼教束缚毅然与涓生走到一起，初次实现了自己的独立梦想，却还不曾意识到，男女平等在当时无论是社会现实、文化传统还是男性思想意识，均还不具备构建的基础。

（二）平等意识阶段

如果说从辛亥革命时期开始出现以女性独立为主导诉求的女权运动的话，那么到1927年国共两党第一次合作破裂，妇女解放运动的走向开始被纳入阶级

---

[1] 刘再复：《性格组合论》，上海文艺出版社1986年版，第3页。
[2] 赵小华：《女性主体性：对马克思主义妇女观的一种新解读》，载《妇女研究论丛》2004年第4期。

和民族解放的总目标之中。在中国共产党领导的革命事业中,男女性别关系一直是难以协调的一对矛盾,大革命时期的向警予与蔡和森、萧红与萧军的夫妻冲突,延安整风时期丁玲等女性知识分子对自己处境的不满,自诩是"回到家庭的娜拉",正是对男女不平等关系的反抗,对女性社会地位低下的批判。1949年以后,国家虽然通过立法来确立男女平等的地位,但是延续几千年的传统性别观依然在相当程度地阻碍着女性地位真正的提高。于是,"女人也是人"就成为长时期以来中国女性对抗男权、实现男女平等的一种目标追求。对此,无论是20世纪50年代草明的《姑娘的心事》、韦君宜的《女人》《访旧》,还是新时期初张洁的《方舟》、张辛欣《在同一地平线上》等,均可视为女性对男女平等问题的不断深入的思考。

(三)性别意识阶段

这是一个女性自我生命特质进一步觉醒的阶段,也就是女人对自己性别进行自我辨析与确认的过程。此间女性开始更多关注的是自己不同于男性的自然属性基础上的生命价值问题。"女人就是女人"成为这一过程中主导性的女性主体意识。如20世纪80年代中后期,铁凝、王安忆、刘西鸿等的女性写作中就不断强化着这种性别对峙中的女人与男人的差异性,而母性情怀曾一度成为女性写作中的价值取向。进入90年代以后,林白、陈染等为代表的女性作家则进一步通过凸显女性经验的个人性与神秘性,通过镜像对身体的辨认与抚摸,大大拓宽了女性感知的生命空间,并因此促使女性自我反省意识明显深化。90年代中后期卫慧、棉棉等对女性身体的反叛性刻画,在性别意识的体认方面则走得更远,也更多了一些对女性主体性建构的偏离。

(四)历史意识阶段

这是一次女性寻找自己传统的艰难旅程,是一次女性发动的寻根运动。女性试图重新发现和构建自己的历史记忆。怎样借助文学的方式来构建女性的历史,这一度成为女性作家们追求的目标。自90年代以后,王安忆的《长恨歌》以上海为背景所铺展的"弄堂记忆",须兰《纪念乐师良宵》中女性对于历史灾变的个人化的、独特的记忆,迟子建的《秧歌》等一系列作品对被传统叙事掩盖着的女性历史真相的揭示,以及陈染《与往事干杯》《无处告别》《嘴唇里的阳光》《另一只耳朵的敲击声》中关于女性成长史的自我回望,均可视为被女性记忆激活并加以构建的丰富多彩的历史图景。

(五) 话语意识阶段

戴锦华在研究 20 世纪 90 年代女性写作时指出:"事实上,正是男性文化的语言、话语的规范,构造了女性所必然遭遇的镜城。于是,此间女性写作的趋向之一,便是自觉而有力的对经典的男性叙述女性之话语的越界。"[1]毫无疑问,"话语的越界"成为了 90 年代女性写作主体性自觉的一个最显著的标志,无论是以王安忆、铁凝等为代表的"50 后",还是以陈染、徐坤等为代表的"60 后",抑或是以卫慧、棉棉等为代表的"70 后",可以说,女性话语的自觉意识汇聚成了一股逾越男权话语成规的强劲力量。铁凝的短篇小说《遭遇礼拜八》、徐坤的《游行》、蒋子丹的《桑烟为谁而升起》等借助戏仿、反讽等现代叙事的策略性手段加以表达的"戏语",陈染的《无处告别》《巫女与她的梦中之门》、林白的《一个人的战争》《守望空心岁月》等"心灵在无人观赏时的独舞和独白"(郭春林语)的"私语",均是女性写作在确立女性话语权力、体现女性独特语言风格、创建女性美学空间努力中取得的丰硕成果。

当然,女性主体性的建构并没有一个稳定的历史逻辑和清晰的认知边界,也没有一个先验的本质主义的前提和基础,这一历程与女性主体当时所处的历史境遇、社会制度、文化规范、认知能力等紧密相关,是女性个体生命面对多维复杂的生存语境,在无数次的犹疑、对抗、认同中逐步建构起来的。多数的时候,女性主体意识处于一种相互交织、相互缠绕、此消彼长、纷繁多变的"非线性状态"。对于女性文学创作而言,这种"状态"就是女性作家作为现代女性群体的代表,不断陷入多重复杂的文学语境所构成的"迷局"之中。这些迷局涉及爱情、婚姻、家庭、事业、友谊、身体、心灵、记忆、话语等方方面面;这些语境既牵涉作家所容身的宏观外在的社会历史语境,也包括创作主体艺术地掌握与表达世界的独特的创作语境,同时还兼及读者阅读女性作品所构成的阅读、批评语境,以及女性文学作品自身特殊的文本语境。这些文学语境构成的迷局,既是精神性的生存困境,又与外部现实环境和条件等紧密相关;既吸引着女性奋不顾身投入其中,又常常受困于其中难以自拔。然而,更为复杂的是,表现在文学作品中女性主体性的体现也是多层次、多元化的,其中既主要通过隐含作者的女性主体

---

[1] 戴锦华:《奇遇与突围》,载《文学评论》1996 年第 5 期。

性加以体现,也会一定程度上借助叙述者的主体性予以传达,还会通过女性生活场景的描述、对女性主人公充满困顿的内心世界的刻画、精神体验的挖掘及独特性格的塑造,建构起一种具有多重交互性特征的主体间性,由此加剧了女性主体性建构与多重文学语境之间的复杂状态,需要我们作出细致深入的梳理与剖析。

二、文学语境的多重空间及基本特点

(一) 文学语境的多重空间

在女性文学实践中,既然女性主体性的建构始终与女性主体当时所处的文学语境紧密相关,那么文学语境无疑就成为女性主体意识发展的重要制约因素,或曰文学语境的制约与女性主体意识的确立这两者之间,构成了互为作用的交互性关系。在这样的关系结构中解读女性主体性建构的丰富内涵,就须先就文学语境问题作出必要的梳理和诠释。

语境一词原本属于语言学领域的一个重要概念,在各种语言学研究中都占有重要地位。这一概念最早是德国语言学家威格纳(Wegener)于1885年提出来的,本义就是指语言环境,既包括直接因素,也涉及背景因素。语言学界普遍认为这一概念是1923年由波兰籍人类学家马林诺夫斯基(B. Malinowski)提出的,他在长期研究土著文化的基础上,提出了"情景语境"和"文化语境"这两类语境,也就是"语言性语境"和"非语言性语境"。前者是指某一话语在表达意义时所依赖的表现为言辞的上下文,既包括书面表达中的上下文,也包括口语表达中的前言后语;后者是指某一话语表达意义时所涉及的各种主客观因素,包括时间、地点、心理状况、社会背景、历史记忆等各种与话语结构同时呈现的非语言性符号。这种通常意义上的语言学的解释,其中已然包含了超出语言学的泛化成分。此后随着语言学研究的转向,语境这一概念也就逐步进入到了各个人文社会科学领域,比如语言哲学、解释学、修辞学、文学研究、建筑学等。归纳起来看,语境理论研究运用只有两大类:一是泛化的语境,即宏观意义上与话语交流隐秘相关的"大语境";二是具化的语境,即微观意义上话语表达时文体、文本、话语等因素构成的"小语境"。

将语境引入文学研究的是新批评的先驱性人物,也是语义学美学的创立者瑞恰兹。他把语境定义为:"用来表示一组同时再现的事件的名称,这组事件包括我们可以选择作为原因和结果的任何事件以及那些所需要的条件"[1]。这一界定既注意到了语境内涵的广阔性,也因"作为原因和结果"这一限制而使我们对话语意义的理解不致过于漫无边际。参照这一解释,我们这里将"文学语境"这一概念分为三个语义层面加以解释:广义上,即宏观意义上,是指文学活动所置身的社会历史环境,包括主体能够意识到的"有限语境",也包括主体未明确意识到的"无限语境";狭义上,即微观意义上,是指文学文本语言符号系统所构成的话语情景,或曰上下文语境;折中义,即中观、关联意义上,是指文学创作主体在文学实践过程中所依托和创造的文学环境,既包括一定的历史经验因素,也包括创作活动的特定个人情境和审美特征;既有作品形成的文本语境,也包括读者在阅读和批评过程中所形成的接受语境。

显然,由上述对语境概念的阐释即可看出,文学语境绝非一个单纯型概念,而是一个复合型概念,其语义类型可以有多种划分方式,划分依据与视角多有不同,但内涵上又存在着交叉复合性。这说明了围绕"文学语境"可以建构起的是一个理论认知的多重空间,而非一般批评意义上的线性结构。关于这一点,国内一位研究文学语境的年轻博士曾有着富有创见的发现,其"三个面向"观点为文学语境的内涵及类型认知提供了结构性的重要参考:一是面向文学语言的话语情境,其中既包括语篇意义的"上下文"语境,也包括延展出的更为广阔的社会文化语境;二是面向文学活动的时空语境,其中文学活动包括了文学创作、文本和文学接受三个方面;三是面向文学自身世界的文学语境,包括"解除语境关联"和"重建语境关联"两个文本书写顺序。[2] 尽管这种结构性认知中未必不存在理论边界的交错与含混问题,但是能够在充分梳理国内语境泛化现象与问题的同时提出具有专业性、架构性的学术观点,对文学语境的学理性提升无疑具有推进作用。正是在参考与借鉴的基础上,结合女性主体性建构这一核心命题,本书勾勒出了文学语境的"四个层次"及"多重空间"。

1. 作家置身的一般社会环境意义上的文学语境

这是女性主体性建构过程中宏观、外在的文学语境,侧重指女性创作主体所置身的社会现实语境和历史文化语境。作家作为一个个体的、社会的主体存在,无疑会受到当下现实环境的重重制约,并与之形成不同的张力,也就是不同的双

---

[1] 瑞恰兹:《修辞哲学(节选)》,转引自《"新批评"文集》,赵毅衡译,百花文艺出版社2001年版,第38页。

[2] 吴昊:《文学语境新论》,载《渤海大学学报(哲学社会科学版)》2001年第2期。

向交互的紧张关系。这些张力、这些关系,既有作家与众不同的个性特征,又有属于一个时代、一个历史阶段女性的共性特征;进而还可延伸到关于女性群体的历史文化之中。这一层次,从历时意义上,以20世纪90年代中期为界,可以将1949年以来的当代女性文学分为现代与后现代两个阶段;从共时意义上,以女性文学实践为理论依据,以女性主体意识确立为探究目标,可以将上面两个时段视为现代语境与后现代语境两大空间。其中,女性对"男女平等"社会性承诺的质疑、女性对"性别特质"的差异性揭示、女性"性"权力的觉醒、女性对自身历史的探索与"根性"重建、女性之于"体制"的游离、女性在"被消费"处境中的抗拒与迷失、女性底层声音的曲折表达、女性海外漂泊者的归属寻找等,又均可构成多个观察与思考的理论视角,构出多重具体而丰实的文学语境空间。

2. 作家艺术掌握现实世界意义上的文学语境

这是女性主体性建构过程中中观的、关联性的文学语境,侧重指女性创作主体在进入文学活动之后的创作语境。作家作为一个个体的、文学活动的主体存在,无疑会体现出许多个人创造的特殊性,这些特殊性与男性创作相比,既有艺术规律上的相似,也有更多美学形态的不同。比如,在个人生命体验方面,在与历史记忆的对话方面,在审视世界时的经验特征及艺术转化方式方面,女性所表现出的普遍"特质",使"她们"的文学写作呈现出更显细微、更为绮丽、更多温情的审美特性和艺术品质。由此也在经验的、历史的、审美的不同意义上形成了多重文学语境空间。

3. 读者阅读批评意义上的文学语境

这是女性主体性建构过程中中观的、外在的文学语境,侧重指女性作品问世后由读者阅读、批评活动所构成的接受语境。通常这一语境不大被人们关注,但是从对文学创作活动的影响程度上看,来自读者的阅读反应、社会的反响、作品产生的多种效益所带给创作主体的影响是巨大的,不亚于社会生活环境、个人历史记忆、艺术审美个性等对创作的影响力。正如约翰·莱尔所说:"一件作品如何被生产,被界定,又如何被分类,哪些人成为读者,他们怎么购买,这些都在这一语境中悄然发生。"[1]在这一语境中,读者因接触作品的时间不同,从而产生与作品写作时代相互同步抑或相互分离的不同接受语境空间,并由此产生丰富而又十分驳杂的读者阅读批评反应。

---

[1] 转引自吴昊:《文学语境新论》,载《渤海大学学报(哲学社会科学版)》2001年第2期。

4. 作家主观世界创造意义上的文学语境

这是女性主体性建构过程中微观、内在的文学语境,侧重指女性创作出的文学作品所构制出的特定的、客体的文本语境。在这一语境中,可以看到女性作家在社会文化环境、自我生命经验及历史记忆、读者阅读接受与批评等外在语境以及关联语境的交互作用下,于自己悉心创造的文学作品这个主观世界里所呈现出的多重文本语境空间,诸如特殊的修辞语境、形式语境、情景语境等。在这些语境空间里,女性写作的身份设定、策略选择、叙述技巧运用以及情景打造、氛围营构等方面的主体性特征得以更加具象、细微的体现。

(二)文学语境的基本特点

在对文学语境多个层次、多重空间的描述基础上,我们可以进一步概括出其所具有的基本特点。

1. 规约性

语境概括来说就是指一种语言交际环境。一切语境都具有对话语交际活动的规约性功能,无论是表现为言辞的"语言性语境",还是不表现为言辞的"非语言性语境",抑或马林诺夫斯基提出的"情景语境"和"文化语境",抑或我们通常所说的"小语境"和"大语境"。在诸种语言学研究中,语境的这种规约性功能均构成其研究的一个重要方面,比如语法学中的"语法场"、社会语言学中的"语域"、功能语言学中的"情景"、修辞学中的"题旨情境"、语义学中的"言外之意"等,均是就语境对于话语主体交际态度、修辞策略、话语选择、表达方式等具有制约功能的不同角度的理论探讨。文学语境当然也是如此,就上面所描述的文学语境四个层次及多重空间而言,无不显示出其对于女性写作主体几乎无处不在的、多维立体的规定与制约,是文学活动中多重复杂的矛盾冲突发生的根本原因。

2. 交互性

文学语境同其他语境一样,虽然对于话语交际主体有着很强的规约性,但却从来不会提供在这些制约下作出正确或者错误选择的标准答案。文学写作的话语主体与制约其创作的话语环境之间,从来就是一种互相作用的交互性关系。在这一关系中,创作主体既是已有语境的受动者,同时又是新语境的创造者。这包含两层意思:一是指主体通过对不同层次、不同空间的语境的干预,与不同语境之间形成了不同的张力,亦即一种新的双向交互关系,在一定程度上体现了对于已有语境的介入与改变;二是指创作者在语境制约下创作出文学作品,而文学作品本身又构成新的语境,同样能够体现出对于原有语境的主动拓展与建构。由此,文学语境就成为一个与创作主体交互作用、不断推向新的语境状态的特定场域。

3. 建构性

由于文学语境始终是在文学创作主体与文学环境之间的交互作用中不断变化和不断演进,因此文学语境总是充满变动性,而非静止稳定的状态。也就是说,主体与环境之间所形成的张力时刻处于或紧张剧烈或松弛和缓的"动感状态",这决定了文学语境永远处于不断建构过程中,从而难以获得自身清晰的本质界定。尤其是当我们将文学语境区分为作家所置身的一般社会历史环境、作家艺术掌握世界的创作语境、作家作品所构成的文本语境、读者阅读批评所形成的接受语境等四个层次及若干空间之后,就能更加清楚地看到在每一个层次上、每一个空间里,创作主体与文学环境之间始终是在一种交互状态下完成着对文学语境的动态建构。

4. 模糊性

文学语境的边界难以确定,具有相当的模糊特质。大语境如此,尽管我们总是千方百计通过理论分析与界分,对某一历史时段、某一社会文化语境进行限定性描述,但具体到作家的文学实践时,则必然呈现出纷繁复杂、千姿百态的个性化特征。譬如,对于20世纪90年代中后期出现的消费性文学语境,一些理论批评的界说一旦触及具体作家作品,就会显示出顾此失彼、捉襟见肘的局促与尴尬来,为什么? 就是因为这种消费主义潮势在不同作家笔下呈示出的样貌以及价值取向全然不同,如此,这种大的文学语境描述就只是文学活动所存身的一个模糊轮廓。小语境也是如此,即便具体到一个话语的细微结构中,我们同样难以获得一个语词意义所依赖的确切的语义范围,这一点在诗歌语言中最为常见,而在叙事文学作品中其实也广泛存在。因此,体现出的正是文学活动意义的丰富性,以及文学语言的蕴藉性审美本质。

三、女性主体的多重身份及修辞策略

每一个历史时期都有着由各种相关的政治、经济、文化、伦理等汇聚而成的、或显或隐的话语形态所构成的特殊语境,这种语境对于作家创作的制约和影响是广泛而弥散的。有学者将这种宏观意义上的语境称为"无处不在的'巨型文

本'","它在相当大的程度上决定了我们说什么和怎么说,决定了我们以什么身份说话"[1]。人是一种懂得适应环境的高级生物,并在适应中对环境施加影响。作家面对语境的围限同样不是消极被动的,而是积极发挥自己的能动性、创造性,"在与语境的限制与文学的反限制的张力中找到适合自己的又不会被语境之网过滤掉的语言表达"[2]。这种"找"的主要表现形式,就是作家对自己"言说身份"的设定或选择。但是,我们必须注意,作家对自己写作身份的选设很少是单一的、纯粹的,而更多时候是重叠的、复合交叉的,其中当然有主次、轻重、显隐之分,但却不可能单纯选择其中一端而无涉另一端。这也正是女性文学中写作身份的纠结之处。

由于我们是在文学理论范畴中讨论女性主体性问题,因此对于女性文学写作身份的区辨,重心不在女性创作主体于现实情境中的角色担当与身份体现,而是进入文学活动之后的身份设置。在叙事学理论中,有着对于叙述主体及相关因素的深刻论述。其中与叙述主体有密切关联的概念,如作者、隐含作者、叙述者、人物等,均可视为主体面对特定语境时在文学作品中的多重写作身份的体现。

(一) 多重身份的文学体现

1. 作者

作者作为现实中的个体存在,因其不能够直接进入文本而常常被剔除在现代形式批评分析之外,似与主体性构建、言说身份拟设、创作策略选择均无关联。然而,当我们将叙事学与语境理论结合起来时,就会觉得真实存在于社会生活中的作家并非文学研究过程中可有可无的因素;相反,却是一个不可忽略的重要参考。作者的现实经验、历史记忆、审美特点、世俗趣味等都会成为文本分析的参考因素,而传统的社会历史学分析也并非完全过时。我们的意思是,现实中的作者的社会化身份特征,既然是派生文学写作中其他身份存在的出发点,那就自然也会成为其他身份存在的最后停泊地。比如,一个进城打工女性的现实身份,无疑会使其文学文本中的隐含作者多有与现代城市的精神疏离倾向。其设置的叙述者视角也一般会具有外来人、旁观者、游离者的特征。至于其中的女性人物

---

[1] 刘思谦:《女性文学的语境与写作身份》,载《南京师范大学文学院学报》2004 第 4 期。
[2] 同上。

身份,也自会在或独自打拼、或依傍权势、或堕落自毁等外来者的常态现实境遇中予以选设。若将这些文学文本中的身份体现或演变轨迹整合起来,又可成为现实中作者的处境变化与身份调整的认定依据。

2. 隐含作者

隐含作者是布斯在《小说修辞学》中提出的概念,布斯把它解释为"一个置于场景之后的作者的隐含的化身","这个隐含的作者始终与'真实的人'不同——不管我们把他当成什么——当他创造自己的作品时,他就创造了一种自己的优越的替身,一个'第二自我'"[1]。之所以使用"优越的替身"这样的概念,表明布斯的修辞理论还是十分注重从亚里士多德诗学中承继过来的道德理想,"隐含作者"亦即一个理想化的作者。对于隐含作者的理解,当代研究者比较注意从创作编码和阅读解码两个方面来解读,"就编码而言,'隐含作者'就是处于某种创作状态、以某种方式写作的作者(即作者的'第二自我');就解码而言,'隐含作者'则是文本'隐含'的供读者推导的写作者的形象"[2]。显然,隐含作者是一个重要的写作身份的体现形式,它更多显示的是作者的理想人格,也更多承担着作者所追求的女性主体性。它隐藏在作品的内部,"通过作品的整体构思,通过各种叙事策略,通过文本的意识形态和价值标准来显示自己的存在"[3]。

3. 叙述者

叙述者就是故事的讲述人。它在女性文本中的位置一般总是为创作者所精心设置的,这种设置既是服从于现实作者的写作策略需要,也是顺应隐含作者的价值理想指向。叙述者的设置,本身就表明作家对特定语境下写作身份与叙述视角的一种选择,也是作家主体性建构的一个重要手段;而叙述类型的划分则更加剧了这种写作身份选择与变换的复杂性,同样也会使女性主体性建构变得扑朔迷离。过去西方一般把叙述类型分为三类,即第一人称、第三人称和全知全能。然而,布斯创造性地将之划为两类:戏剧化的叙述与非戏剧化的叙述。前者是指一种未经特殊设定的、似乎无所不在的叙述者,作品中诸多人物的言行举止似乎都被赋予了叙述功能,担当着叙述者的角色,"其变化范围几乎与其他小

---

[1] [美]W.C.布斯:《小说修辞学》,华明、胡晓苏、周宪译,北京大学出版社1987年版,第169页。
[2] 申丹:《何为"隐含作者"?》,载《北京大学学报(哲学社会科学版)》2008年第2期。
[3] 罗钢:《叙事学导论》,云南人民出版社1994年版,第214页。

说人物的变化范围一样广"[1];后者则是指小说中明确承当叙述功能,并直接以叙述者面目出现的人。两者相较,非戏剧化的叙述因为有叙述中介的存在,会使写作身份及主体性诉求相对明晰一些,而戏剧化的叙述则因为多重叙述视点的建立,致使写作身份更加模糊,主体性诉求更为曲折和隐蔽。依此理论对应当代女性文学创作,可以让我们对女性写作的多重身份特征加深认知。

4. 人物

女性文学作品中的人物与女性写作身份的关系十分密切。隐含作者虽然是真实作者的"优化替身",但却在作品中只能"隐含"地存在;叙述者虽然获得浮出地表的权力,却要么被众人瓜分(主要指戏剧化叙述),要么因其"中介性"而造成与故事之间的间离效果(主要指非戏剧化叙述)。与隐含作者、叙述者的文本位置相比,人物尤其是主要人物,则被赋予了于故事"前台"独立活动的更大权限与更多机会,因而也必然更能够映射出作者在写作身份方面的选设特点,以及在主体性思考与追求方面的主观意向。当然,人物设置有着多种情形,从是否给予人物主体性品质这一角度看,起码可以分为三类:一是有主体性人物,二是无主体性人物,三是反主体性人物。正如有的研究者所说:"可以刻画具有女性主体意识的人物,也可以刻画无主体性的女性人物或反女性主体性的男性人物或倒置性承袭男性霸权的女性人物。"[2]不同人物的设置,可能正代表着作者的多重写作身份,反映着其对女性主体性的建构意向和复杂态度。

值得注意的是,人物的主体性不是作者任意强加给的。叙述学中强调尊重人物主体性,就是反对作者、隐含作者、叙述者对人物的是非作权威评判,而应以对话的姿态尊重作品中人物的价值立场。同理,隐含作者、叙述者的主体性也不应是作者一手包办、全权代理的,也需要一种"剔除了霸权的、经过现代修正的主体性"[3]。这种主体性,就是一种主体间性。主体间性并非抹杀主体性的存在,而是一种交互主体性,它更强调的是:"对主体性的现代修正,是在新的基础上重新确立主体性。……即不是反主体性,而是主体间的交互关系。"[4]结合叙述学而言,作者、隐含作者、叙述者和人物都会借助文本体现各自的主体性存

---

[1] [美]W.C.布斯:《小说修辞学》,华明、胡晓苏、周宪译,北京大学出版社1987年版,第170页。

[2] 李玲:《女性主体性论纲》,载《南开学报(哲学社会科学版)》2007年第4期。

[3] 同上。

[4] 杨春时:《现代性与中国文化》,国际文化出版公司2002年版,第156页。

在,而非简单意义上的从作者始到人物终的逐级领导、依次驾驭的逻辑秩序。尤其是人物,无论其是否为主要角色,是否有主体性,都应对他的价值取向保持尊重,以此与其他叙述因素之间形成一种多元主体对话关系,并带来多元价值立场的碰撞和交融。当然,尊重并不等于放任,给人物主体性放权并不等于丧失是非辨认能力。特别是对于隐含作者而言,在理解和体谅人物的人性弱点的同时,"仍然应该以视之为弱点为前提。这样文学作品对人性之弱点的体谅、悲悯就不至于堕落为纵容乃至于同谋的立场上"[1]。这其间的尺度拿捏,也许恰是衡量创作者叙事能力与结构水平的关键所在。

(二) 修辞策略与叙事态度

女性主体的多重身份均是源于对多重文学语境制约力量的适应,而这种适应又并非完全被动的。作家对语境的反应,主要会集中于对话语权力趋势变化的敏感体察和判断上,从中找到自己的话语空间和表达方式。这就是一种修辞策略。

修辞,在叙事学中已经不同于我们以往所说的遣词用语或句法结构等语言学基本知识,而是与古希腊时期的修辞学含义一致,着重研究作者叙事技巧的选择与文学阅读效果之间的联系。修辞与语境联系起来看,它就主要表现为一种话语的组织和调整策略。按照王一川的解释,修辞"就是指组织并调整话语以适应特定语境中的表达要求。换言之,是指为造成特定语境中的表达效果而组织并调整语言"[2]。回顾当代女性文学创作历程,女性写作主体在面对新中国建设、新时期改革开放、市场化消费时代、新媒体文化产业等各种大的文化语境变迁,始终显示出对女性话语权力的积极争取,以及在制约与反制约的张力中对话语策略的不断调整。

对不同的修辞策略的选择,取决于言说者对不同写作身份的确立。写作身份的确立主要表现在叙述主体对语境的不同价值反应,以及对叙述视角与位置的不同设立上。简言之,修辞策略的不同主要表现为作品叙事态度及话语方式的不同。归结起来,女性叙事中这种态度与方式不外乎下面三种基本情形。

1. 认同式

认同式即作品中的叙述主体对当时社会文化语境保持了一种价值认同。体

---

[1] 李玲:《女性主体性论纲》,载《南开学报(哲学社会科学版)》2007年第4期。
[2] 王一川:《中国现代卡利斯玛典型》,云南人民出版社1995年版,第26页。

现在叙事态度上,就是对当时语境中的主导性意识形态采取顺应与服从。以 20 世纪三四十年代的丁玲为例。在"五四"启蒙思想落潮、国共两党反目之后,革命式话语就构成了对个性解放遭受强力抑制、精神于极度苦闷中彷徨、具有左翼倾向的一代文学青年的新启蒙。丁玲作为"五四"后期崛起的有着鲜明女性自主意识的代表作家,在整个时代趋势的变化、个人的惨痛经历以及其独特的性格等几重力量驱使下,告别了自己的"莎菲时代",进入一个左翼女作家的创作轨道。当然,丁玲的小说与时代语境之间并不是一直简单的迎合、顺从,其中也有着一定的犹疑、迷惑,如 30 年代的《韦护》《一九三〇年春上海》(一、二)、《水》等,其中的女性主人公多是一些受"五四"新文化思想影响,有着与昨日的孟珂、莎菲相似的情感诉求、在受到革命者启蒙之后逐渐"觉悟"的新女性。所谓"恋爱+革命"的叙述模式也正说明,在任何语境的制约之下,女性主体性都会显露出其自我建构的曲折轨迹。而到 40 年代初,丁玲的《我在霞村的时候》《在医院中》则明显强化了对于解放区革命语境的质疑和反抗意识,其中的叙述主体在身份设置与价值取向上与以往作品相比形成很大反差,并由此创造了 20 世纪前半叶中国现代女性叙事的一个精神高地。但是,在此后革命文学不断加强的语境控制力量面前,丁玲终究是采取了对之的归顺态度,直至自己文学生涯的终点。而对一种政治思想主导下文学语境的长期顺从,不可避免地会造成女性自我意识的被动与退化,甚至陷入某种为主流意识形态深度异化的文学境遇之中。

2. 对抗式

对抗式即叙述主体的价值立场与当时社会语境及历史语境是明显对峙的。其中无论隐含作者还是叙述人的言说身份及叙述位置的选择与设立,均能见出对某种政治文化意识形态语境的有意疏离。最为典型的莫过于张爱玲了。从 20 世纪 40 年代初始,她的叙事基点一直定位于写"人生安稳的一面"。这里面所蕴含的叙事态度即价值意向,显然主要并非革命主导思想所期待的对国统区黑暗现实的揭示,抑非对进步青年趋向革命斗争的曲折心路历程的描写,自然也不是像 20 世纪初为迎合市民消费趣味而出现的"鸳鸯蝴蝶派"作品那样充斥着世俗脂粉气,而更多则是对处于新旧交织的现实夹缝中艰难挣扎、欲求独立的时代女性生活困境、精神困境的刻画。其叙述视点既立足女性命运的现实地表,又分明超越于现实之上,在揭示女性当下命运的同时,将思想锋芒直指千百年来的男权历史和传统礼教。比如《倾城之恋》,作品通过冷静、清醒的叙述者及透视性的叙述位置的建立,不仅解构掉了关于"倾城"的传统式阅读期待,而且使文本旨归完全逸出了自近代以来具有强大涵盖力的"现代性"语境（无论启蒙主义还是消费主义），显示出独属于张爱玲的卓尔不群、独自面对的创作个性。这种个性在文学语境逐步趋于一统化的形势下愈发得以彰显，面对日益逼近的所谓现代生活新秩序，当她连讲述旧式家庭故事的权力都将失去时，她宁肯选择转过身去，给世人留下自己永不俯就与妥协的孤傲而苍凉的背影。

3. 犹疑式

犹疑式即叙述主体的价值立场和叙事态度在同一文本或不同文本（包括互文关系）中显示出犹疑、彷徨、自相矛盾、自我解构等创作特征。这些特征的体现无不与其所置身的文学语境有复杂而隐秘的内在关联。同样以现代女性作家为例，这样的矛盾性叙事在萧红的小说中表现明显。作者悲苦的、缺乏温暖与爱的童年记忆，使其一生对获取一种真爱倾心向往，并投入了太多感情。在与鲁迅先生接触之后，萧红原本生命经验中朴实、坚韧的北国女儿的思想情愫和精神气质得到了更为明确和正确的指引，更进一步地向着左翼文学主潮靠近，革命的意识和大众的立场日趋鲜明，这从其成名作《生死场》以及30年代末写的《朦胧的期待》《黄河》《旷野的呼喊》等作品中都能清晰地感受到。但是，萧红对于革命这一宏大事业，无论是理性认知程度，还是天然感兴趣的程度，都与丁玲不可同日而语。她对革命的亲近更多是迫于生计，抑或还有借助参加革命获得人间挚爱的期冀。但是，努力融入革命并未让她得到一个女人所希望的幸福，反倒使其对爱情、对男人、对男权文化传统产生了深刻的怀疑，对现实生活也产生了一定程度的失望。40年代初她创作的长篇小说《呼兰河传》，已经显现出与革命的"游离"状态。小说中并未设置中心人物，也无主要故事情节，整个叙述风格笔调也更近似散文或诗歌，叙述者似乎站在很远的位置上，一切只是对一种自然中掺着无奈、温情中带着悲凉的往事"回望"。小团圆媳妇的惨死、王大姐的先是争取自主婚姻后又因难产而死，通过这些在生死线上挣扎的不幸女性的命运，是否一定程度地折射出作者即使面对革命事业也依然难以掩饰的悲哀与失望情绪？而在她生命将逝之际写的《小城三月》，写下这样一段凄绝无望的爱情故事，谁能说这不是她未能真正寻得爱情而死不瞑目的心迹写照？作品中的翠姨，那个敏感、矜持、内心对爱充满渴望，却与爱情近在咫尺又远隔天涯的可悲女子，谁又能说不是萧红生命中深藏着的另一个我呢？

概括而言，没有哪一个作家是超越语境而创作的；反过来，也没有哪一种语境是天然适合文学活动的。作家创作的过程，就是一个面对所置身的不同语境或认同、或对抗、或犹疑不决,并不断修正写作身份、调整修辞策略的过程。通过这样一个漫长而复杂的过程,我们也看到了不同作家基于自己独特的人生经验、价值观念、美学趣味、叙事技巧与能力等,在适应与调整中,有的逐步偏离了自己原本熟悉的轨道,陷入"陌生化叙事"的困厄之中;有的则因固守自己的"领地"而裹足难行,甚至改弦更张告别文学。由此看来,在女性主体与文学语境之间,有着太多的不确定因素,持续挑战着作家的创作智慧和探索精神。

四、从多重文学语境见出女性主体性的多重特性

文学语境对于女性主体性建构具有多重制约作用。作家为应对这种制约,必然进行主体身份的不断调整及修辞策略选择。正是在这种主体与语境的制约与反制约过程中,女性文学中的女性主体性建构呈现出多重特性。揭示这些特性,对于推动妇女解放、实现男女平等、守护女性主体性、回归女性本真存在具有一定启示意义和参考价值。

(一)女性主体具有建构性

如前所述,文学语境总是处于不断建构过程中,无论是纵向延伸的文化历史语境,还是横向展开的多重创作语境。这就使得依赖不同语境而呈现的女性主体也始终处于一个不断发展变化的建构模态中,主体成为一个历史的范畴,从而很难有一个稳定不变的本质主义的明晰界定。

首先,从女性主义发展的历史实践来看,女性主体性建构与女性反抗男权文化压迫一直是互为掣肘又互为推进的两个基本维度。前者是后者的理论目的、精神意向,后者则是前者的实践形态、现实追寻。可以说,女性主体性建构的历史,就是一部女性不断反抗父权统治、寻求自我全面解放的斗争实践史。按照马克思主义关于妇女问题的理论,女性受到男权压制是人类历史发展到一定阶段的社会现象,它与随着生产力发展而引起的劳动分工有关。妇女因为生育而逐步成为生产劳动的辅助性力量,而男性则成为主要劳动力。这一分工带来的是私人占有财产现象的产生,男性成为私有制的主宰者,而在此基础上形成的一夫一妻制,把妇女也变成了男性私有财产的一部分,女性由此丧失了独立人格和自主权利,成为被男性奴役的对象。正如恩格斯指出的那样:"在历史上出现的最初的阶级对立,是同个体婚制下的夫妻间的对抗的发展同时发生的,而最初的阶级压迫是同男性对女性的奴役同时发生的。"[1]在经历了漫长的与父权统治的自发性抗争之后,妇女解放自身的斗争与无产阶级的解放事业日益紧密和自觉地结合起来,以社会全体受压迫者的解放作为自我解放的社会基础。按照马克思主义的理论分析,"妇女解放的第一个先决条件就是一切女性重新回到公共的劳动中去"[2],这为包括中国在内的社会主义国家的妇女解放指出了一条科学路径。此后的女性解放运动、女性主体性追寻在相当长一个时期内,是与作为生产和工作主体的男性世界争取同等的社会参与权利,抗拒传统的"家庭奴隶"地位。只是在近半个多世纪以来(在中国只有三十多年时间),女性才更多地从性别差异等新的视角重新定位女性主体性,但其间贯穿的反抗男性霸权的基本立场没有明显改变。

其次,从女性主义理论演进轨迹来看,女性主体性建构经历了漫长而艰难的理论探索过程。就西方女性主义而言,寻找和建构女性主体性一直是其理论探究的核心问题。从18世纪启蒙时代开始,就有自由女性主义理论家反对当时男性启蒙思想家用"感性""欲望"等概念定位女性存在,认为理性并非男性专属品质,而是在对女性的长期压制中剥夺了这种男女共享的权力。当然,受当时历史文化语境限制,这种女性主义理论在强调女性主体性的理性因素时,又相对忽视了女性主体的情感、欲望等自然性征。19世纪的文化女性主义,一方面继续承认了启蒙时期自由女性主义提出的批判思维和自我发展的重要性,另一方面还强调在现实生活中非理性、直觉等女性优势通常具有的特殊作用。此一阶段的女性主义理论注重的不是男女的相似性,而是彼此的差异性。通过对社会达尔文主义的研究、分析,文化女性主义认为,女性受压迫的状态对人类的进步而言是一种反常的状态。她们借鉴马克思、恩格斯关于史前母权社会的理论成果,以及《圣经》中关于男女"双性同体"的创世神话资源,来对抗男性的"适者生存"的自然进化观点。但是,文化女性主义理论中仍存在一些突出问题,如:究竟是什么构成了男女在本体论以及认识上的"差异"?是生理的原因,还是社会文化熏陶的结果?20世纪70年代的精神分析女性主义,可以看作是文化女性主义理论在人的无意识领域的深化。精神分析理论创始人弗洛伊德最重要的贡献就是

---

[1] [德]恩格斯:《家庭、私有制和国家的起源》,见《马克思恩格斯选集》(第4卷),人民出版社1972年版,第61页。
[2] [德]奥古斯特·倍倍尔:《妇女与社会主义》,葛斯、朱霞译,中央编译出版社1995年版,第70页。

创建了无意识理论。他的精神分析的主要目的就是探究无意识在人的主体性建构中如何发挥重要作用。女性主义者一方面利用精神分析理论对无意识世界深层挖掘，寻找女性主体性存在的生物学以及历史学依据，另一方面又对充满女性歧视的弗洛伊德的"阉割情结""阳具羡慕说"[1]进行反驳。如西蒙·波伏娃的《第二性》、凯特·米利特的《性政治》、贝蒂·弗里丹《女性的奥秘》等，均对弗洛伊德的生物决定论予以了批判。在精神分析女性主义理论中，法国一些后结构主义、解构主义理论家试图从"社会符号结构"入手来解构社会性别论，如米切尔、卢宾等；或者"将弗洛伊德和拉康对于符号结构或俄狄浦斯结构的强调倒转了过来，转而集中考察前俄狄浦斯阶段发展的过程以及主体间性的一些关系形式"[2]，如丁内斯坦、乔多罗等。总体上她们认为世界就是一个独立自足的符号系统，而人的主体性就是由以语言符号为载体的人类文化建构而成的，任何脱离语言符号文本和文化历史语境的孤立的女性主体性概念都是不存在的。概而言之，女性主义理论的发展历史充分揭示出，女性主体性只有在文化历史发展过程中借助文本符号的形式建构起来，此外并无任何先验的、抽象的女性主体性存在。

再者，从女性主体性建构的实现形式来看，一切主体都是通过话语实践来建构的。这是后现代主义理论对于女性主义争取自我主体地位的重要发现。女性主义之所以不断陷入男权标准误区，或者形成与男性对峙局面，就是因为她们认为有一个理性意义上的"主体"存在。在后现代主义看来，实际上并不存在一个"作为意义派生源头的'主体'存在，所谓'主体'是在话语中、并通过话语实践建构的"[3]。话语尤其是主流话语对于主体的建构几乎具有决定意义，人的一生都是在各种不同的话语中被建构自己的主体性的，对于女性而言这一点尤为明显。长期以来女性的主体性受到社会主流话语的抑制，女性的价值标准也都是由男性霸权话语所制定的。在这样的话语体系中，女性所能获得的主体性只能是以男性为标准建立的主体，而不是女性的真正主体。因此，后现代女性主义反对把"女性"当成客体进行界定，强调对性别认识的多元化、差异性立场，使女性从男权话语体系的"他者"地位中解脱出来。这也是对父权文化界定女性主体性本质的一种解构策略。

[1] [奥] 弗洛伊德：《弗洛伊德文集》（第2卷），车文博主编，长春出版社1998年版，第554页。
[2] [英] 布赖恩·特纳：《社会理论指南》，上海人民出版社2003年版，第177页。
[3] 张广利、陈耀：《主体建构性和主体行为宣成性》，载《妇女研究论丛》2003年第6期。

还有,从女性主体性建构的社会推动力量来看,这种力量的主体固然是以女性群体为主,但是也必须承认除了女性之外,男性也发挥了特殊作用。无论在任何一个历史阶段,男性当中的一部分人总是自觉或不自觉地参与到了对妇女解放运动、女性主体性建构的社会实践或理论探讨过程中。男性力量的加入,不仅仅壮大着女性主义发展的势力和范围,而且这种行动本身就构成对男权体制的一种颠覆和拆解,从而显示女性主义事业的正义性和感召力。更何况,在某些特定的历史条件下,男性利用传统形成的有利社会地位为女性的受压迫、不平等现实而呐喊,客观上对于推动女性解放事业发挥了不可低估的重要作用。这一点在今天同样值得重视,因为女性主体性建构的最终目标,不是形成新的女性霸权,而是建构男女和谐共存的两性世界。

(二)女性主体具有差异性

由于文学语境的存在形态本身就同时具有历时性与共时性特征,因此在不同文学语境中建构的女性主体除了上述在文化历史意义上的演绎性、变迁性之外,无疑还具有在种族、地域、社会职业、身份以及个性特征等多重意义上的差异性。也就是说,不存在一个统一的、公共的女性主体。每一个女性主体都与她所置身的文化环境及自身心理性格等有着隐秘的内在联系。比如,西方的女性主义理论研究对于我国学术界认识中国的性别历史与文化有不可低估的启示作用,能够帮助我们不断从新的观察视角切入中国传统性别关系与制度,从而建立一种关于本土文化性别批评研究的自觉意识。但是,毕竟这种理论的生成基础是西方文化历史,其中所追寻的女性主体性更多体现的是西方文化背景下的两性关系特征及女性精神诉求,与具有中国经验特征的女性主体意识有明显不同。正如一些研究者所揭示的,"在西方经验中,社会性别关系更多地表现为冲突。而在中国,虽然男女两性之间的冲突也长期存在,但是共容与互动却是不容忽视的"[1]。中西方性别冲突的不尽相同,意味着两种文化背景下女性主体性诉求的差异性。这一点应该进一步引起我们中国女性研究者的反思,即在借鉴国外新的性别研究理论方法的同时,应当对不同种族、不同文化体系中的女性问题的歧异性予以充分关注,依此建立起一种适应本民族文化历史特点的性别学术视

---

[1] 侯杰、李净昉:《探寻主体性——评叶汉明教授的〈主体的追寻——中国妇女史研究析论〉》,《妇女研究论丛》2007年第1期。

界和研究范式,寻找更具针对性的女性主体性建构之道。

退一步讲,即使同属一种文化历史传统,但是不同的地域环境孕育出的文化也是有很大差异的,依此建构起来的社会性别关系也是千差万别,其中女性的主体性也自然会存在一定差别。在中国这样辽阔的地理版图上,南与北、东与西、内陆与沿海、边地与中心、乡村与城市,都会使女性主体性的认知与追寻呈现出不同程度的差异性。另外,女性的社会阶层、职业、地位、收入状况以及个人心理状况、性格特征等都会导致女性主体性的差异,这些方面的研究,国内外均已取得不少成果,有助于我们今天在不同的文学语境中深入揭示女性主体性建构的丰富性与多样性。

另外,在女性主义与后女性主义的不同文化语境中,同样能够整体地看出女性主体性在理解与追求上的明显差异。就中国目前而言,50、60后女性主要受的是西方女性主义思潮的影响,她们已经逐渐步入人生的稳定生活阶段;而从70后开始,中国女性越来越多地受到后现代主义的冲击,尤其以80后、90后最为显著,她们目前已是中国女性群体中的中坚力量。相较之下,50后、60后女性在主体性问题上长期秉承"五四"时期建立起来的女性意识,其主体诉求主要表述为"女人也是人",诉求焦点是独立、平等、大写的人格,斗争场所主要集中于政治、经济领域,话语目的主要在于学理思辨与性别启蒙,话语姿态坚定、决绝、愤激,影响范围主要在学院及精英阶层。而从70后开始主张"女人首先是女人"的主体诉求,诉求焦点是魅力、时尚、小写的自我,斗争场所主要集中于个人生活、情欲范畴,话语目的主要在于文化消费与日常行为,话语姿态暧昧、犹疑、温和,影响范围指向大众群体。[1] 尽管女性主义与后女性主义的影响具有历时性特点,但是这两种女性思潮所影响的对象在当今现实中却同时参与和推动着中国的女性主体实践活动,两者之间形成的差异性日益凸显。

(三)女性主体具有交互性

透过多重文学语境,我们发现任何一个时代、任何一个文学文本中均不能提供出独立存在意义上的女性主体范本。也就是说,长期以来我们在主客体二元

---

[1] 孙桂荣:《性别诉求的多重表达——中国当代文学的女性话语研究》,人民文学出版社2011年版,第229页。

认识论哲学基础上过于关注主体的自我实现价值,却相对忽视了主体与客体、主体与主体之间的交互关系。对于现代女性而言,女性主体性的建构目标并非要建立起一个与传统男权中心相对峙的另一个中心,而是意图建设一种在社会现实与人格心理等不同方面不同层次上都能充分实现的性别平等及男女和谐生态。也就是说,女性主义追求的主体性不是单中心的,而是多中心的,且这些多个中心之间存在着交叉、叠合。换一个表述,就是女性主体性是一种主体间性。后精神分析学派代表拉康认为,主体只有在与他者认同的交互关系中才能确立自身,也就是人的主体性只能在主体间的关系中建立。"人在看自己的时候也是以他者的眼睛来看自己,因为如果没有作为他者的形象,他不能看到自己。"〔1〕这种主体间性,在文本意义上涉及作者、隐含作者、叙述者及人物的多重主体性问题,在这些多重主体间的交互关系中才可能剥离、澄析出女性主体的基本样貌。以作者和隐含作者的关系为例,两者在文本中都具有主体性。而就两者的主体关系而言,它们又是一种主体间的交流关系,也就是"两者相互映照、相互交错,或是相契合,或是相背离"〔2〕,通过这样一种主体间的对话和交流,恰可体现出小说创作的深层意蕴和内在魅力。这种主体间性,在社会意义上涉及男女两性双重主体性问题,男女双方的主体性对于对方都会产生介入和影响,因此两者构成一种"双性主体间性",它"建立在两性互为主体的两性平等和谐这一主体价值论基础上"〔3〕。多重主体间性或双性主体间性理论从根本上反对极端化、片面化的女性意识和女权立场,同时也能够避免因女性视角的狭隘而导致对文本中性别内涵之外的丰富意蕴的忽视。

但是,强调女性主体的交互性或主体间性,并不是忽略对传统男权中心的自觉批判,并不是将多重主体间性或双性主体间性建立在虚饰的男女平等的基础上。在这非单一性的交互主体之间,依然存在着一种或多种源自不同主体间的结构张力,这种张力既是女性自我发展的重要驱动力,也是各种文本主体因素、两性主体关系之间相互作用过程中的必要制衡力。前者促使女性批判能够发现男女两性间主体价值的真正不平等所在,后者则制约女性主体意识针对男性霸权的批判是合理而节制的。

---

〔1〕 [法]拉康:《拉康选集》,褚孝泉译,上海三联书店2001年版,第408页。
〔2〕 郝皓:《论"隐含作者"与作者的主体间性》,载《学理论》2011年第5期。
〔3〕 刘思谦:《性别视角的综合性与双性主体间性》,载《河南大学学报(社会科学版)》2006年第2期。

（四）女性主体具有模糊性

女性主体无法离开一切外在条件而获得自见能力，因此借助多重复杂的文学语境，我们可以看到女性主体除了在客观上具有反本质性特征之外，对于女性自身的主观诉求而言，又显出明显的模糊性、不确定性特征。

首先，在一个女性创作的文本（以叙事作品为例）中，作者到底想要传达怎样的女性主体意识，是需要通过文学叙述的诸多构成要素来加以分析、提炼、整合的。这种主体性存在于各叙述要素主体性之间的相互对话关系中，而非直接呈示给读者。以隐含作者的主体性为例，我们通常都认为隐含作者的主体性比起其他叙述因素的主体性更为可靠些，更接近女性文学在目的论意义上的女性主体性建构目标，甚至将女性主体性与隐含作者的女性主体性直接等同起来，"作为确立女性文学内涵的女性主体性，无疑应是专指隐含作者的女性主体性，而非作品中女性人物的主体性或叙述者的主体性"[1]。但是，由于隐含作者的身份设定与真实作者的现实处境之间有着复杂微妙的对应关系，在一般意义上被称为现实作者的"优越的替身""第二自我"（布斯语），同时又与其他叙述要素的主体性之间处于交流对话的关系，因此隐含作者的主体性并非清晰明了，易于辨认。比如，在丁玲的《我在霞村的时候》中，隐含作者似乎与叙述者已经合二为一了，作为叙述者的"我"是一个具有鲜明的女性独立意识和理性思考能力身份特征的现代知识女性，对于受到日寇和乡亲双重伤害的贞贞姑娘表现出格外的关切与同情，这使"我"的价值立场基本上成为隐含作者的完全代表。在作品中，叙述者"我"同时又是一个在场的女性人物，直接参与在故事中间，这就使隐含作者、叙述者、人物三者之间构成一种特殊的主体交互关系：对话性趋弱，而同一性加强了。在这个"同一体"中，虽然都共同体现出对于中国男权传统中几千年压迫女性的"贞节观"的批判这一女性主体意识，但是作为作者"第二自我"的隐含作者，也因未能与叙述者、人物拉开必要间距，立场未经必要分化，从而对受压迫女性到底该向何处寻求出路表现得有些犹疑，在否定男权传统压制女性主体性的同时，对贞贞"离开"这一新的命运抉择是否一定能够获得女性主体的价值地位并无明确判断。"我仿佛看见了她的光明的前途"，这只是一个与现实处境相比之下的"最好选择"而已。这样一来，作品中的隐含作者的女性主体性

---

[1] 刘思谦：《女性文学这个概念》，载《南开学报（哲学社会科学版）》2005年第2期。

第一章　身份与策略：多重文学语境中的女性主体性建构

也就很难一概而论。同样的情形在当代女性文本中随处可见，新时期初，在张洁的《方舟》中，梁倩、柳泉、荆华三位女性结成了抗拒男权的女性同盟，但隐含作者对这一同盟的认知也只限于"你将格外的不幸，因为你是女人"这一集体涵义方面，并未能真正深入每个人物独特的精神世界予以观照，这同样致使为作者"代言"的隐含作者无法获得清晰的主体性。所以，正如前文已经申明的那样，女性主体性实现是一个历时性的建构过程，在任何一个阶段上、任何一部作品中、任何一个叙述要素那里，都难以形成一种清晰、确定的主观诉求，只能显露出一定的模糊、难辨的面貌。

其次，在女性文学作品所描述的女性生活境遇中，也常常会有意无意表露出现实中女性建构自我主体性时的混沌与迷茫。女性到底需要什么？怎样的生活才符合女性自己的期待？女性主体性与男性主体性之间如何既保持张力又相互谐和？这些问题都会因人而异、因事而异、因时空变化而异。例如：在20世纪80年代初张辛欣的《在同一地平线上》中，妻子是一个富有事业心的职业女性，精明、能干，不愿成为丈夫的附属品，所以双方开始相互对峙，彼此的性格冲突愈演愈烈，最终导致劳燕分飞。婚姻的失败、家庭的解体，使女主人公再次经历了心灵的惶惑，她痛苦地诘问自己："我还能再退到哪儿去呢？难道把我的一点点追求也放弃？生个孩子，从此被圈住，他就会满意我了？不，等到我自己什么也没有了，无法和他在事业上、精神上对话，我仍然会失去他！"应该说，作品中的女性形象有着清醒而坚定的女性独立意识，立志要拥有自己的事业，获取与男性同等的公共价值和社会地位，其主体性构建具有那个时代共同的社会化倾向。但是，此后不久发表的《最后的停泊地》中，女性主体意识却发生了明显变化。这篇作品被当时有些评论家誉为张辛欣写得"最动人也最纯粹的爱情小说"，"受现代女权主义思潮影响的女性常常为之苦恼的事业与爱情的冲突，在这里退隐了、淡化了，而纯属于爱情和婚姻的本性所酿就的矛盾则浮现了，鲜明了"[1]。小说中的女主人公是一个女演员，她的情感遭遇同样是不幸的，但是作者并没有像之前作品那样将这种"不幸"的原因直接与男人挂钩，而是把以往就有的女性自我反省意识更推进了一步，也就是紧密结合自身的情感体验来挖掘爱情悲剧背后的、属于人性层面的根源。这一变化，可以视作新时期初女性主

---

[1] 曾镇南：《张辛欣评传》，见吕晴飞主编：《中国当代青年女作家评传》，中国妇女出版社1990年版，第513页。

体意识在经历了一系列的现实磨蚀之后,已经由昨日的社会化趋向悄悄转向了自我内在世界的叩问。可以说这是一种主体意识深化的表现,也可以说是女性主体性建构过程中的一种困惑、迷茫的体现。这种女性主体的不确定性,在90年代后期徐坤的《厨房》中更见分明。小说中的枝子为着自己的主体价值,先是抛家弃子,迈出了"社会化"的一步,及至独自打拼得疲惫不堪时,又想回归家庭、回归厨房,享受"生活化"的温馨,却遭遇了意想不到的尴尬。凡此情形,均可看出女性对自己所要建构的主体性并无一个明确、清晰的目标,一切都是伴随着女性生命自然体验过程的一种主体性实践过程。

(五)女性主体具有非中立性

尽管我们说女性主体性的建构目标,是建设一种男女和谐、性别平等的社会生态,实现主体与对象、自我与他人、个体与社会的交互主体关系,但是在具体的文学语境制约下所体现和建构起的女性主体,却无一不是充满主观倾向和个性色彩,从而使其丧失掉任何客观可能,见出强烈的非中立性特征。

比如,文学语境的第一个层面,即社会历史语境中,女性主体诉求均表现出强烈的主观倾向性。在"五四"时期崛起的女性作家笔下,女性的主体性诉求还基本停留在通过争取爱情婚姻自由权利来达到自我主体实现这一"初级"层面上。但是,即便是这样具有明显趋同性的女性意识阶段,女性创作中所表现出的主体性还是各自显示出很强的主观意味和情绪化色彩。如凌叔华的《绣枕》中透露出的历史反思意识与女性自省意识,期望女性能够不再依赖男人而实现自身价值;冯沅君则通过对爱的决绝之气甚至不惜以死抗争来显示女性自我的主体守护;而卢隐、丁玲则通过女主人公对男人的失望乃至彻底抛弃传达女性自立、自强的勇气和力量。

改革开放初期,大多数女性作家把投身社会工作、获得公众(尤其男性)认同视为自我实现的主攻方向,但是张辛欣创作中表露的是女性与男性在社会职场的比肩与同步,注重女性独立的社会基础,张洁则始终看重女性主体性的精神意义和价值纯粹性。在80年代中期以后,则出现了更为多向的探索与思考。一是对女性自我的坚持和对男权秩序的蔑视,如刘西鸿的《你不能改变我》、铁凝的《没有纽扣的红衬衫》等。二是在原欲世界里开始采取主动性的姿态。王安忆的创作最为突出,以她的"三恋一世纪"(《荒山之恋》《小城之恋》《锦绣谷之恋》和《岗上的世纪》)为代表。铁凝的"三垛一门"(《麦秸垛》《棉花垛》《青草垛》和《玫瑰门》)也对此有着一定程度的体现。三是对女性负面的自我审视,如铁凝的《玫瑰门》中塑造的恶女人司猗纹。自我审视与自我建构,构成新一代女性作家富于理性思辨色彩的写作理念。又如张抗抗在《隐形伴侣》中塑造的"隐形人",女主人公肖潇作为一名知青,一直对自己有着良好的自我体认和很高的精神期待,但却在不知不觉中走向了自我期待的反面,成为那"不结果的'谎花'"。这是对女性意识深层的首次检索,触及了人的双重人格的生成、灵魂的异化等重大的精神现象学方面的问题。还有池莉的《你是一条河》中的辣辣,王安忆"三恋"中的"她",作者都是在给予人物更自主、更开阔的精神空间的同时,也对她们在人格、道德等方面存在的恶性恶习、无力自控等缺陷予以了理性的剖析与批判。

在90年代以后女性写作中,无论是女性记忆的构建,还是女性体验的凸显,抑或女性话语的确立,都显示出不同女性主体意识所带来的差异。以表达"逃离"主题为例。90年代女性写作中一个普遍存在的特征,即逃离意识。陈染的《无处告别》中的黛二小姐拼命逃避现实中无处不在的体制的压抑;徐小斌从丑陋的现实逃向"安徒生童话"般的世界;海男的《观望》中那位叫娇女的女性虽然逃离了婚姻却无法逃离悲剧命运,而观望者"我"虽然逃离了那个古老的小镇,但并不等于能逃离女性最终的"鲜红色樊篱"——婚姻;而林白的创作却是在不断努力逃离故乡,逃离童年记忆。

由此可以看出,女性的主体性从来不曾有过一个纯粹的、客观的标准摹本,而都是女性在不同的社会历史发展和不同的生活境遇之下,迸发出的充满主观色彩和个性特征的主体实践形态,这种实践形态既有女性群体命运的相似性,更多则是一种浸润着女性个体生命经验的差异性和丰富性的体现。

(六)女性主体具有不完整性

从女性主体发展的理想目标形态上,它总是具有一定完整性的。比如,从人的自我价值实现的意义上,理想中的女性主体总是习惯性地被人们想象成一个既能干又贤淑,既能在外撑起一方事业又能在家相夫教子,既具备足够的现代理性意识又能够对自我的思想及行为有一定的科学诠释和自觉驾驭能力,有着与男人一样的社会价值和公共平台,同时又不背离女性的基本生物学特征,能够遵循生命自然演进规律,扮演好一个女人在孕育、抚养、教育子女、家务劳动等日常现实中所担负的妻子和母亲的角色,也就是一个"既出得了厅堂又下得了厨房"

的完美女性。在个性的塑造和表达上,既有与众不同的独立气质和不俗才华,又有内在执着的温柔情愫和诗意内涵。这里这样讲一定会引起一些女性主义者的反驳,认为上述完全是男性对于女性的一种理想化想象,是典型的男权式话语。然而,我们发现事实上无论现实中的女性还是女性文本中所刻画的女性,普遍对自己的价值设计是尽显两全意向、追求完美平衡的。也正因这种普遍愿望受到现实生活语境的种种制约,所以我们看到的现实形态的女性主体追寻往往是顾此失彼、捉襟见肘。就像女性作品中所表现的那样,要么固守家庭而遭受厌弃(如航鹰的《前妻》),要么事业出色而情感受挫(如张辛欣《我在哪儿错过了你》),要么是陷于家庭事业双重失败的"寡妇俱乐部"生活(如张洁的《方舟》)。有时女性决意冲出传统角色的围困,希望自己"以一棵树的形象"和男人站在一起(如刘西鸿的《你不能改变我》),有时又因在外打拼的疲倦和无奈而急切想要"回归"(如徐坤的《厨房》)。即使是进入 90 年代以后的女性写作,以及 21 世纪以来更为年轻的 70 后、80 后女性作家,随着整个时代的市场化、消费化趋势,一系列后现代观念及行为的纷纷登台,感官叙事、肉身描写的层出不穷,我们从中依然可以辨认的是,女性主体的完整性不仅没有得以进一步呈现,反而更加趋于碎片化、模糊化,距理想意义上的女性主体完整形态更为遥远。

这也愈加说明,女性主体性建构的历史实践过程还只属于初级展开阶段,女性主体的理想形态还只停留于人们的模糊想象中,我们对其在理论意义上的完整勾勒都还没有实现,而在实践意义上的探索更是还有很长的路要走。

第二章
自检与参照：
女性文学创作及批评交互语境观照

文学语境是女性主体性建构的重要场域。这种重要性既体现在女性创作实践过程中，也体现在女性文学阅读批评活动中。两者各自独立运行，构成不同观照视阈；却又无时不在发生着交互影响和作用，由此构成文学活动的交互性语境。

从女性创作的角度，我们看到的是女性主体意识在文学创作活动中的确立过程。在这一过程中女性写作所呈现的样貌自然是丰富多样的，对其自我主体性构建的分析研究很难做到完全覆盖，所以策略性地选择如下两个着力点：一是女性创作语境中存在的普遍性盲点，通过自我检讨揭示女性作家群体在长期创作实践所形成的特定语境中，那些习焉不察的惯性思维和非自觉性写作，以及因此造成的文学创作对社会现实关怀的"无意"缺失；二是通过女性文学"样本"的选择，建立文学语境在相对微观意义上的个案分析视点，从中考察外在宏观文学语境作用于女性作家具体个人、特定情境时，所呈现出的复杂样貌。然而，从女性文学批评的角度，我们需要侧重考察的则是女性文学作品阅读与评论所构成的文学语境。换一种说法，就是从外在的接受语境中来观察和揭示女性文学中女性主体意识与读者反应、批评之间的交互关系。这种关系构成了女性文学活动的一种关联性语境，其中无疑包含了两种相反相成的阅读反应面向：一种是认同，一种是否定。二者合起来，即构成了女性文学重要的外部生态，这种外部生态与作家自身的内部生态积极互动，相互融合，最终对女性创作实践产生重要影响。

一、从"老年缺席"现象观察女性创作语境中的关怀盲区

很久以来，无论是读小说还是观赏影视作品，当今文坛留给我们的共同印象

是,其中唱主角的基本上都是俊男靓女。尤其在女性文学作品中,更是一律由"美女"来担当主人公。这些美女主角无疑都年轻貌美,身材火辣,气质出众。特别是经改编为影视剧之后,这些书本中的美丽文字就转变为更受观众欢迎和追捧的青春偶像,引起整个大众娱乐界一波又一波的追星热。这种热潮不仅只限于年轻人,也兼众多的中老年读者与观众群体。与之形成鲜明对比的恰是老年文学的高度匮乏。很少有以老年女性为主角、以老年女性生活为内容的文学作品,即便有,老年女性也往往是作为配角而存在。可以说,就当代女性文学构成的这一宏大而喧闹的"文学现场"而言,老年女性这一庞大社会群体竟然长久而普遍地呈现一种"集体缺席"状态。

与此同时,中国老龄化时代却已经到来。目前世界上已有近 80 多个国家进入"老龄化"社会。以瑞典、英国、法国、德国、日本等为代表,这些国家无论在国家政策、政府管理还是理论研究、文化艺术创造方面,对老龄人群都予以了高度重视。中国按照国际传统标准,从 2000 年起就基本进入"老龄化"阶段。尤其像上海等发达城市和地区,其老龄比重与速度均远超过国外发达国家,呈现"未富先老"的特征。据统计,截至 2010 年,中国 60 岁以上老人已达 1.7 亿,约占人口总数的 13% 以上。预计到 2020 年,中国老龄人口将突破 3 亿。相比之下,无论在养老事业的硬件还是软件方面,我们与发达国家相比都还有很大差距,这是一个不争的基本事实。在老龄人口中,老年女性比例又超过 60%。这样一个庞大的社会群体,却在同为女性的作家笔下成为事实上的"被遗忘和被抛弃"的人。

正因如此,可以肯定地讲,当代女性文学创作在整体语境上存在着普遍的、惯性的关注盲区,这就是对老年女性群体真实生活与精神境况的长期忽视。因此选择从性别视角切入这一语境,以女性创作为例,探讨文学作品中的"老年缺席"现象,以此或可折射出当下我国对老龄化问题的普遍认知程度与精神关怀现状,并希望由之引起全社会对于老年群体现实处境及精神世界的真正关心与重视。

(一)"缺席"的涵义

为了更确切地表达这里"缺席"一词的意思,有必要分五个方面来进一步阐释一下。

第一,数量少。尽管目前尚未对数目巨大的中国女性文学作品中女性主角的年龄特征作出精确统计和比例测算,但是年轻女性充当主角的比率远远高于老年女性,这似乎已是一个不争的事实。姑且不论古代,即使是近一个世纪以来的女性新文学,我们稍加回顾,能够列举得出的耳熟能详的人物名字,绝大多数都是20—40岁这一年龄段的年轻女性,其中尤以25—35岁为最多。

第二,非主位。在数量有限的涉笔老年女性的作品中,这些女性又多被设置在偏离主位的次要席位上,比如年轻女主人公的妈妈、婆婆、亲戚、保姆、街道干部、社区阿姨等一些配角形象,其存在的价值无疑是为了映衬主要人物,或是为主角营造生活氛围,而她们自身的生活表达却是被大量遮蔽的,严重残缺的。如近来一大批所谓家庭伦理剧,其实质一律是为迎合现代情感消费而炮制的青春偶像剧。老年女性在其中除了作为年轻一代的陪衬之外,几乎很少有自己的完整生活,更遑论对之的深度发见。

第三,非常态。在一些涉及老年女性的文学作品中,这些女性不仅偏离正位,而且常常被粗暴地予以异化处理,甚至被妖魔化。在许多当下流行的女性作品中,老年女性的笔墨或镜头若稍多一些,就常常被描写成要么乖张暴戾,要么刁钻蛮横的老怪物,几乎少有正常健康状态下老年妇女生活的正面书写和老年女性艺术典型的正面塑造。

第四,少平民。在近百年的女性新文学创作中,以中老年成熟女性形象而存在的不多的艺术典型,其身份往往又是非平民、不普通的:或者出身高贵,如一些历史题材小说和古装电视剧中的皇太后(慈禧)、老祖宗(贾母)、老英雄(佘太君)等,以及一些以港台地区、新加坡等海外华人富商、豪门望族中的老年女性主角;或者才华出众,气质不凡,如《画魂》中的潘玉良、《爱是不能忘记的》中的钟雨等,而作为普通平民的老年女性形象却鲜有塑造。

第五,缺当下。现有的女性文学作品在塑造较有光彩的老年女性形象时,往往转身投向历史去寻找资源,而对当下社会现实中实实在在生活着的广大老年妇女视而不见、避而不写,以致这一特定社会人群从外在生活形态到内心精神诉求,都很少在文学作品中得到较为完整、深入的描述与传达。

(二)现象背后的原因:自轻与逃避

回顾整个当代文学创作史就会发现,中国文坛一直存在两种奇特现象。

第一种是男作家写不好"性"。概要地讲,就是男性作家创作中一旦涉"性",就普遍会显出某种源自骨子里的不自信,表现出来要么是一种虚张声势式的"强势与霸道",要么就是故作矜持的"睥睨或偷窥",鲜有能够在创作心态与写作姿态上建构起"性之常""性之美"的坦然与平和。这两种情形在近半个多世纪以来的男性叙事中随处可见,不胜枚举。所以,当初贾平凹的《废都》一经问世,竟然引发轩然大波。而事实上这部充满争议之作至今看来,也依然是通过"以下省略多少字"的小小策略而半遮半掩地切入"性"话题的,这本身就是上述所言男性作家写作涉性时或尴尬或鄙陋之一种显现。究其原因,就是因为几千年男权传统所构成的历史语境既是特权,也是重负,男人因过于"自重"而在"性"的问题上长期被压垮掉了。

第二种现象就是女作家写不好"老"。关于这一种现象,则是我们接下来要着力探讨的。究其深因,概而言之是因为面对几千年男权传统的重压,女性长期难以确立自我价值,以致女人因过于"自轻"而在"老"的问题上自觉不自觉地采取了逃避态度。具体而言,主要是通过以下三种情形予以体现的。

1. 夸大两性对峙,导致女性主角幼稚化

回望整个现代女性写作史,你会发现许多作品中对于男女两性关系的建构与处理,是有意无意地将两者对峙起来的。换句话说,就是往往把男性置于女性的对立面来加以塑造。作品中的男女主人公互为争雄,各不相让,在一定时期甚至会引发全社会的男女性别大战。这种情形以 20 世纪 80 年代初至 90 年代中期的女性写作最为明显,如张洁的《方舟》、张辛欣的《在同一地平线上》、遇罗锦的《一个冬天的童话》、陈染的《无处告别》、林白的《一个人的战争》、徐小斌的《双鱼星座》、徐坤的《厨房》、蒋子丹的《绝响》等。这些作品最大的贡献应是对于男权传统的持续而尖锐的批判,充分体现出独立自强的女性意识。然而,今天回过头来看,这些作品中对于男女两性关系的设置与处理均存在一定的非理性、情绪化趋向,其中的男女主人公常常被置于对立的两端,甚至有些针锋相对、水火不容。在这样的"对峙性"想象中,男女主人公的现实定位(当然包括年龄定位)自然而然就会趋于年轻化、幼稚化,其中的女主人公年轻漂亮、富于激情、执着于爱、容易受伤等特征就似乎成为一种共性模式。而女性进入中老年时段后的成熟、稳定、平常、理性、波澜不惊的生活情态,相比作家们反抗男权、表达独立的情感诉求似乎显出诸多不力,因此这一意蕴极为丰富的生命领域,在新时期以来几十年间一直很少为人重视。

这样一种创作态度,实际上从"五四"时期开始就明显反映在女性书写的文学历程中。苏雪林、卢隐、丁玲等现代女性代表作家的笔下,不乏对男女两性彼此猜疑、相互对峙的关系叙写。当然,这种历史情形绝非难以理解,随着人类现代文明的不断发展,人们越来越深刻地认识到千百年来女性遭受男权传统多重重压的历史事实,同时也看到了女性为了解放自我所付出的艰苦卓绝的努力,以及摆脱历史重负之后日益焕发出的巨大创造力。但是,经过了近百年的对男权传统的批判历程,女性解放取得了显著成效,这一点有目共睹。正是基于这样的现实,我们认为今天女性写作中的女性意识有必要进一步理性化、成熟化。它包含以下四个新的认识视点:一是批判男权传统并不等同于"贬抑男性""打倒男性",女性解放自身的并不是与男人进行角色互换,将男人一律赶进厨房,而自己独在社会上拼杀。二是在男权传统的压迫中,女性是"主要的"受害者,但不是"唯一的"受害者,从个体生命形态特别是个人精神诉求的角度来看,男性同样在这种传统体制中深受其害。涓生、周萍、觉新、松泽……这一大堆很不完美甚至病态的男性形象背后,不正也深隐着父权制传统对于男性之于现代人格及精神理想追求的无形绞杀吗?三是妇女解放是全社会、全人类的事,而不单是女性的事。也就是说,妇女解放是需要女人和男人们共同去完成的神圣使命。历史也早已证明这一点,正如有的女性研究者所言:"中国的妇女解放最早是由男性知识分子提出,并与女性并肩战斗。"[1]四是女性发展的未来目标,就是建立男女两性平等、和谐的世界,而非扬此抑彼、厚此薄彼。正因如此,笔者觉得女性文学在批判男权传统的同时,还应该考虑未来两性关系的建设问题,用一位年轻的女性学者的话说,就是"该批判就批判,该建构就建构,破与立同时进行",而不是"只破不立"。[2] 正是基于这样的认识,我们觉得女性文学创作不能过多停留在男女两性互为对峙的"青春期"想象阶段,而应随着时代发展不断增强自己的性别理性意识,积极调整写作心态,努力探索一个更为宽广、更为丰富、更具生命涵盖力、更能表达对女性普遍命运终极性关怀的思想视界和精神空间。

2. 过度身体迷恋,导致女性主角私人化

在女性自我解放的历程中,女性身体的重新发现和体认是一个无法绕过去的必然章节,西方女性主义思潮发展早已证明了这一点。对于受到男权传统长期压制的中国女性而言,这种源自身体的反动欲望力量可能会更加强烈。这种情形在20世纪80年代中后期的女性写作中已然向世人进行了初步展示。进入90年代以后,女性写作中对身体的表现更为突出。如林白、陈染、海男等女性作

---

[1] 王周生:《关于性别的追问》,学林出版社2004年版,第219页。
[2] 郭力:《性别视角与中国女性文化研究》,载《中国女性文化》2001年第2期。

品中出现了对女性身体、女性欲望大胆袒露的"个人化""私人性"书写,对此批评界虽然有毁有誉,但总体上给予这类女性写作的评价还是比较高的,尤其对她们极具个性化和私密化的书写特征寄予了充分肯定。即便是对后来的卫慧、棉棉、赵波这一批号称"身体写作"的更年轻的一代,评论界始终保持着较之以往任何时期都更为慎重、严谨的解读态度,并且也确实敏锐发现和深刻揭示出了女性对自我身体的高度关注、对生命本真欲望的敞露之于妇女解放事业的非同寻常的意义。女性身体造了男权传统道德的反,对男权伦理秩序、欲望特权及阅读经验都形成了极大的挑战性和冲击力。

然而,我们必须认识到,女性身体在写作行为中只具有起点性质,性、欲望更非女性生命价值的终极目标。诚如有论者所揭示的:"一方面,写作活动中的身体——有快感的、觉醒的机体——使得女性主体能够摆脱男性中心的话语的控制,并且享受、陶醉于这个充满'狂喜'(类似于性的巅峰体验的愉悦感,即Jouissance)的文本建构,也是女性的自我建构过程;另一方面,性在身体中不是全部,'狂喜'也不只存在于感官体验之中;相反,性是在激发主体的心灵和激情的时候,在重新发现历史、颠覆父权社会的价值观念的前提下,才能获得意义。"[1]此论正是告诉我们,女性身体虽然对于女性主体性建构具有基础性、经验性的重要价值,但是女性身体的刻画在文学创作中也必须承担相应的思想负荷与审美意义,这是文学的需要,也是女性解放自身的需要。尤其应该加以反省的是,过度迷恋身体的女性写作,实际上是给通向广阔的女性生命领域的文学探索人为设置了一道"窄门",它的"私人性""欲望化"特征自动屏蔽了进入中老年成熟阶段女性更为丰赡、更为厚重、更为深沉的生命经验,由此必然见出女性主体经验的单薄、思想的贫乏以及生命涵盖的有限。所以说,如果在文学中一味地将身体(主要是年轻女性的身体)作为一种资本欣赏迷恋和加以炫耀甚至卖弄,那么以叛逆姿态对抗男性话语霸权的身体写作,其结果必然是转变成对男性窥视欲的曲意迎合。在今天这个一切资本化、消费化的全球语境中,利用年轻女性身体赚取眼球、吸引消费、谋求商业利益最大化的享乐文化已然大行其道,其对于女性生活空间不断予以侵扰和强制性塑造,背后活跃着的其实仍然是陈腐的男权思想以及对女性身体的窥视欲望。然而,就目前看来,许多女性文学创作者还是自觉不自觉地充当了消费市场的合谋者,严重淡忘了自己对女性整体所负

---

[1] 魏天真:《慎重对待身体》,载《读书》2004年第9期。

有的表达使命。

3. 迷信表层经验,导致女性主角感性化

这是在进入新世纪近二十年来中国作家创作中最值得关注的一种现象。随着新兴媒体对于日常生活的强势介入,个人经验在各种新型电子产品的切割下呈现出原子化、碎片化的趋势,人们对于社会性整体经验的感知变得浅显、笼统和模糊不清。在这种情势下,一些作家特别是年轻作家将生活经验直接当作文学资源,无力区辨现实的内部真实与外在幻象,他们满足于对这种"现实泡沫"的描绘,却严重忽视了被这些"现实泡沫"所遮蔽了的存在的真相。这一问题在女性写作中表现得尤为突出,由于对身体的过度迷恋和对欲望的过度纵容,使她们将文学创作与生活经验简单等同起来,笔下塑造的女性主人公往往缺乏足够的理性与成熟,而是一味浸淫在充满现代浮华气息与极端自我中心的个人精神世界里,甚至为迎合市场传播的需要而不断滑向私密的、肉欲的极端。

对于表层经验的过度痴迷,必然导致作品中塑造的女性形象在思想深度上的极端贫乏,感性化、私欲化、碎片化、无目标化成为这些"新新人类"的共同气质,而同时对于成年生活、家庭担当、年老色衰等种种现实问题愈加回避,对于老年生活的关注、老年经验的想象也就更加不可能了。对于这一问题,评论家谢有顺表达了自己鲜明的立场。他说:"一个作家,如果过分迷信经验的力量,过分夸大经验的准确性和概括性,他势必远离存在,远离精神的核心地带,最终被经验所奴役。经验如果未被存在所照亮,经验在写作中的价值就相当可疑。""好小说必须在世界和存在面前获得一种深度,而不是简单地在生活经验的表面滑行。"[1]"远离存在""远离精神的核心地带""被经验所奴役",这不正是对当下女性写作中严重忽视女性宽广生命领域及深度精神开掘的最好概括么?从某种意义上说,女性写作恰恰在"以经验替代存在"这一问题上充当了急先锋,经验陈列替代了必要的艺术想象,有的女性文本甚至已经将经验作为炫耀、贩卖的资本,而意义、深度、虚构、创造这些文学质素变得无足轻重。由此导致的女性形象塑造出现"青春迷恋""老年缺席"这样的普遍性问题,也就不足为奇了。

(三) 期待:突破青春期写作的文学想象陈规

女性文学中的"老年缺席"问题,归结起来就是:规避成熟。这是女性写作

---

[1] 谢有顺:《经验必须被存在所照亮》,载《当代作家评论》2004年第5期。

中长期潜藏着的一个误区,或曰一种危机,但却长久以来一直未能得到应有的重视。

所谓规避成熟,就是指女性文本中对女性成熟状态的普通生活中普遍生命意义的漠视和回避。现在女性文学作品中的年轻女主人公大都表现出任性、浮躁、缺乏理想、注重享受、淡化责任等幼稚化倾向,与女性进入成熟阶段以后的沉稳、坦然、眷念亲情、甘于付出、重视内心生活等形成很大反差。这一点从女性作家对作品中女性人物的年龄设置和处理方面看得特别清楚。简单说就是女性写女性时,总是喜欢把注意力主要集中在她们生命履历的"前半程",而有意无意地绕开女人进入中老年之后的"后半程"生活。换个说法,就是注重女性青春岁月的"黄金段"叙事,而避开了她们中老年以后日益平常的生活现实。即使写了女性的"后半程",也绝不像写她们年轻时候的生命体验那样有激情、有想象力、有丰厚内蕴。这里暴露出整个女性创作队伍对女性进入老年以后的生活感受缺少关注的热情,缺少在更为本质的意义上挖掘生命丰富内涵的人文情怀和哲学眼光。

纵观人的一生,从生命自然发展的过程来看,确乎是中间"强"两头"弱",幼儿与老人在现实人世间总是更多呈现出柔弱的特质。然而,文学艺术的本质恰是能够平等看待生活,能够体现一种宗教般博大的悲悯之心与呵护力量,能够揭示现实中的"弱者"强大的内心世界,以及比血气方刚者更为丰富内在的精神生活。尤其当女性步入老年生活阶段之后,虽然身体、情感、记忆、社会活动等各方面的活力都受到囿限,整个人生状态趋于平淡和保守,但是平淡、保守却有着另一种更深层的存在意义上的丰富与开放,而这恰是为我们长期所忽略的。

也许,对于当代女性文学中长期存在的"老年缺席"现象,有人会作出这样的辩解:女性写作(或所有写作)总是与写作主体的年龄、阅历、经验密切相关,作家不可能提前写出自己以后的生命情态,更多时候作家的写作是采取一种"回望"姿势。这当然有一定道理。但是,这样的说辞其实经不起推敲。对于一个好的作家来说,艺术想象不仅体现在转身向后的"回望"中,同样也应体现在面向未来的超前"预想"中。立足"当下"的作家只有在这种向前、向后的对生命全程的审视与感悟中,才能更确切地感知和把握自己现在所处的生命位置,才能更深入地理解自我的存在意义和价值。当然,这很不容易。相比围绕"青春期"做文章,那种关于"生命全程"的想象与思考需要作家具备更为丰厚的思想积淀,比如对生命的平等关爱问题:能否平等看待每一个个体生命,悉心关爱每一个现实中的弱者,这需要一种胸怀与境界。再往深一步讲,还可能需要作家拥有一定的宗教情怀:在一个宗教感情匮乏、生命关爱意识淡薄的作家身上,你只能够看到对生命"上升"时段和强势状态的关注与趋附,而对于生命进入"沉降"时段的弱势状态则予以漠视。为什么我们的当代文学人物长廊中活跃着的绝大多数是少男少女、俊男靓女,或者一些功成名就之士,而老人与儿童的成功塑造却少而又少?在不知不觉中,我们的文学将生活中最需要关怀的部分给忽略掉了。

毫无疑问,女性文学写作中过度关注和炫耀生命强势的"青春之歌",其实是对生命完整意义的粗暴删减,是对探究人生与人性丰富复杂内涵求的消极逃避。诗人郑敏在一次接受采访时就提出这样的疑问:"为什么女性文学不能打破把女性看作青春偶像的观念呢?为什么不能进入一种更广阔的境界呢?"[1]这实在应该引起女性写作的高度警觉。尤其值得注意的是,这种"青春期"写作内里隐含着的,是写作主体对生命演进自然大力的恐惧以及由此生发的脆弱心理,是对男权阅读趣味与欣赏习惯的下意识的迎合,在某种意义上与前面所述的"身体写作"的致命性缺陷有着本质上的一致性。

再往大一点说,是不是还与中国乃至整个发展中国家的"现代性"梦想有关?反观女性文学中的种种局限,似乎都和近百年来这种以西方为中心、以现代性为目标的"国家想象"有或显或隐的内在关联。尤其今天我们已经深陷其中难以自拔的金钱化、消费化时代疾病,对女性自主性、独立性的确立无疑产生了极大的侵蚀作用,极端自我、过分自恋、不加节制地炫耀青春资本,无不显示出向现代消费市场投怀送抱的主观自愿,从而与真正解放自身、实现男女平权的目标背道而驰。

当然,我们也已注意到,从20世纪初以来,一些杰出的女作家还是试图突破创作中眷恋"青春期"的局限,她们在写作中努力扩大对女性经验的探索空间,并在一定程度上可谓获得了成功。如20世纪40年代冰心创作的《关于女人》小说系列之一《我的房东》中的R小姐,张爱玲创作的《金锁记》中的曹七巧,新时期以来铁凝的《玫瑰门》中的司漪纹、《大浴女》中的尹小跳,王安忆的《长恨歌》中的王琦瑶、《天香》中的蕙兰,张洁《无字》中的吴为,张抗抗《作女》中的陶桃等成年女性或成熟女性形象的塑造,就能够给予女性写作以更为宽广的启示。但是,这些颇为成功的女性形象,若是放置在今天我们所期待的"现实的""普通

---

[1] 徐秀:《郑敏教授访谈》,载《中国女性文化》2000年第1期。

的""常态的"审美视阈中来看,依然多是"剑走偏锋":上述女性形象中,R小姐是个60岁的卓尔不群的法国独身主义女性,曹七巧和司漪纹同属为现实命运扭曲了人格的病态女性,尹小跳的成长表达的是作者对理想女性的呼唤与热望,王琦瑶的姣好容貌遮盖不住其乖张的性格与多舛的命运,而蕙兰、吴为、陶桃均是有超群技艺与智商的非凡女性,如此这般,均使这些成功的女性形象仍然囿于"历史的""特殊的""异常的"文学想象陈规,未能真正直面普遍现实意义上普通成年女性的常态生活与精神世界。何况,从年龄特征看,上述作品大都未将老年女性作为主要描写对象,"老年缺席"现象依然未有多少改观,且已不可避免地构成了女性创作语境和文学传统的一部分。因此,面对女性文学这种普遍存在的"老年缺席"现状,我们必须大声疾呼,以引起文坛对这些问题应有的关注。

数年前著名作家王安忆在谈其长篇小说《天香》时曾经说过一句话:"写作不是吃青春饭的。"[1]这句话,笔者认为是作家随着年龄、阅历的增长而在创作理念上进行的自觉提升。这句话,也恰可视为对整个中国当下文学写作中"老年缺席"现象的一种告诫。我们以女性写作中"老年缺席"现象为例,就是因为女性本身相对仍属于社会弱势群体,而其中"老年女性"更是居于弱势底层,老龄化社会问题会在这一群体中表现得更为突出,更需要社会予以人文关怀。整个老年群体的生活状态与精神状态是否能够在文学艺术中受到应有关注与表达,无疑是文学自身良知与善意的重要体现,也是一个社会文明程度的重要标志。我们期待着,也相信会有更多的作家能够突破文学写作的"青春期"情结,真正走向成熟,通过塑造出由老年人充当主角的更具普遍生命涵盖力的成功的艺术典型,改善或构筑起更具生命整体建设意义的创作语境。

二、现代语境中女性文学批评的突出问题

就中国新文学的发展历程而言,"传统"与"现代"无疑是这段历史中两条重要的精神索引:两者时而剑拔弩张,冲突对立,时而互通款曲,频频示好,由此勾描出近百年来中国现代文学的基本图谱。而女性文学创作以及由之引发的女性主义文学批评,都是在这一特定的现代语境中展开的。

这里所谓现代语境,是指"五四"以来以现代意识为主导的女性文学创作及批评环境。中国当代文学是现代文学在新的文化语境下的曲折延续。中国现代

---

[1] 王安忆:《天香座谈会纪要》,载《文学报》2011年8月18日。

第二章 自检与参照：女性文学创作及批评交互语境观照

文学的产生源于中国社会现代意识的发生，而西方现代文化的传入是中国社会现代意识产生的主要原因。中国现代意识以及中国现代文学的形成，是西方现代思想与中国传统文化精神共同作用的结果，这在1949年以后尤其是新时期以来的当代文学创作中体现得十分明显。

就当代女性创作而言，在许多具有鲜明的现代女性意识的作品中，中国传统文化思想的影响和作用依然深刻。这就使当代女性文学在几十年里一直处在这样一种奇特的现代语境当中：一方面是延接"五四"精神，对来自西方的现代主义女性思想大量吸收和借鉴，积极投身社会工作，重视个人的社会形象塑造与公共价值实现；另一方面，她们的创作又表现出与中国传统文化千丝万缕的精神联系，在男女平等、自我实现的人生追求中不断陷入新的迷局。

当代女性文学批评则是围绕当代女性文学创作实践，不断借鉴西方女性主义思想资源，不断深化对女性文学内涵的认知，不断更新批评理念，寻求新的批评视角，以求与女性创作中不断探索的行为构成更具深度的介入和更为有效的对话关系。

从"五四"至今，可以视为中国新文学随着整个社会的现代化进程而完成自身过渡、转型的重要一百年。在这其中，女性文学取得的重大成就，构成了百年中国文学与既往历史相比最大的艺术超越。如何看待这一百年中女性文学的发展？对于中国学术界、批评界而言，这并非一个庸人自扰的问题。无疑，我们在这一学术领域已经取得了不少重要的研究成果；然而，至少还有这样两个问题，依然可以作为对当今女性文学研究的共同的、不断的提示：一是什么叫女性文学？二是怎样切入女性文学更有利于（相对）避开男权传统的批评惯性？下面将就这两个问题予以探究。

（一）女性文学的内涵理解及理论边界问题

关于女性文学的内涵理解及理论边界，曾经在不同历史时期、不同学术语境中出现过许多种解释，归纳起来应该是这样三种认识：一是女性文学即"写女性"的，即不论男女作家，凡涉笔女性现实、女性命运的文学作品，都可以算作女性文学；二是女性文学即"女性写"的，即写作主体一定是女性身份，内容却不论写女写男；三是女性文学即"女性写女性"的，即女性作家写女性的生活经历、女性的生命体验，尤其是带有自叙传色彩的女性文本似乎更具典型性。这三种认识曾在各自所属文学时段互不相干各唱各的主角，也曾在某一阶段狭路相逢打得不可开交。随着时间的推移和女性作品数量的暴涨，人们日益较多地倾向并采纳了第三种认识，因为此时人们已经切实感觉到前两种女性文学观在实际研究中范围实在太大、太难把握。然而，到了20世纪90年代中后期，随着一些苍白、浅薄、低俗、无聊的"身体性""写真性"女性文字的不断涌入文学市场，"女性自己写自己"这种外在形态已经很难作为女性文学的界定标尺而存在。女性作品的泛滥开始促使人们进一步深入思考女性文学的"内在品质"问题。至今仍然具有一定代表性的理论观点是：女性文学不仅特指女性作为写作主体的创作实践，更重要的在于其中独立的女性意识。这种女性意识包括两个层面：既包含女性经验的觉醒，又包含女性话语的自觉。比如评论家王侃早年就曾撰文明确指出："'女性文学'不仅仅意指女性作为写作主体的创作实践，更重要在于'女性文学'对摆脱男性中心语言，赋予女性本真经验以表述形式的目标追求。这一追求使得'女性文学'本质上是一种挑战性的文学行为，它在两个向度上展开：一是以女性感受、女性视角为基点的对世界的介入，打破男性在这方面的垄断局面；二是挖掘超出男性理解惯性和期待视野的女性经验，实现对男性世界的叛离，以构造出具自身完整性的女性经验世界。"[1]

显然，这样的关于女性文学的解释已经充分注意到了这一概念应该具有的基本内质，体现出了与西方现代女性主义批评理论相契合的一面。但是，如果"吹毛求疵"而再作一定补充的话，还应该指出，女性经验、女性感受总是历时性地不断变化着的，女性话语、女性形式也是在与男性中心话语的不断对抗、不断剥离中逐步予以确立的。尤其是基于20世纪以来中国的社会实际，我们更有必要特别强调这一点，因为这恰是与西方女性主义批评最大的不同所在。这样认识问题，有利于对某些特殊历史时期的女性写作作出符合客观实际的描述与评价。那些被特定的意识形态压抑了的女性声音，表面上看是"'性别文本'的缺失"，是"女性文学整体上的'黑洞'"[2]，而实际上也正是中国特定语境中女性写作的一种特殊表现形态。也许，揭示女性文学"实际是怎样的"与探究其"应该是怎样的"相比，起码是同等重要，因为20世纪以来女性文学的历史已经告诉人们，女性意识绝不是一个可以独立于社会现实与意识形态之外的纯粹之物；恰恰相反，它一直就是在与现实生存问题的复杂纠葛中寻求出路、得到发展的，或

---

[1] 王侃：《"女性文学"的内涵和视野》，载《文学评论》1998年第6期。
[2] 同上。

彰显或隐匿,或炫耀或压抑,或汪洋恣肆或小心谨慎,都是女性文学真实形态的体现。当然,这样说无非是出于对中国现当代女性文学历史演进"过程"的一种强调,而绝不是否认对于女性文学应有基本品质的重视。比较理想的做法应该是,既共时性地考虑其"质性",又历时性地注重其"史性",两者尽可能达致一种和谐统一。

(二) 女性文学批评的切入角度问题

关于女性文学批评的切入角度问题,是一个同样关涉女性文学研究能否获得起码的"公正视点"的重要问题。我们知道,学术是不可能不带有个人偏见的;但我们也同样期待学术见解能够尽可能地超越个人偏见,尽可能地靠近"公共真理",这一点甚至正是我们所追求的学术理想与学术境界的核心所在。就是说,在无法避免的个人偏见的前提下,追求学术研究在"公共真理"意义上的最大值,也许正是许多学者的共同目标。这一认识置换到女性文学批评领域尤为必要,因为对于女性文学研究工作而言,潜在的也是最大的障碍,源自几千年沉积而成的男权传统,我们的思想、观念、话语方式、评价标准等与之血肉相连,我们就生长在它的肌体之上,浸润于它的血液之中,须臾难以分离。正因如此,寻求女性文学批评的切入点,构建与女性精神世界进行深层对话的学术通道,就不单单是一个研究方法问题,而更是对批评者(不论男女)在多大程度上能够超越男权传统束缚的严峻挑战。

就新时期以来至今评论界对女性文学的研究状况而言,人们较多关注的是男性作家如何写女性,以及女性作家如何写女性,也就是说,女性艺术形象一直是我们性别批评的一个焦点。如果说到男性形象的塑造,也较多地是将目光投向男性作家的作品。而对于女性作家如何写男性,男人在女性文学作品中被赋予了怎样的审美理想,获得怎样的价值评判,似乎缺少足够的关注和系统的研究。这里面也许本身就隐藏着文学批评的一种"男权式默契":回避进入女性文学现场,回避被审视的"他者"地位,在有意无意中将"自性""自在"的话语特权牢牢掌控手中。当我们作为男性去讨论男性作家笔下的女性形象时,在很大程度上难以洞穿男性话语对女性独立生命意志的有形或无形的覆盖,最终成为男性写作主体的同谋,致使女性在被塑造和被阅读的过程中不断遭受曲解。当我们走近女性作家笔下的女性形象时,又因女性文本不避嫌疑、高度敞开的美学品质而使得男性化的解读目光难以逾越"窥视"的心理障碍,也就更加无法给予女性写作一个科学的、理性的评估。也许,能够有效帮助我们获得一个比较公正的评论眼光的办法,就是用心去关注一下女性文学视界中的男人,看看在社会的、家庭的、现实的、历史的、情感的、伦理的、世俗的、审美的多个领域内、多个层面上,这些女性作家所代表的女人们,是如何对男人们企盼着、幻想着、依恋着、包容着、忍受着、怨恨着、指责着、规劝着、算计着、等待着……虽然我们不能简单地说女人的期望就一定是男人的努力目标,然而真的应该换个角度,即站在女性的立场上来考察一下男性世界,这对于共建两性和谐未来无疑会有很大益处。

在女性关于男人的文学言说中,爱情问题又是一个不可替代的女性思想、意识、情感的"集结地"。纵观整个20世纪以来女性作家创作的爱情文本,连贯起来看就是一个女性心目中的"男性理想大厦"不断搭建、不断修制又不断动摇、不断坍塌的环复、变化的过程。从女性的情感立场来看,到底什么样的男人才是她们的期待?好男人应该具备怎样的精神内质和外部条件?为什么她们笔下的绝大多数爱情故事最后总是留下了女性掩饰不住的失望和叹息?这其中难道不正浓缩着女性在解放自我进程中所有的痛苦和向往吗?我们看到,尽管随着不可阻拒的时间流程,每个女性作家对于爱的理解,对于男性的认知角度和评价标准不断地发生着变化,这些变化里深深刻印着社会前行、时代变迁的痕迹,由此构成了一个因爱而造就的男性人物长廊,其间活动着形神各异、栩栩如生的男人们;但是,女性作家所共同体现出的对爱情奥秘的探究热望没有变,对生命中拥有一个好男人的期盼、渴念之情一脉相承,对现实生活中为爱而挣扎、呼号、沉吟、哀叹、思索的女性群体命运的深切关注贯穿至今。当我们努力从传统的男权话语秩序中稍息片刻,试图将我们的目光转移向女性视角,并由此轻轻揭开女性作家笔下所构筑的那个"男人世界"时,女人——我们这个生命世界的一半——最为内在、最为本质也最为精彩的部分,已经悄然向世人敞开了。

当然,这种"敞开"肯定是无比艰难的,这同样是一次对男女两性世界相互认知、相互理解、相互关怀、相互感悟能力的挑战。作为男性研究者,读懂那些文学中的女性不容易,读懂那些文学女性的创造者们更不容易:她们互为叠印又彼此分离,相隔很远却息息相通,必然造成这种敞开的困难。而其中,对于那些"诗意地栖居"于女性文本的男性主人公们,我们又该怎样才能很好的理解和把握?也许,我们所能做的,只能是不断地靠近、谛听、触摸、追问、思考。

三、女性主义文学批评的历时特征及突破维度

在探讨过现代语境中女性文学批评最为突出的两个问题之后,接下来我们有必要将观察视野进一步放大,就当代中国女性主义文学批评的整体发展过程,以及这一过程中业已形成的基本特征、目前面临的困境,以及下一步突破口的勘寻,予以一定的理论探析。

女性主义文学批评是中国当代文学理论与批评整体中的一个重要组成部分。而借助女性文学创作语境这一视角予以观照的话,女性主义文学批评已然是一面不可或缺的镜子,不断映照出当代女性文学创作的基本面貌,其中不乏为女性写作提供的清晰画像,也时时发生模糊不清甚或扭曲变形的"镜像",但不论哪一种情形,这种创作与批评的积极互动,必然会对女性文学中女性主体性建构的努力产生复杂的影响作用。因此,女性主义文学批评的发展是影响女性文学创作的最重要因素之一。

从时间上讲,中国的女性主义的批评实践活动始于20世纪80年代初期,迄今已有近四十年的历史。在这四十来年中,女性主义批评不仅为女性文学的发展提供了理论诠释与精神支持,而且其本身已成为了当代中国文学理论现代化建设过程中一个全新的理论发生域和生长点,为人们深入阐释文学问题勾描出了一幅以公正、自由、平等为基点的性别图景,进而为人们对于性别角色的现代认知和未来想象提供了新的思路。现在,我们将在这方面研究已有成果的基础上,再作一定的回顾总结,从中勾勒出女性主义文学批评发展的主题脉络,并进一步发现其中还存在的一些问题,在此基础上提出自己的建设性的想法。

(一)女性主义文学批评发展的四个阶段

女性主义文学批评主要是指一种具有女性主义立场的文学批评实践活动,它的批评对象主体是女性文学,但也包括对男性作家作品中所持性别立场或性别倾向的反思与批判。至于"女性主义"这一概念,理论界的解释林林总总,难以归纳。这里我们认同并沿用的阐释是:"强调女性研究的文化立场和从文化角度建构独立的女性意识、女性身份、女性美学和女性传统","从文化批判的立场出发,注重性别意识及文化建构"[1]。

---

[1] 徐艳蕊:《当代中国女性主义文学批评二十年》,广西师范大学出版社2008年版,第3页。

纵观近四十年来当代中国女性主义文学批评的发展主题,可以大致分为四个阶段:女性意识觉醒阶段、女性主体性确认阶段、女性文学传统挖掘阶段和女性身体叙事剖析阶段。

1. 女性意识觉醒阶段

这一阶段主要是指从 20 世纪 80 年代初到 80 年代末。这是女性主义文学批评从萌发到自觉的时期。

女性文学批评在尚未达到自觉程度的最初阶段,主要依赖两个方面的力量来推动发展:一是对国外女性主义文学理论与批评的译介活动,二是女性写作实践及成果层出不穷所产生的影响力。

从对国外女性主义思想的译介情况来看,学界公认的是朱虹于 20 世纪 80 年代早期介绍美国女作家的文章。1981 年,她发表在《世界文学》上的《〈美国女作家作品选〉序》,介绍了美国带有女权主义色彩的女性文学。当然,这些早期译介文章最初并未引起国内理论界太大的关注。在随后的几年里,发表于刊物上的女性主义译介文章开始逐年增加,据林树明在《多维视野中的女性主义文学批评》一书中的统计:1980 年到 1983 年,每年平均发表 5 篇;1986 年到 1987 年,每年平均发表 11 篇;1988 年增至 20 余篇;1989 年 32 篇。[1] 可见,理论界对女性主义理论的兴趣也经历了一个逐渐升温的过程。

从当时女性写作情况来看,20 世纪 80 年代中期一部叫做《街上流行红裙子》的电影具有一定的标志性意义,它意味着中国女性从极"左"观念中解脱出来,告别以往的"无性"状态,开始向"女性气质"回归。这也正是女性意识在新时期文学写作实践中的最初萌发。随后,张洁对理想主义纯真爱情的诉说与失望、张辛欣对女性独立人格的坚持与迷茫、刘西鸿作为新女性的潇洒不羁、铁凝对传统母性力量的重新呼唤等,则意味着女性意识在女性作家的笔下已经呈现出全面自觉的态势。

正是在这样的特定语境中,当代中国的女性主义文学批评开始了本土化的批评实践。这一实践的发端,就是对"女性意识"的讨论。80 年代中后期是这种讨论的高峰期。代表性的文章,譬如 1986 年钟立的《朦胧的现代女性意识——新时期电影女编导创作思想心理评析》、1987 年李英的《论女性意识》、阮忆的《女性文学和女性意识——新时期女性文学断想》、1988 年彭子良的《新时期女

---

[1] 林树明:《多维视野中的女性主义文学批评》,中国社会科学出版社 2004 年版,第 345 页。

性意识构成初探》、陈继会的《女性自我意识的双向探寻——新时期农村题材小说一瞥》、1989年于青的《并非自觉的女性内审意识——论张爱玲等女作家群》等，都紧紧抓住"女性意识"这个关键词探讨女性创作。女性意识的提出，具有这样两重重要意义：一是等于承认了女性经验的特殊性和差异性，女性感受到的世界是不同于男性的，所以具有女性独特的视点和立场；二是等于重新提出了女性文学是什么的问题，女性文学仅仅是一个生理性别的界定，还是应该包含独特的"女性意识"？这使得女性文学研究有了一个全新的理论基点。

2. 女性主体性确认阶段

这一阶段主要是指从20世纪80年代末到90年代中期。这是女性主义文学批评由自觉进一步趋于深化的时期。

如果说，80年代中后期"女性意识"的提出，意味着中国文学理论与批评在经历了长期的"无性化"阶段之后，对女性自身的性别经验和性别差异予以了重新发现与揭示的话，那么，自80年代末开始的对于"女性主体性"问题的讨论，则意味着女性主义批评对带有性别特质的女性自我的进一步追问：作为女性的"我"是谁？作为女性的"我"的独立意志何在？作为女性的"我"在整个传统与现实的文化符号秩序中处于什么样的位置？从"女性意识"到"女性主体意识"，是女性为自己重新命名的一次不懈努力，也是女性主义文学批评的一次认识深化。

在这一阶段的女性主义文学批评著述中，将"主体性"与"女性性别"联系起来进行理论探讨的最具代表性的成果，应该是河南人民出版社1989年出版的孟悦和戴锦华合著的《浮出历史地表——现代妇女文学研究》一书。该书将现代女性文学的发展过程阐释为一个现代女性作家不断言说经验、剥离遮蔽、指认真相、突破包围，从而使女性自身的主体意识不断成长的过程。作者借助20世纪最具影响力的精神分析学家拉康的"镜像阶段"理论及"象征秩序"概念，对女性主体意识成长的过程以及受到的阻碍进行分析，描述了女性意识中的"我"和"我自己"就像"对置的两面镜子"相互映照、幻象重叠的困境，进而揭示出以父亲为中心建立的"父系象征秩序"对女性权利全面剥夺的历史真相，其中尤其是当这种象征秩序与国家意志、与民族传统、与政治意识形态、与整个话语系统相融合之后，对女性肉身与精神的操纵和掌控必将是全面而彻底的。

当女性自我的主体性在父权文化体系中遭到抑制之后，唯一的选择便是成为与男人一样的人。"我和你是一样的人"诱使女性落入了另一重困境，即"花木兰式境遇"——"要么,她披挂上阵,杀敌立功,请赏封爵,冒充男性角色进入秩序……要么,则解甲还家,穿我旧时裙,着我旧时裳,待字闺中,成为某人妻。"[1]前者使她模仿男性而失去女性自我,后者则使她重新回归女性传统现实,再度失去自由。

如何摆脱上述困境?《浮出历史地表——现代妇女文学研究》特别强调了一个概念的重要性,即女性经验。在作者看来,女性在其主体成长过程中有一个"结构性缺损",那就是女性经验(包括历史经验、心理和生理经验)都处于男权话语的"涂盖"之下,只有将女性经验诉诸话语,反复表述,显露女性存在的真相,使世人逐步熟悉并接受女性存在的事实,才能走出"我"和"我自己"如同"对置的两面镜子"相互映照、幻象重叠的困境,进而走出以父亲为中心建立的"父系象征秩序"压迫女性的困境。

当然,这部著作在探索女性如何走出困境的努力中,也还是遗留下了一些值得进一步讨论的问题。比如,女性在通过现有话语系统言说自身经验的时候,如何能够做到既利用男性主宰的话语系统进行言说,又能够超越话语本身的限制而获得自我经验表述的深度与广度?再如,女性主体意识所依赖的女性经验、女性特质,有没有固定不变的含义,女性主体的成长过程是否也意味着女性新的特质的生长过程?等等。这些问题成为后来女性主义文学批评进一步发展的重要方面。

3. 女性文学传统挖掘阶段

对女性文学传统的挖掘与女性主体性问题的探讨基本上是在同一时间段(即从80年代末到90年代中期)展开的。对于女性主体性问题的思考,自然会触及女性于历史传统中处于什么样位置的问题,并通过女性文学传统的演绎、升沉、变化轨迹加以证明。

进入20世纪80年代中后期以来,女性创作呈现出一种新的迹象,即由对女性当下现实困惑的描述与思考开始向女性历史传统的纵深探究,从中汲取更为久远、更为强大的精神力量。这一努力较为集中地体现在对女性身上所具有的天然的传统母性力量的认同与赞美上,依此获得一种似乎可以与强大的男权传统秩序相抗衡的精神支撑。也就是说,此间不少女性作家将"母性情怀"作为自

---

[1] 孟悦、戴锦华:《浮出历史地表——现代妇女文学研究》,河南人民出版社1989年版,第23—24页。

己笔下纵情讴歌的对象。所谓母性情怀,是指对女性受孕、分娩、哺乳、抚养、持家等传统的母性特质所表现出的强烈的颂扬和维护意向。她们将自然母性道德化。在一些女性作品中我们看到,女性自然的生育行为被赋予了很高的道德价值和极大的人格魅力。最具代表性的作品如铁凝的《麦秸垛》、航鹰的《前妻》等。甚至将自然母性神圣化和诗意化。这种神圣化、诗意化的母性、母爱不止是在伦理道德意义上的精神升华,而且成为一种类宗教意义、审美意义上的理想描述和价值确认。这一类女性的母性情怀,主要体现在对生命存在的近乎本体意义的无私关爱和竭力呵护,其精神已与圣洁的教徒对神圣的上帝一样的虔诚和执着。在这种意义上,女性的母性特质是被无限延伸、放大了的,其自然属性与社会属性均被纳入宗教的、美学的范畴中,予以神圣化、诗意化的改造。那些属于女性生命现实的真切痛苦、呼号、困顿、无奈也均被一并纳入那无限博大的母性胸怀中,逐一消解得不留痕迹,那原本生活在严酷现实中的女主人公也由此被镀上了一层超凡脱俗的圣洁光彩。最为典型的莫过于张洁的《祖母绿》,以及王安忆的前期代表作《小城之恋》等。这种向母性传统复归的努力,使得这一时期女性创作呈现出一定的复杂性,这种复杂性主要在于,这些女作家一方面以母性的坦荡、厚重、无私、包容等精神质素为支撑,大胆突入了"性"的禁区,实施对男权的颠覆策略;另一方面又切实体会到了作为女性在自我特质确立上的种种困惑,不禁流露出欲向人类普遍认同的传统母性靠拢的愿望。这使她们的创作体现出了先锋性与传统性相交织的"双重性"特征,这种"双重性"正体现了她们在传统与现代意识之间游移、彷徨的矛盾心态。

这一期间的女性创作实践,对于女性文学批评进一步深化对女性主体性问题的思考,重新清理和建构女性文学传统,客观上起到了一定的"启迪"作用,即让批评家们更加清醒地看到,女性借助男权话语体系来揭示自身存在真相是多么的艰难。因为女性这种"借助性"的表述似乎总是处于一种"悖论"之中,无法真正获得属于女性自己的话语空间。因此,如何从男权历史的重重遮蔽中获得正面突破,即如何在"正史"的空白处挖掘出原本就潜伏于历史地表之下不曾断绝的女性文学传统,就显得格外重要。换句话说,当代女性主义文学批评对女性文学史的重建,就是重新寻找女性文化血脉的工作。这样的工作,除了孟悦、戴锦华的《浮出历史地表——现代妇女文学研究》之外,1988年出版的康正果的《风骚与艳情——中国古典诗词的女性研究》,从女性主义立场对男性作家作品中无处不在的不公正的女性观予以了较深入的反省;1993年出版的刘思谦的

《"娜拉"言说——中国现代女作家心路历程》,致力于描述为男权传统所遮盖的现代女性作家精神成长的隐秘轨迹;1995年出版的刘慧英的《走出男权传统的樊篱——文学中男权意识的批判》、陈顺馨的《中国当代文学的叙事与性别》,则分别代表了对男权传统更为犀利的批判姿态和更为冷静的解读方式。

4. 女性身体叙事剖析阶段

这一阶段主要是指从20世纪90年代后期到21世纪初期。这是女性主义文学批评由不断深化转向全面拓展的时期。

所谓身体叙事是指女性文学中直接指陈身体欲望、大胆揭秘快感体验的一类创作现象。批评界也称作"身体写作"或"躯体写作"。

作为一种写作实践,从80年代初期的回避身体、回避性爱话题的清教徒式的理性主义(如张洁的《爱是不能忘记的》),到80年代后期对性爱禁区的小心尝试(如王安忆的"三恋一世纪")、对女性身体意象的大胆书写(如铁凝的"三垛一门"),再到90年代前期对身体经验的坦然描写(如陈染、林白的作品),直到世纪之交对身体的恣意张扬(如卫慧、棉棉的作品),女性身体叙事经历了一个十分曲折的过程。从理论意义上讲,关于女性身体叙事的探讨主要是在90年代后期开始的,这一期间的女性主义文学批评在理论意向上可以粗略分为两个方向:一个方向是对女性文学中的身体叙事予以了充分的宽容与理解,并力求作出合乎女性文学发展逻辑的理性解释,如黄秋平的《陈染小说与女性视角》、荒林的《林白小说:女性欲望的叙事》、金惠敏的《超前的女性写作与滞后的女性阅读》等文章;另一个方向则是对不断高涨的身体写作浪潮给予了严厉的批评和剖析,主要指向20世纪末以卫慧、棉棉为代表的"70后"女性写作,她们的作品表现出对传统的更为大胆的叛离,对女性身体的私密体验更为狂热的迷恋和直白的袒露。她们虽然也像陈染、林白那一代对自己作为女性充满自信、自爱、自恋、自怜,然而,文化消费时代汹涌泛滥的激情与欲望,使她们的精神世界与情感追求一律见出强烈的消费意向,而过度的狂欢与自纵也使她们的人格趋于严重分裂,从而陷入一种自我迷失状态。批评界于此发出的声音,一方面指向女性身体叙事中的缺乏主体价值思考、毫无理性伦理节制的滥情、滥性趋向,如蔡世连的《女权、躯体写作与私人空间——女性写作的旨趣悖谬》、耿传明的《以"身体"代主体的写作——晚生代非观念化写作的态度和立场》等文章;另一方面则更体现了对这种写作中包含的与消费市场合谋、变相献媚男权、反女性自身主体性与独立性倾向的批评,如廖文芳《当身体成为标签——兼谈女性文学的危机》、魏天真的《慎重对待身体》、萧武的《身体政治的乌托邦》等文章。

值得注意的是，这一期间关于女性身体叙事问题讨论的参与者，已不仅仅限于以往的女性主义文学批评者的范围，有许多重要观点来自不同的理论学科，文化批评的意义超过了纯文学批评，身体叙事开始成为一个公共话题，这意味着女性主义文学批评在学术空间、学术思维上已经呈现出全面拓展的态势。

（二）女性主义文学批评的视阈局限

回顾近四十年的女性主义文学批评实践，可以发现我们一直在批评视阈上存在着一定的局限性。如何正视和突破这种局限，进一步有效拓展女性主义文学批评的理论空间，以此促进更为理想的女性创作语境的形成和改善，这无疑是一个迫切需要解决的问题。

当代中国的女性主义文学批评，从一开始就受到了西方女性主义理论的直接影响。这种影响在迄今近四十年发展历程的每一个阶段上，可能发生过升沉起伏的复杂变化，但是作为一种理论资源，西方当代女性主义理论始终为中国女性主义批评者所倚重。当然，有论者已经指出，这种外来影响在国内并非平均发挥作用，基于中国文化的本土性特征，批评界比较易于接受的还是西方女性主义中注重女性经验和女性美学的那一部分思想理论。这也使得中国的女性主义思潮更多时候将"女性经验"作为问题思考的基点。而且，这种"女性经验"在社会职场、家庭生活乃至整个人类历史中的相似性存在，使得中国女性主义有了与世界构建同一性联盟的现实可能，许多卓有成效的理论探讨就是在这一共同基础上展开的。但是，即便如此，一个突出的问题还是摆在了整个批评界眼下，那就是：西方女性主义理论与中国本土文化实践之间的适用性问题。这是一个"老"问题，但围绕它的讨论却是开放性的，常思常新的，其中包含的关于"女性经验"内部差异性（民族差异、文化差异、个性差异等）问题，就是最引人瞩目的理论问题之一。中国女性主义理论家李小江在20世纪90年代初就曾明确提出并强调了这种差异性的存在，指出东方妇女的解放运动不同于西方女性的自发活动，不是一种独立的运动，而是始终与民族革命、社会变革的整体命运紧密联系在一起的，有着明显的本土化特征。这一观点在当时尽管遭到一定的质疑，但是时至今日，这个问题显得更为清晰，至少目前国内的女性主义理论在表述现实、解决问题方面，还显示出一定的空洞和无力。这说明，目前女性主义批评的理论视野已经呈现出明显的局限性。

概括起来,这种理论视阈的局限性主要在于以下两个方面。

第一方面是对本土立场的不够重视。在近四十年的女性主义文学批评中,人们更多的努力是花在了借西方女性主义理论来反省和批判本土男权体制对女性的压迫方面,从中更多地注意到了中国与世界女性的共性经验,而相对忽略我国女性的本土经验的特殊性,比如关于男女平等的早期启蒙思想是男女两性共同发起,男性启蒙者充当女性解放领路人等历史事实,尽管这些史实中存在着许多可以用女权目光轻易发现的男权压制实质,但问题是,忽略这些史实带来了另一个突出问题,或助长了一种非理性的情绪,那就是"男女对峙"的女性观的大量出现。从20世纪80年代以来各个阶段的女性文本,到各个阶段的女性文学批评,甚至各个领域的社会生活,这种对峙、对立情绪长期地、广泛地弥散、渗透,成为对女性解放问题作理性思考和深入推动的最大障碍。

第二方面是对西方女性主义理论了解掌握还不够全面深入。这是从另一个角度来谈局限性的。这其中有两个层面的意思:一是对西方女性主义理论信息(尤其最新动态)的译介工作还远远不够,比起80年代的译介热潮,今天的图书市场更多关注的是效益,而非学术发展的连续性;二是学界浮夸风、跃进风盛行,真正意义上的学术研究活动受制于各种晋职考核、课题结项等功利性的目的,无法静下心来充分占有资料,不能对基础理论深钻细研,导致学术风气的浮躁、研究视域的偏狭等一系列突出问题。

(三)女性主义文学批评欲求突破的两个维度

中国女性主义文学批评整体面临着理论资源的疏浚、清理、选择,以及外来创作经验的有效借鉴、合理吸收与自我转化等一系列工作,这是一个庞大的系统工程,需要研究者的进一步潜心投入和耐心坚持。这里出于问题的迫切性和实际可行性的考虑,首先遴选了下列两个维度,以求打开缺口,形成突破效应。

第一个维度:女性文学批评的视阈需要进一步拓宽,即从"女性文学"向"性别文学"过渡。

对于从"女性文学研究"转向"性别文学研究",多年前国内有的学者已经表示出这样的意向。在女性问题专家刘思谦教授于2001年的一篇与所带博士生的对话体文章《性别视角与中国女性文化研究——阅读〈中国女性文化〉No.1创刊号》中,当一位学生提出能否以"性别文学研究"来置换"女性文学研究"的问题时,刘教授回答:如果在几千年来的文学实际上是男性文学的情况下,在女性文学刚刚浮出历史地表的情况下,用性别文学来置换女性文学,也就取消了女性文学的存在。不过,刘思谦也肯定地指出:女性文学、女性文化的提出只是一种策略,远景将是用性别文学来置换女性文学。[1]另外的一些女性文学研究者也意识到这个问题,如学者贺桂梅提出女性文学研究应超越"女性文学"的狭隘界定,有效地吸纳文化研究和社会身份研究的理论观点与方法,逐渐转向广泛的性别问题研究。

从概念的涵盖性来讲,"女性文学"只是以女性作家的创作、作品为研究对象,挖掘女性作家的文学传统,探寻女性作家创作、作品不同于男性的审美特征;而"性别文学"的研究对象则是文学创作、作品中的社会性别问题,不管作品的作者是男性还是女性。它主要以社会性别理论为视角、方法,对文学中存在的社会性别权利关系进行清理,树立正确的性别意识。显而易见,持用"性别文学"比一味限于"女性文学"的单纯研究视角更有利于拓宽女性主义文学批评的理论视域。

关注性别问题,有助于我们发现女性所面临的诸多问题,其实也是男性面临的问题。批评家崔卫平曾在一篇题为《我的种种自相矛盾的观点和不重要的立场》的文章中描述20世纪80年代之后女性主义文学所产生的特定历史语境时表达了这样的观点:"被取消"的不仅是女性的性别身份,还有种种其他的权力和声音,诸如人道主义、人类良知、揭示真相等权力和声音。当女性不得不抹杀和掩盖自己的女性身份的同时,男性也做着同样的事情。相对于"女性之页"的空白而言,"男性之页"也是空白的;"被弱化""被书写"和处于劣势的同样也包括男人。无性别、无差异是这个时代男女共同的特征。尽管说在这种男女的无差别之间还有男性中心的影子存在,但这个"中心"也只剩了一层空壳,只是一个"准男性中心"而已。因此,"当被压抑被取消的女性站出来发出自己的声音的时候,那些被压抑被取消的男性也应该站出来发出自己的声音"[2]。当我们遭遇一个整体压抑甚至取消人的性别身份的时代问题时,关注性别问题,会促使我们进一步认识到,女性问题的清理与解决往往是与男性问题的清理与解决紧紧捆绑在一起的,需要一种更为理性的、宏观的理论思考。

关注性别问题,有助于我们展望女性未来的目标,女性必然是与男性一起努

---

[1] 刘思谦:《性别视角与中国女性文化研究——阅读〈中国女性文化〉No.1创刊号》,载《中国女性文化》(第2卷),中国文联出版社2001年版,第56页。
[2] 徐艳蕊:《当代中国女性主义文学批评二十年》,广西师范大学出版社2008年版,第78页。

力,才能构建和谐共生、均衡发展的两性世界。长期以来,人们把女性的主体性价值作为女性解放的重要目标来追求,但是女性自我主体性的真正实现,又总是与男性主体性问题纠结一起,难以割裂看待的。正因为看到了这一点,刘思谦提出了从"主体间性"的角度来探究两性问题。她认为男性与女性之间的关系,不是主体与客体的关系,而是主体间或主体际的关系;不是由一性来主导控制另一性,而是男性和女性、主体和主体共同分享经验,形成主体间相互理解和交流的信息网络。[1] 这一思路正体现了作者在"人"的概念基础上调和两性冲突的可贵努力,对于女性主义文学批评的发展具有很大的启示意义。尤其是当我们面对一些更加棘手的性别社会问题(诸如性别边缘问题、性别角色倒错问题等)时,上述思考传达了一种东方式的更为宽容、也更为切实的思想智慧,值得借鉴。

当然,"性别文学"与"女性文学"两者并非对立,而是相互交叉、互为补充的。在"性别文学"所展示的两性关系的未来图景下,"女性文学"研究无疑会获得更加理性客观的观照视角和更为全面开放的理论空间,只有这样,才能使女性问题研究进一步学科化,才能更好地对应于当下的特定生存语境,也才更符合文学历史、现状以及未来发展趋势的实际。

第二个维度:女性文学研究的内容需要进一步深化,即从"女性问题"向"性格问题"转化。

当女性主义文学批评获得更为宽广的研究视域之际,并不意味着女性文学研究从此走向对批评策略与宏观思考的过分依赖,女性文本批评仍然应该是研究的重心所在,需要更为耐心细致的批评态度和批评能力。在以往的女性文本批评实践中,并不缺乏及时的跟踪和详尽的解读,运用的批评手段与方法也是众彩纷呈,只是近年来关注女性作品中的人物性格问题的批评越来越少了,这在一定程度上限制了女性主义文学批评的探讨深度。

其实,谈论女性文学中的人物性格问题,本来就是我们过去十分熟悉并乐于付诸实践的一个方面。从 20 世纪前期的莎菲、贞贞、曹七巧、黑妮,到改革开放以来的梁倩、柳泉、荆华、司猗纹、王琦瑶等,女性人物形象塑造及性格剖析一直是女性文学创作与研究的一个侧重点。然而,从 20 世纪末至今,这二十来年的女性文学批评对此有明显的偏离,其中最主要的原因,应该是此际的女性文本中

---

[1] 刘思谦:《性别视角的综合性与双性主体间性》,载《河南大学学报(社会科学版)》2006 年第 2 期。

并不注重提供传统意义上的完整的女性形象,即使有也显得较为散乱、零碎,难以整体把握和深入评析,对之该作何评价已不是这里三言两语能说得清的。只是笔者仍然坚持认为,小说的基本任务还是塑造人物形象,某一阶段性的人物趋淡化、破碎化表征不会根本改变小说的这一基本属性。因此,重新关注女性文学(主要指小说)中的人物性格问题,不单是想对当下女性写作存在的一些缺陷作出提示,更因为在笔者看来,当我们进一步拓宽女性主义文学批评的理论视域之后,深入研究女性文本中的人物性格,会使我们获得对女性个体的新的观察角度及认知深度。

可以肯定的是,关注性格问题并不影响我们对男女不平等、性别歧视现象及其背后深层的社会体制和历史传统根源的思考;相反,剖析人物性格有助于我们从个案入手,更深入地揭示女性个体性格形成所涉及的复杂的社会背景和历史原因,更深入地探寻女性精神现象所涉及的父权历史文化传统。从批评方法角度看,由个体而社会而历史的批评思路可能不再容易受到推崇,然而,我们又不得不承认,这种思路有着任何新的批评方法难以替代的生命活力,从当下性格回溯个人历史,通过社会历史环境的分析回落到个体行为特征上来,这样的思想逻辑有着永远不会过时的魅力。特别是,当我们将这种思路这种逻辑指向女性文学创作时,其中的价值就更为彰显,因为女性文学批评在当今的意义更多的还是体现在为女性存身的社会现实问题而鼓呼方面。关注人物性格既可以帮助我们从社会性别角度切入文学文本,也可以有效预防从非文学方面研究女性文学,难以深入文学内部的弊端发生。同时,关注性格问题也有助于我们从个案入手,更深入地探寻女性心理生成所涉及的复杂的生物学问题,并与从社会历史语境视角所做出的努力共同形成更为完整、更为科学的女性文学批评的学理架构。

第三章
女性主体性建构的宏观语境与优化可能

从文学语境视角切入女性主体性建构问题,这种研究思路自然呈现出中心—辐射的基本特征:中心,即当代女性文学一切实践探索与追求意向中的女性主体性建构意识;辐射,即由这一中心出发,从内到外,从小到大,从微观语境到宏观语境,逐层外扩的思考研究轨迹。作为女性主体性建构的中心,女性文学创作自然是这一思考的出发点,从中发现文学语境的多重空间及基本特点,女性主体的多重身份及修辞策略,以及从多重文学语境中所见出的女性主体性的多重特性;然后,再经过对女性文学批评整体状况以及与女性创作形成的交互关系进行梳理,寻找现代语境中女性文学批评的主要问题及突破口。那么,接下来我们所要进一步探讨的问题,就是以下一系列在文学语境意义上更具有宏观性,在对女性主体性建构上的影响上更呈现外围性,因而也更容易被女性文学批评研究所忽视的问题。这些问题包括:中国当代文学创作生态所构成的整体语境之于女性文学发展,中国当代文学理论研究生态所构成的整体语境之于女性文学创作,文学文本内部基本规律的常态化理解及重新探究之于女性文学观念,以及迅猛发展的新媒体技术创新和新一轮文化启蒙运动,对于女性文学实践和女性主体性建构所具有的广泛而深刻的影响。表面看来,这些问题之于女性创作及女性主体性建构,均属一些外延性、远播性的"相关语境"问题,似乎呈现出一定的"弱关联性"。然而,宏观、外在的"相关语境"与女性创作活动在内在精神的、心灵的甚至潜意识的层面上却有着复杂而细微的同构性,正如一位科学主义文学理论家所指出的:"对于人类思维等高级认知过程而言,相关语境可能非常宽泛和极其抽象,从决定数学证明是否有效到质疑生命是否值得活下去。"[1]女性作家群体无疑属于具有"高级认知"能力的社会群体,因此我们致力于研究上述"相关语境"问题实属必要。而且,对于本书而言还有一个内在目的,那就是为进一步实现女性主体性建构而积极寻求优化外部文学发展整体语境的可能路径。

一、创作生态：现实主义语境下当代文学面临的三大挑战

中国当代文学创作生态所构成的整体语境是相当复杂的,面面俱到地予以分析不太现实。我们这里所采取的方法是,选择这几十年来文学生态中极具典型性的一个侧面,即关于现实主义创作的理解与争论,作为折射当代文学整体生态的一个视窗。通过这一窗口,我们可以较为简略地勾勒出中国当代文学,尤其进入新世纪以来,其发展过程中的一个重要线索,以及这一线索对女性文学创作在宏观语境意义上可能造成的多重影响和复杂作用。

这里稍启回顾：十几年前,当代文坛曾掀起一场关于"重返现实主义"问题的争论。虽然争论早已告一段落,但是其中所引发的关于当代文学的严肃思考并不应该这么快就结束,还很有再反思的必要。因为在中国,现实主义问题永远不应成为过去时。而抓住现实主义这一线索,既便于观察当代文学的思潮变化,亦可帮助我们理解女性写作中那些具体的、个性化的表达背后的整体语境。

反思这场争论你会发现,无论这些参与其中的批评家、作家们表现出多少差异性,大到文学立场、观念、态度,小到一种文学趣味的分野、一个学术概念的歧见,但却都处于一种共同的语境之下,以及这种语境下一种共同的文学理想之中。这种语境是：当代文学中的犬儒主义、历史虚无主义、现实拜物主义盛行,言必称"市场""消费",人性中浅在的欲望成为文学乐此不疲的兴趣所在。这种理想是：对于文学严重脱离现实、忽视民生、浅薄娱乐等恶劣品质的普遍不满,以及这种不满所引发出的普遍的文学理想和期待——这也是"重返现实主义"为何能够成为一种"强大的理论呼唤"[2]的内在缘由——因为有了这样的普遍的理想和期待,使我们有理由相信：中国文学批评的独立的话语时代开始了。

正是基于上述感觉与判断,这里并不想对这种"重返现实主义"内里饱含的

---

[1] [美]凯瑟琳·海尔斯：《非意识认知：拓展人文学科思维》(上),何霜紫译,载《批评理论》(国际学术期刊中文季刊)2018年第2期,世界科学出版社2016年版。

[2] 梁鸿：《当代文学往何处去——对"重返现实主义"思潮的再认识》,载《文艺理论与批评》2007年第1期。

社会道德意味作任何批评——即便为数不少的"重返"论者确曾将美学问题与道德问题混为一谈,但在一个道德伦理普遍匮乏的时代,文学批评界针对文坛时弊所体现出的强烈的道德诉求总体上讲还是可贵的——这不是问题的关键。问题的关键在于,"重返现实主义"作为一大批有责任、有良知的文学人的共同理想,到底有多大的切实可行性?或者说,作为一条拯救中国文学的重要路径,走起来有多大的现实难度?攀越这些难度需要怎样的胆识、才华和勇气?

(一)"曾经的"现实主义

要想揭示这种"重返"所面临的"现实难度",首先有必要反检一下我们曾经有过的现实主义,也就是粗略勾描一下 20 世纪以来中国现实主义文学发展的线脉。

纵观整个中国文学史可以发现,作为一种创作方法,现实主义或写实主义一直或隐或显地贯穿于中国传统文学中,从古代曹丕的文章乃"经国之大业,不朽之盛事",白居易的"文章合为时而著,歌诗合为事而作",到近现代梁启超提出的"小说救国"论,鲁迅的欲通过文学的力量来"改良社会"的主张,中国作家、文人身上一直贯穿着现实主义这一传统。究其原因,恰如有的学者所说,这与中国有着"滋长现实主义的适宜土壤"以及现实主义"与中国作家的传统文化心理结构相契合"[1]内在相关。

作为一种文学思潮,现实主义则是自"五四"时期新文学运动以来显示出强大声势的。在过去的 20 世纪,现实主义一直构成中国文学的主潮。根据其起伏变化,这一百年大潮可以分为崛起、转型、变异、复苏、深化、低谷、回归七个阶段来简要描述。

崛起阶段——从时间上,这一阶段主要是指中国新文学的第一、第二个十年,也就是从"五四"时期到 30 年代末,思想启蒙、人道关怀与社会批判构成这一阶段现实主义创作的主要特征。从"五四"发轫的中国新文学运动,一开始就怀有强烈的启迪民智、改造现实的人文理想,而文学成为了实现这种理想的特殊工具。"五四"时期的作家大都是在强烈的民族忧患意识、历史使命感和社会责任感的驱动下投身文学创作的,而从西方传到中国的具有现代科学理性与社会批判精神的现实主义,正为这些作家提供了抵达人文理想的可行之径。于是,一

---

[1] 王嘉良等著:《中国新文学现实主义形态论》,文化艺术出版社 2002 年版,第 5、6 页。

场声势浩大的现实主义文学思潮拉开了序幕,理论上如陈独秀提出的"三大文学"(国民文学、社会文学、写实文学)、胡适提出的"时代文学"等,创作上如鲁迅致力于挖掘国民劣根,意在"揭出病苦,引起疗救的注意"[1]的启蒙小说,冰心、叶圣陶等的"问题小说",周作人主张艺术"为人生"的人道主义作品,茅盾的气势宏大的社会批判小说等,多种现实主义文学形态汇聚,构成了这一阶段新文学的主潮,由此也奠定了现实主义在整个20世纪中国文学中的主导地位。

转型阶段——从时间上讲,指从30年代后期到"文革"前夕。从30年代后期开始,由于民族矛盾的加剧,"救亡"替代"启蒙"成为压倒性主题,文学与政治的联姻已是大势所趋。到了40年代初,毛泽东《在延安文艺座谈会上的讲话》发表,成为"五四"以来中国新文学一次重大转型的标志。从文学观念、表现对象到创作原则、创作方法等一系列的转变,形成了以解放区为核心并强力向全国辐射的新的文学思想体系,而现实主义于此也被赋予了更多的政治性含义,社会主义现实主义成为一种新的权威性创作规范。体现在文学创作中,在取得与时代特征相应的一定文学实绩的同时,一些概念化、抽象化、模式化的艺术创作开始充斥整个文坛。这一转型所形成的文学思想在相当一段时期内成为中国文学发展的内在制导因素。

变异阶段——从时间上主要指"文革"十年文学。这是对前一个阶段文学转型、文学大幅度贴近主流意识形态这一趋势的延伸与异化,这一阶段文学已经完全沦落为政治专制主义的御用工具,塑造"革命样板"的乌托邦狂想彻底抽空了现实主义既有的"真实性""客观性""批判性"等精神血脉,一系列的"假大空"艺术形象将传统意义上的现实主义推向绝境。

复苏阶段——70年代末至80年代初这几年,即新时期初期。随着整个社会生活发生重大转机,文坛春天的到来,现实主义文学传统开始迅速复苏。以"伤痕文学"为标志,一大批旨在控诉十年浩劫罪行的文学作品涌现,典型化的创作方法再度被重视。

深化阶段——80年代初期至中期这几年,最初愤激的情绪开始为日益深刻的理性思考所替代,在"伤痕文学"之后出现的"反思文学"思潮就体现出对"文革"发生原因的深入思考,而"寻根文学"则将这种思考由政治、历史方面进一步

---

[1] 鲁迅:《南腔北调集·我怎么做起小说来》,见《鲁迅全集》(第5卷),人民文学出版社1973年版,第64页。

延伸至中国传统文化生成的更深层次;同时,轰轰烈烈的"改革文学",是现实主义创作在另一维度(即社会现实)上的火热展示。除此之外,乡土文学、军旅文学、知青文学等都在以各自不同的侧重丰富和深化着现实主义创作,由此造就了新时期以来中国现实主义文学创作的一个高峰期,产生了一批很有质量、有影响的作品,诸如《爸爸爸》《小鲍庄》《红高粱》等。

低谷阶段——时间上指80年代中期以后至90年代初期。先是"现代派"文学的喧嚣登场,接着是"先锋文学"的形式实验热,现实主义一贯所倚重的"写什么"已经滞后,"怎么写"取而代之成为文学主潮,传统现实主义创作受到抑制。其间一度兴盛的"新写实"文学潮流和"新历史小说",只是现实主义创作在整体境况日趋艰难之际的一次"突围表演",却又因其极端化而分别沦入"庸常现实"和"虚无历史"的陷阱。

回归阶段——从90年代初至中期,是现实主义在沉寂、积蓄几年后的又一次"爆发",它的过渡形态是一些先锋作家向现实主义写作的转型,如余华的《呼喊与细雨》等。它的巅峰状态出现在90年代中期前后,一批关注民生、揭示现实的颇有影响力的作品引起文坛瞩目,代表作品如谈歌的《大厂》、刘醒龙的《分享艰难》、何申的《穷人》、陆天明的《苍天在上》、关仁山的《大雪无乡》等。这批作品的重要意义,一方面在于修复了一度被否定和割裂的文学与现实生活的内在联系,赋予了文学以言说当下现实的能力[1];另一方面又承接了"新写实小说"直面社会现实的品质,并在主题、内容及创作方法各方面均有相当的拓展和深化,被评论界称为"新现实主义",亦被视为现实主义传统的"回归"。

以上就是20世纪中国现实主义文学发展的一个大致脉络。从中可以看出,现实主义在中国的命运,无疑有着超过其他任何一种"主义"的曲折与坎坷,它随时代演变而发生的剧烈的起伏变化有着相当的代表性,是整个文学艺术在趋向现代化进程中命运多舛的一个缩影。意识到这一点,有助于我们分析和把握今天"重返现实主义"思潮生成的文化心理基础,也有助于从中观察女性文学创作及主体性思考的隐含背景因素。

(二)"期冀的"现实主义

回望曾经走过的现实主义文学历程,再面对当下关于"重返现实主义"的文

---

[1] 吴义勤:《关于目前的现实主义文学创作》,载《作家报》1997年2月27日。

第三章 女性主体性建构的宏观语境与优化可能

学理想,我们的疑惑就是:为什么人们始终不满已有的现实主义?换言之,人们在期冀着怎样的现实主义?

先看看这种不满。是的,除了鲁迅所领衔的"五四"时期启蒙民众、揭批劣根的现实主义创作实践之外,对现实主义文学发展的任何一个阶段,人们都不断表达着对创作现状的不满。从20世纪30年代开始,民族救亡、国家革命、政党斗争等多种重大主题日渐入主文学创作,并在40年代之后形成主流格局,现实主义文学的启蒙与批判精神日益失落。1949年以后十七年,文学创作被要求表达新中国的现代性诉求,现实主义被进一步规范为"社会主义现实主义","'写灵魂'遭到否定,'典型'这一概念被改造,文学的内部因素在外力作用下发生变异,现实主义对'人'的生存状态思考大大弱化,现代性所要求的'人的生成'被忽略了"[1]。"文革"十年更是将传统的现实主义异化为"假大空"的政治文艺。新时期以来,无论是初期的复苏、深化阶段,还是后来的低谷、回归阶段,人们在承认这些现实主义创作努力取得相应业绩的同时,依然不断感觉到这些努力与自己期待中的现实主义的种种"差距"。就以距离我们最近的"新现实主义"所掀起的"回归"热潮为例,人们既感动于这些作品所表现出的与整个时代"分享艰难的气度和力量"[2],但同时也发见出一些共性的"症候"。著名评论家雷达就曾抓住当时现实主义写作中的"问题情结"一针见血地指出:"毋庸讳言,这些作品大都是借助或依托着某个'问题'来展开的,因为'问题'总会过去,倘若只把眼光盯在'问题'上,到时候作品的艺术生命也会散失。我们并不赞同那种认为对当下问题的关注必然带来文学价值的丧失的观点,但我们主张,既要借助于'问题'又要能超越'问题'。"[3]

人们对现实主义文学的不满,实际上可以看作是阅读过程中一种持续的"偏离"行为——偏离阅读期待这个"中心",如同拉康在研究人的欲望问题时所发现的:我们看到的似乎总不是我们想要看到的——我们对于现实主义文学的阅读期待始终指向现实主义的某种"缺失部分",或"不在现场部分"。这种阅读期待并非是乌托邦狂想,而是有着相对完整的文学经验支撑的。长期以来,某些直接的和间接的经验汇聚积淀生成我们关于现实主义的共同性理想与想象,并

---

[1] 王文胜:《现代性的选择与失落——对"十七年"现实主义文艺思潮的一种阐述》,载《南京师大学报(社会科学版)》2007年第1期。
[2] 周介人:《现实主义再掀"冲击波"——编者的话》,载《上海文学》1996年第8期。
[3] 雷达:《现实主义冲击波及其局限》,载《文学报》1996年6月27日。

逐渐形成一个隐伏于我们内心深处甚至潜意识层中的阅读期待中心。这个"中心"是什么？笔者认为就是一种标准的、经典的现实主义。有的论者在质疑"重返论"时曾尖锐发问："今天的'重返'论者倡导回到现实主义，究竟是回到哪个现实主义？"[1]在笔者看来，"重返现实主义"的坚持者就是期望回到以往那种标准的、经典的现实主义。

从历时性的角度来看，这种标准、经典的现实主义无疑已经属于"历史记忆"的范畴。在这些关于现实主义的"记忆"中，主要有两个基本构成点：一个就是欧洲19世纪以巴尔扎克、托尔斯泰、屠格涅夫、陀思妥耶夫斯基等为代表的批判现实主义，另一个则是20世纪20—30年代中国新文学以鲁迅、茅盾、叶圣陶、巴金等为代表的思想启蒙、人道关怀与社会批判现实主义。前者缔造了世界文学史上一个令人景仰的伟大文学时代，后者则是在受到前者相当影响的前提下于古老的中国土地上结出的第一串现代文学硕果。

可以说，从20世纪30—40年代开始，现实主义就因种种复杂因素而日益偏离人们的期待中心。到现实主义发生"转向"之后，在主流意识形态的强力控制下，更是一步步滑向政治工具的深渊。新时期以来，无论初期的"复苏""深化"，还是后来的"低谷""回归"，都没有提供出合乎人们期待中心的现实主义。人们始终觉得中国文学不应该轻易跳过现实主义而进入所谓现代与后现代阶段，且客观上后者也无力替代前者。著名作家梁晓声早有预言："在中国，文学必将补上'现实主义'这一课，一切脱离'现实主义'内容的形式上的'现代主义'，实在是撑不起中国当代文学的巨大骨架。"[2]更为重要的是，中国社会目前急遽累积的现实困惑与不满，使人们想当然地以为，文学该是举起它批判大旗的时候了，就像19世纪西方资本主义欲望膨胀时期伟大的批判现实主义作家们所做的那样。这的确有点以道德期望替代文学理想的味道。但是，谁又能够否认，大众的阅读不满与期待从来就是文学发展潜在而巨大的推动力量。所以，对这种非专业化却又普遍存在的大众阅读期待心理，笔者还是有着强烈的内心共鸣，并愿意对之保持应有的敬意。

（三）"重返现实主义"的三大挑战

如果真的把曾经取得辉煌成就的巴尔扎克、托尔斯泰、鲁迅先生们的传统现

---

[1] 赵勇：《关于"重返现实主义"的通信》，载《文艺理论与批评》2007年第1期。
[2] 梁晓声：《关于〈浮城〉的补白》，载《光明日报》1994年3月2日。

实主义文学视为"经典"的话,那么,站在今天的文学原野上回望之,无论你多么自信,还是会有仰之弥高的感觉。这是因为我们当下所持有的文学高度严重不足。即便说今天我们的"返回"愿望真的具备现实可行性,在笔者看来,要想企及昔日"经典"的高度,至少面临着下面三大障碍的挑战。

第一,现实洞察力。

一个伟大的作家必然是一个对于人类生存境况具有深刻洞察力的思想者。文学评论家谢有顺指出:"作家的根本使命是对人类存在境遇的深刻洞察,一旦存在问题被悬搁,写作很可能就成了一种可疑的自恋。"[1]这种"根本使命"不管对于哪一种"主义"的文学都是重要的。近年来理论界似乎有一种说法,好像目前的中国社会过于复杂多变、不可捉摸,已不适合于现实主义文学的表达方式。这是一种逃避文学现实性的托词,是文学使命感弱化的表现。对于今天的中国,现实主义不是过时了,而是正面临着绝好的、富有挑战性的创作语境。

洞察力有两个支撑点,一是思想,二是良知。思想标志着文学家的理性力量。一个成熟的、杰出的现实主义作家注定不会将文学创作简单等同于对复杂而琐碎的现实生活的描摹与堆砌。他需要有一种深邃的目光,穿透纷繁世事表象对生存真相的遮蔽,洞见潜藏在每一个生命个体内部的属于全人类的经验与命运。在这个意义上,经典现实主义体现出两个基本维度:广度与深度。一方面,它要求反映社会、历史的整体性,追求文学的广阔视野;另一方面,它还要求深入事物内部探究隐藏着的复杂关系,实现文学的深度描写。依此作为中国现实主义的考量标准,可以发现整个20世纪我们关于现实主义的创作实践,鲜有同时达到这两个基本指标的作品,也只有鲁迅、茅盾、巴金等20—30年代的一些作品可以说是最为接近或达到了这两个指标,可见达到这种程度有多难。然而,更难的则是在具备深刻思想的同时拥有良知,它会使文学创作上升到某种境界。笔者一直坚信,一个伟大的作家不仅仅是一个思想家,同时还应是一个慈善家。他不一定从事慈善事业,但他一定内心柔软,爱憎分明,在任何时候都不会弃自己的良心于不顾。他的心灵永远坚守着自己的宗教,或者说是爱。托尔斯泰是批判的,起初被机械执行诺贝尔"理想主义"遗嘱的瑞典评委们几番拒之门外,他们将批判与爱对立了起来,因此冷落了托翁那颗深沉的爱心;鲁迅是批判的,却是源于对民生疾苦的深切关怀,对根除国民劣根、重塑"人"的精魂的热切期

---

[1] 谢有顺:《小说讲稿:故事》,载《大家》2007年第3期。

望。深刻的思想与质朴的良知,这是经典现实主义大师们成就文学巅峰时代的两块基石,前者体现胸怀之博大、眼光之高远,后者体现人格之魅力、灵魂之深蕴。对于当下文坛而言,能够同时兼有两者的,不知能有几乎?

第二,艺术想象力。

面对文学艺术创作,没有人会否认想象力的特殊重要性,也不会有人否认,那些曾经的现实主义大师们,具有怎样超凡的艺术想象力。巴尔扎克一部《人间喜剧》能够折射法国一个时代的真相,鲁迅笔下一个阿Q形象足以浓缩国人的共同"症疾",这除却作者的眼光敏锐、思想深刻之外,艺术想象力无疑是其另一个重要的内在支撑。而这里欲进一步深究的是,支撑这种非凡想象力的又是什么?笔者的回答是:经验。这种经验首先具有独特的个人性,其中童年记忆起着不可忽视的重要作用;这种经验同时又具有集体性,作者所倚附的某种民族历史、文化传统必然会作为其富有共性特征的类属经验或记忆,沉积于他的精神血脉之中,甚至深伏于他的潜意识层中,成为其创作所能借助的重要的精神资源,也是其作品能否获得世界认可的民族文化标识。只有民族的才是世界的早已成为共识,这当然包括文学经验,包括艺术想象力。

依据这样的认识,我们不得不承认当代文学在想象力问题上已经陷入困境。我们发现,当代作家的文学理念、审美立场、艺术想象无一不是处于"无根状态"。近百年来,我们的文学与传统一直是割裂的,而且这种状况在进入所谓全球化、信息化时代以后更趋严重。诚如一位论者所言:"文化断裂是21世纪每个中国人正在承受的精神苦难。"[1]上下五千年的华夏文明作为无比丰富的精神养分,今天已很难抵达当代作家的灵魂深处,没有几个作家对民族传统、对中国经验保持着足够的了解和记忆,更不消说有多深的感悟了。而对中国传统文化(包括文学)精神的共性"无知"、集体"失忆",直接导致当代作家艺术想象力的贫弱。比起拜读祖先来,作家们更热衷于学习西方。当然,这不是问题。问题是,你再学也只能学些皮毛之"技",而"根"永远在中国,在悠久的东方文化传统之中。当代作家余华在近来深入研究日本作家后总结出:"文学不可能是凭空出来的,而必须像草一样,拥有自己的泥土。"[2]草植根于泥土,反过来,不同的泥土会生长不同的草,这是自然规律,也同样适用于文学生态。中国的文化土壤

---

[1] 马季:《谁来揭开我们内心的盖头》,载《南方文坛》2007年第1期。
[2] 余华:《文学不是空中楼阁》,载《大家》2007年第2期。

只能孕育出"中国经验",这是这一代作家最重要的体会。有学者指出:"二十世纪东方文学的经验,屡屡证明作家坚守传统的自我纯化,往往会为作家提供超越理性的想象源泉和感受方式。"[1]在诺贝尔文学奖获得者中,海明威的"美国硬汉"文风并不见得优于川端康成温情忧郁的东方意蕴。金庸、琼瑶拥有那么多的读者,不论有多少原因,笔者相信其中神奇、诱人的"中国式想象"是最主要的,作者的才情背后是相对丰厚的东方文化母壤。在这一点上,大陆作家应该感到惭愧。正是这种文化根基的薄弱,精神底蕴的不足,导致当代作家个人经验与文化传统、民族精神之间的重重隔阻,导致艺术想象力的根本性匮乏。尤其是现实主义写作,更是常常陷于或主义、或表象、或问题的漩涡里来回打转,难以超拔。这不能说不是实现"重返"理想的又一大障碍。所以,对于当代作家来说,能否重返"中国经验",成为能否"重返现实主义"的一个关键。

第三,世俗超越力。

目前我们所置身的这个时代,对于当代文人的精神纯度而言无疑具有空前的挑战性。这是一个人的欲望极度膨胀的时代,人们在各种欲望的驱使下,很难保持自我精神世界的纯净与安宁。而文学却是一项被称为"须耐得住寂寞"的事业,那些急功近利者只能是欲速不达。以冲击诺贝尔文学奖为例,在莫言获奖之前,中国作家口头上一直不愿承认自己有想法,但实际上不少人不仅有想法,而且有动作。这本来是再正常不过的事了,但是面向诺贝尔理想而确立的心态一直是很成问题的。说白了就是,这种心态不是文学心态,而是世俗心态。文学创作原本也不能说没有功利心,但是要想成就伟大的文学,就必须超越这种功利心,这就构成一对矛盾,一个悖论。马尔克斯奉献给世人《百年孤独》这一巨著之前,也并非不想一夜成名,但问题是他终究能把自己关在那间小"黑窝"里整整十八个月,最后拿出长达一千三百页稿纸的手稿来。笔者以为,莫言能获奖,与他相对超脱的文学心态有很大关系。在中国当代作家里,陈忠实是一个最像农民一样朴实的作家,也只有他能够在中国文坛最喧闹的日子里不辞而别,重返乡村故园,在孤独与寂寞相伴的四年时间里,孕育出了饱含"民族秘史"的鸿篇巨制《白鹿原》,这也是迄今为止当代文坛公认的一部最为厚重的长篇小说。这里倒不是提倡所有作家离开闹市隐居山林,而是强调培育一种文学心态的重要

---

[1] 梁永安:《90年代文学的"无痛"转型》,转引自徐俊西主编:《世纪末的中国文坛》,上海文艺出版社2002年版,第112页。

意义,它应该是相对平和的、宁静的、淡泊的、超远的,它应该接近古人所谓"心远地自偏"的境界。然而,我们今天的文学现实却完全是另一番景象,大家在匆忙地活着,也在匆忙地写着,属于文学的那颗心始终被俗世的杂念包裹、围困着喘不过气来,于是写作被一种"惯性"力量所裹挟,丧失了原创的激情与想象。

正是在这样的创作心态下,我们的文学生态也一天天在恶化,它们互相作用,造就并推动着一个文字垃圾远远多于精神创造的文学泡沫时代。这种状况让那些富于责任感的批评家在充满忧虑的同时似乎也看到了转机。在2006年召开的"第五届中国青年作家批评家论坛"上,谢有顺表达了对普遍存在的"惯性写作"的不满,竭力呼吁"灵魂叙事"的重要性,并且预言"欲望书写的时代正在过去","灵魂叙事大放光芒的时代已经来临"[1]。不管这种乐观估计在多大程度上能转化为文学现实,但其中所蕴含的方向性启示是不容忽视的。这种启示对于现实主义文学创作而言,就是怎样挑战和应对我们生活中无处不在的世俗力量,怎样在同欲望的交战中使我们的精神更为健全,灵魂更加有力。当然,这很难。正因其难,才使我们的"重返"理想显得还很遥远,"重返"路途变得更加艰难。

至此,笔者真正想要表达的是,其实"重返"现实主义的经典时代并不重要,也不现实。作为一种文学共同理想,我们对之应保持足够的敬重;但作为一种现实策略,我们还是应更多考虑它的切实可行性。就目前的现实而言,真正重要的是如何跨越上述"三大障碍",即我们在现实洞察力、艺术想象力和世俗超越力方面所面临的巨大挑战。如果我们的作家能够卧薪尝胆,砥心砺志,在一定程度上逾越这些阻碍我们通向伟大文学时代的屏障,那么,无论这些障碍的那边是什么样的景致,是否符合经典现实主义的艺术高标,对于当下现实主义的写作困境而言,都意味着豁然敞开了一个新的精神领地,充满着无限新的可能。我们真正的文学期待,应是指向这样的未来目标。

从上述关于"重返现实主义"的一番论争中,不难看出,整个当代文学创作在现实主义这条道路上所经历的坎坷与局限,不仅包含着女性文学创作这一重要分支力量,也意味着在诸多现实困境中同样可以看到女性作家的影子,甚至,在某种意义上女性创作重个人抒情、重理想叙事的文学传统,致使女性文学在现

---

[1] 谢有顺:《第五届中国青年作家批评家论坛纪要》,载《南方文坛》2007年第1期。

实主义书写的整体追求上可能呈现更明显的困惑。当然,这个说法容易招致误解,因为在今天人们呼唤"灵魂叙事"的时候,已然看到不少女性作家所作出的积极的甚至是率先突破的努力,以及取得的卓然成效。这里想要表达的真实意思是,就中国当代文学整体语境中的现实主义匮乏、期待及暂时无力重返这一现状而言,女性文学创作以及依此所进行的女性主体性建构,均面临着更大的障碍需要跨越,更长、更艰苦的道路需要跋涉。因为,现实主义叙事这一文学主脉,在内在深层的精神意义上,应与女性主体性建构的目标天然地具有更多一致性。

二、理论现场:文学理论的自觉与缺空——以2013年文学理论研究为例

文学理论作为文学活动的一个重要方面,其与文学创作、文学批评等的关系研究早已成就一系列显性成熟的文艺学科。目前我们可以确定的一个看法是,尽管从20世纪开始文学进入了一个批评的时代,但是文学理论研究的步伐从未停止,文学理论对于文学创作及批评在宏观指导、学理建构、范畴及方法的启发、应用等各方面的价值贡献,是经过了时间和学术的共同检验并得到尊崇的。同时,作为文学语境整体构成中的一部分,文学理论追求理论性、系统性、价值性、开放性的多重品格也均对各种文学活动产生着重要的、不可替代的影响。对于这里我们意欲从多方面展开探讨的女性主体性建构,文学理论作为一种语境意义上的存在及重要作用同样不可忽视。但是,对文学理论语境意义的研究是一个宏大课题,在本书中难以完全展开,我们这里准备选择一种"样本式"的分析策略,即通过对中国当代文学理论发展的"年度样本"进行抽取式的观察,深入、细致地勾描其生态样貌,进而勘明其对于当代女性文学发展及女性主体性建构在文学语境意义上所具有的自觉引领作用和价值缺空的发展现实。

我们选择了2013年中国当代文学理论作为深度分析样本。因为,这一年的文学理论少有过热、过冷、过偏的情形,发展相对均衡,具有相对完整的生态性特征,比较符合我们从语境视角考察一种文学活动的初衷。

2013年的文学理论研究,单从其留给人们的现象表征来看,相对保持了较为均衡的基本发展态势,即新增的研究热点并不太多,学界关注的问题相对集中于文艺学的若干重要领域,诸如中国当代文学理论研究的历史反思和未来勾描、本质主义论争与"中国问题"辨析、文化研究的理论场域拓展以及新媒体文艺现象与学科化建设等。在对上述领域的关注中,研究者继续表现出近年文学理论界坦诚而直接的对话风格,并较以往明显增强了理论话语的自律意识和学科自觉,少了几分躁动,多了一些涵容,且在彼此不同的多样化学术路径中,普遍贯注着对既往研究的理性反思和着眼于当下的理论建构意向。这使得这一年度看似并不热闹的文学理论界整体透露出一种严谨、踏实的专业气质和建设风范,在"理论原创""资源整合""文化自性""中国问题""中国诗学""新媒介文艺现象及学科化"等文艺理论的重大问题或关键节点上,均体现出进一步拓宽与深化的积极努力。

(一)反思:理论自觉中的多样性发见

陶东风曾经讲过一句话:"'反思'成为这几年文艺学论文和会议中出现频率最高的术语之一。"[1]这句话仍然适用于2013年的中国文艺理论研究。从20世纪90年代以来,可以说这种反思性研究已经在老中青三代文学理论学人那里均取得了可观的成果,大量新的理论视角的不断开辟,各种新的研究方法的借鉴应用,共同构成了文学理论反思研究的可喜局面。而至2013年,这种反思仍在不同视角下、不同层面上频频展开,在不断深化的理论自觉中继续呈现出多样性的学术发见。

一是问题说。站在不断变化的当下语境中来检视中国文学理论发展在宏观视阈中存在的问题,依然是2013年文艺理论研究的一个重要切入点。作为国家社科基金项目"新时期以来中国文学批评理论的进程研究"负责人赵慧平对中国当前文艺理论研究作出的总体判断是:"仍然处于对西方现代文艺理论的引进、吸收与融合阶段,在学术思想、学术方法、学术传统诸方面还没有形成自己的系统和特点,因而文艺思想的创造和理论阐述方面还没有形成自己的原创能力。"[2]青年学者金永兵指出:"这样的混沌模糊状况,存在于关于文学理论本体问题的各个方面。"[3]顾祖钊则把目前的文学理论研究局限与近百年来中国的历史文化境遇紧密结合起来,指出自"五四"以来中国现代文论一直在"全盘西化"和"西方文论中国化"这两种模式中生活。他坚决反对那些企图抛弃"一

---

[1] 陶东风:《走向自觉反思的文学理论》,载《文艺争鸣》2010年第1期。
[2] 赵慧平:《中国文艺理论建设的几个主要问题》,载《沈阳师范大学学报(社会科学版)》2013年第2期。
[3] 金永兵:《理论自觉时代的反思与重构——兼评董学文的"文学理论学"建构》,载《文艺理论与批评》2013年第4期。

切文化之根和一切的连续性"(拉曼·塞尔登语)的后现代反本质主义者,认为今天中国文学理论最重要的是告别昨日"西化"之路,建立新的"现代性的民族主义",走出"自己的建设有中国特色的当代文论的创新之路"[1]。

二是转型说。对于当代文学理论面临的种种困惑和疑难的反思,有一些研究者并不将之主要作为"问题"来归认,而是倾向于把它置于一个历史转型动态架构中予以阐释和描述。有学者将这种"转型"冠以"大文学理论"之名,并从文学理论的研究对象、文学理论研究者的身份认同、文学理论研究的价值取向等方面进行了系统解读,并特别强调了20世纪90年代以来文学理论发生的是向"大文学理论"的转型而非断裂这一判断,进而指出这一认识对中国文学理论学术史评估、对今天文学理论建设之路的选择以及当下文学理论学术效用的发挥,均具有重要意义。[2] 对于文学理论的这种历时性观照,有的研究者将视野投射到改革开放以来三十多年的文学理论发展过程中,与现代性相联系,使用了"涅槃"一词来表达文学理论所获得的"重生感"[3];也有人论述这种转型,是选取了"文论教材中文学性质的演变"这一视点,研究时域也扩大到1949年以来六十多年的历史阶段,刻画了中国文学理论在高校教材中从"上层建筑"到"审美意识形态"再到今天多种文学理论资源整合、对话的"定义史"[4]。关于文学理论转型的表述,运用"范式转换"这一概念不仅意味着一种新的转型观,恐怕与上述观点相较更体现出一种理论思维范式的显著不同。如何考察中国文论面临的范式转换趋势,就构成了一些研究者的理论切入点。王一川通过回顾近百年来中国现代文论留下的丰富的历史经验,提取出了其中若干中国文论现代转型过程中的学术思想范型,同时也指出这些成果的获得过程中也留下了闭关排外、以制抑学、重思轻在等一系列历史教训,所以他主张在借鉴既往经验的基础上,坚持"以中化西"的思想路线,弘扬"以今活古"的思想原则,促进文论范式的健康转换。[5] 这种以史为鉴的诉求,在戴登云那里被置换成了"返本穷源"的说

---

〔1〕 顾钘祖:《中国文论家:该换一种"活法"了》,载《文艺争鸣》2013年第1期。
〔2〕 肖明华、周云颖:《"大文学理论"的转型——20世纪90年代以来当代文学理论发展走向考察》,载《海南大学学报(人文社会科学版)》2013年第4期。
〔3〕 高楠:《文学理论的现代性涅槃——由政治一体化到跨越式阐释》,载《文艺争鸣》2013年第11期。
〔4〕 刘锋杰、尹传兰:《从"上层建筑"到"审美意识形态"——60年来文论教材中文学性质的再定义研究》,载《文艺争鸣》2013年第9期。
〔5〕 王一川:《百年中国现代文论的反思与建构》,载《文艺理论研究》2013年第1期。

法。戴登云指出,由于"受某种同质化、单向度的思想视野的制约,当代中国的文论研究形成了独特的'追新求变'的路径依赖"。他认为,"趋新"并非意味着"转型",相反倒可能意味着某种路径依赖和思想制约,"真正的转型往往意味着向本源的某种回归——回归到文论研究和文学书写原初发生时的问题意识,回归到文论研究和文学书写的全部历史的复杂性和丰富性",而他提出的"返本穷源",就是进入到某种"更本源的原初境域"[1]。

三是阐释说。在对文学理论的反思研究中,有一种思路值得关注,即试图越过文学的现象层面努力进入文学理论的学术史与学科背景中看问题,这就是中南大学毛宣国教授提出的"回到对学科本身的反思中去认识文学理论自身特点"的研究方法。缘着这一路径,毛教授有了一个富有启示的发现:"无论是从中国还是西方的文学理论学术发展史来看,文学理论原本就是一门具有阐释意义的学科,它的主要存在价值是对文学活动与文学现象的解释与评价,而不是为文学立法。"[2]在接下来对中西方文学理论中所存在的"阐释"与"立法"两种形态的梳理过程中,他揭示了古代文学理论发展以"立法"为主,而进入20世纪以后由"立法"走向"阐释",由"独断""自明"式的话语走向不断自我调整、自我反思、交互对话、彼此渗融的历史进程。在论及当下文学研究与文化研究的争论时,作者提出两者必须统一的观点,即既要看到从文化角度进入文学现象的研究利于提供"一种新的理论阐释"开放性视野,又必须强调"回归文学本体,回归文学经验与现象",否则文学研究就可能失去自身的立足点,沦落为被彻底边缘化的学科。

这种观点也传递出学界一种带有普遍性的担忧。在2013年5月于天水师范学院召开的"当代文艺理论与批评前沿论坛暨《当代文坛》2013学术年会"上,就有多位学者提出文学研究如何"从文学本体出发"的主张。东北师范大学张文东教授强调"文学批评从文学阅读开始,从诗性开始,从心理体验开始";天水师范学院郭昭第教授指出,中国文论体系的重建,不应只是理论的推演,不应脱离文学实践,而是应该从文学实践出发,从文学本体出发,在汲取中西方文论资源的前提下,重构出一种对当代文学真正具有指导性的理论体系。[3] 由此看

---

[1] 戴登云:《论文论研究的范式转型》,载《文艺理论研究》2013年第2期。
[2] 毛宣国:《走向阐释的文学理论》,载《华中师范大学学报(人文社会科学版)》2013年第4期。
[3] 马超:《文学理论、文学批评及文学史:如何从文学本体出发——"当代文艺理论与批评前沿论坛暨〈当代文坛〉2013学术年会"述评》,载《天水师范学院学报》2013年第4期。

来,"阐释"这一重要文学理论范畴,一边挟带着20世纪末期西方由文化研究向文学研究、由"文化理论"向"后理论"转变之后重本文阅读、重文学体验的后现代思想气息,一边又与中国自古以来重视审美直觉和感性阐发的文学传统形成对话,有意无意中在中西方文学理论之间搭建起一座互通往来的"桥梁",也使得重建中国现代文论体系的构想似乎增加了一个值得期待的楔入点。

四是理论安全说。在对中国文艺理论研究困境的反思中,"理论安全"问题的提出吸引了不少关注的目光。就文学理论领域来讲,"安全"一词可分两层理解:一是与危机相对,就是说文学理论应当对理论自身发展中出现的危机加以充分重视和总体警觉,"安全"即可读解为理论的自知、自救和自我完善;二是与危险相对,就是说理论本身既可能是安全的,也可能是危险的,我们应该怎样做才能相对保证理论在运用过程中能够通过克服自身的危险而达至一种安全境地。[1] 在新的文化语境下提出"理论安全"警示并非危言耸听,因为理论发展往往会在各种显性和隐性力量的推动下形成自己的运动惯性,它积蓄在学科自身内部,反过来对理论的主体自觉意识形成遮蔽。正如段吉方所指出的,"文学理论在学科内部仍然存在很大的发展困境,这种种危机征兆和危机意识在某种程度上正是其发展惯性中带来的深层次学理问题"[2]。针对此,有的研究者试图从知识考古角度考察"文学"概念的建构过程,企图剥离其中的"科学式"文学理论,强调应从"文学"的"科学系统"转向"理论"的人文学描述。[3] 而面对学界目前存在的文学理论终结论的悲观态度,有人回应认为文学理论理应有多种形态,所谓理论终结只会是某种理论威权话语的式微,而理论自身是不会终结的,它立足于现实实践不断反思自身,从而获得了自身的发展并涌现出新的形态。[4] 所以,理论更新和理论边缘化态势为其中应有之意。从"理论终结"到"理论之后",体现出的正是文学理论的自我拯救。但与此同时,也给我们提示了理论本身进入惯性运动状态后确实隐藏着的危险,而避免这种危险的唯一明

---

[1] 赵静蓉:《理论安全性》,转引自同济大学人文学院中文系编:《中国文艺理论学会第二届青年论坛暨中国文艺理论研究的生长点学术研讨会论文集》,第394页。
[2] 段吉方:《当代文学理论在何种意义上面临危机》,载《中国社会科学报》2013年2月1日。
[3] 贺昌盛:《"文学"的"理论"建构:何以可能?——"科学式"文学研究的终结》,转引自同济大学人文学院中文系编:《中国文艺理论学会第二届青年论坛暨中国文艺理论研究的生长点学术研讨会论文集》,第57页。
[4] 张良丛:《终结还是自反:理论之后的理论言说》,载《贵州师范大学学报》2013年第5期。

智选择就是理论的不断反思与自觉[1]。

(二)"理论之后":中国文学理论的未来描绘

自从伊格尔顿在本世纪初著名的《理论之后》中发出"文化理论的黄金时代早已成为了过去"的哀叹之后,"理论已死"成为后现代人文思想中一个鲜明的印记。然而,仍然有诸多的西方理论家对此不予认同。卡勒说"理论并没有死亡",让-米歇尔·拉巴特也说"理论从来就没有停止回归"。但是,在"后理论时代"的西方文学理论家眼中业已形成的普遍认识是,尽管理论未死,但它的"黄金时代"确已过去。在中国文学理论界,近年关于文学理论未来的探讨也从未停止,尽管受到西方"理论之后"思潮的强烈影响,也有一些悲观言论出现,但在整体上却呈现出明显的乐观态度,并且伴随着理论"反思"而不断生发出建构新的文艺学体系的充沛热情与实践动力。2013年,这样的势头仍在上扬阶段。

文学理论的"黄金时代"是否已经过去?文学理论还有没有值得期待的未来?中国学界的声音当然并不完全一致。作为国内著名的文学理论家,王宁素有跨文化研究的视野和国际人文学养,其对文学理论的未来评估是与"后人文主义"世界语境紧密结合在一起的。这种"全球化"意识自觉使他基本认同文学理论的"黄金时代"已经过去的看法,"我们今天处于一个'后理论时代'。这是一个没有主流的时代,一个缺乏大一统理论话语的时代,但是各种理论思潮却可以在自己的有限空间里发挥其应有的功能"。但这并不等于说他对文学理论的未来表示悲观,相反,他认为:"文学理论虽然不断受到来自各方面的挑战,但文学理论仍有着广阔的情景。它虽然无法回到过去的'黄金时代',却永远不会消亡。"[2]

同样是对于文学理论未来的展望,老一代学者首先显示出意志上的坚定及价值面向上的选择性,"我们不能向后看,而应向前看;我们不能面向过去、面向书本、面向权威、面向经典,而应该面向现在、面向未来"[3]。在顾祖钊看来,"文学理论的未来形式,也必然是有着鲜明的时代特色、体现着时代价值诉求的形式",并且"不能拒绝对于中国古代文论资源的开发和利用"。他甚至断言:

---

[1] 陈雪虎:《理论的位置:名实、脉络与定位》,载《文艺理论研究》2013年第3期。
[2] 王宁:《后人文主义与文学理论的未来》,载《文艺争鸣》2013年第9期。
[3] 杜书瀛:《理论的脚步——新时期文艺学乱弹》,载《文艺争鸣》2013年第5期。

"现代文论若不接通民族的文学理论的血脉,它就没有未来。"[1]时代自觉的精神根基,确应是本土文化传统的澄明与自性。未来无法与过去割裂开来,否则将成为"无根的未来"。从这点说来,上述杜先生的"不能向后看""不能面向过去"之说倒亦有欠周全之嫌。

未来既是预见的,也是建构的。从近年文学理论的系统性建构成果来看,"文学理论学"与"中国文化诗学"堪称是两个代表。2013年,这两个体系构想进一步得到阐发和推举。

"文学理论学"的提出者董学文先生是中国当代文学理论界的重要代表,他在2001年出版的《文学原理》一书中即立足于"元文学学"哲学层面对文学的基本理论展开思考。"元文学学"的学科定位与本质内涵被确立为:"以文学理论为研究对象,以辩证法和人文精神为学科思想基础,以科学的求是态度和可操作的方法为其学科构架依据,对文学理论的本质、形态、思维方式、研究方法、变化规律等进行全面考察,进而对文学理论的学术研究进行规范、整合的科学。"[2]书中选取了若干"元问题"进行论述,形成颇具特色的文学理论学科架构。2004年董先生出版了《文学理论学导论》一书,正式提出了"文学理论学"这一概念,并分别从"什么是文学理论""对象与要素""理论家与理论共同体""生成与转化""形态及其存在方式""范式演变""系统与特性""结构与话语特征""阐释与评判"等方面构建学科基本的问题系统。由此看,"文学理论学"试图将形而上的理论建构与文学理论的历史事实相互结合、互为呼应,在这一互动关系中揭示理论实质。

"中国文化诗学"构想是由顾祖钊先生提出并阐述的。作为对中国文学理论未来的积极回应,顾祖钊坚信两点:一是"文学理论的未来形式,也必然是有着鲜明的时代特色、体现着时代价值诉求的形式";二是"未来的文学理论是不能拒绝对于中国古代文论资源的开发和利用的"。在时代性与本土性相兼容的整体思路下,他提出对新时期以来出现的六大"合理的文学理论主张"进行梳理整合,包括关于"现代性"的讨论(内涵中国现代性民族意识的觉醒)、古代文论的现代转换、中西文艺理论融合论(从梁启超、王国维、陈寅恪、冯友兰、宗白华、

---

[1] 顾祖钊:《文学理论的未来与中国文化诗学》,载《社会科学辑刊》2013年第4期。
[2] 金永兵:《理论自觉时代的反思与重构——兼评董学文的"文学理论学"建构》,载《文艺理论与批评》2013年第4期。

到新儒学,再到钱中文、童庆炳等)、新理性主义讨论、文化人类学转向以及格林布拉特的"文化诗学"主张,尝试将此六种文学思潮中的"正能量"聚成合力,以此为基构建"中国文化诗学"体系。顾祖钊于此强调了中国文化的"两大长处",一是"有真切体验的马克思主义理论遗产",二是有"丰富的华夏文化文论资源",主张在"新理性主义哲学方法论"的指导下,以新的"民族主体意识"为灵魂,在开放的全球化语境中构建起具有崭新的"中国特色"的文化诗学体系。[1]

　　关于文学理论的资源问题,一直是困扰中国文论未来指向的一个核心问题。近年有关文学理论"接地性"的热烈讨论,正是这一问题的持续反响。2013 年之前,即有不少学者撰文予以探讨,如高建平的《理论的理论品格与接地性》、王元骧的《也谈文学理论的"接地性"》、王先霈的《如何实现文学理论本土化》、赵宪章、曾军的《现实关怀及其问题——对话中国文学理论未来之走向》等,针对中国文论资源建设及如何寻求理论突破提出了"问题意识""人文关怀""中西交融""现实追问"等发见性观点。[2] 而在 2013 年,这一问题依然吸引着众多研究者的关注。除了上述顾祖钊提出的整合六大理论资源的主张之外,金永兵指出"中国文论长期缺乏主体性,没有自己的理论问题",强调文学理论研究要"从问题出发","多一些实实在在的基本问题研究,多一些理论共同体关于某个具体问题的争鸣和探讨",而且发现问题必须首先"恢复理论与现实生活的有机关系",认为"只有从具体的历史联系与变动中人们才能获得科学的文艺观点"。[3] 徐希平主张"以中国传统文论资源为核体,而融合西方文论以及中国少数民族文论、民间文论资源",他充分注意到了中国文论资源的民间性和多样性生成价值。郭昭第坚持"文学理论来自文学实践"的观点,反对纯理论意义的凌空蹈虚,指出:"中国文论体系的重建,不应只是理论的推演,不应脱离文学实践,而是应该从文学实践出发,从文学本体出发,在汲取中西方文论资源的前提下,重构出一种对当代文学真正具有指导性的理论体系。"[4] 毛宣国也十分重视本土资源的充分占有和合理利用,强调"必须重视本土的文学实践与文学经

---

　　〔1〕　顾祖钊:《文学理论的未来与中国文化诗学》,载《社会科学辑刊》2013 年第 4 期。
　　〔2〕　曾军、苗田:《探索接地和及物的文学理论——2012 年文艺学研究热点扫描》,载《社会科学》2013 年第 1 期。
　　〔3〕　金永兵:《文学理论:从问题出发》,载《淮阴师范学院学报》2013 年第 2 期。
　　〔4〕　马超:《文学理论、文学批评及文学史:如何从文学本体出发——"当代文艺理论与批评前沿论坛暨〈当代文坛〉2013 学术年会"述评》,载《天水师范学院学报》2013 年第 4 期。

验"[1]。王伟博士则从"地球村"时代特征着眼,认为当下思想与理论市场相互影响,相互渗透,面对这种国际化的理论交互关系语境,中国文学理论研究"关键在于如何整合既有的理论资源,而不是执迷于原创、进而盲目排外"[2]。

(三)反本质主义论争与"中国问题"

2013年的中国文学理论界,若要说在相对寂静中却也存在着一些局部的热烈景象,那依然应该还是反本质主义的论争了。这是近年来文艺美学界一个持续的热点。2009年,《文艺争鸣》杂志曾开辟专栏,连续刊载相关研究文章对反本质主义论争进行反思与总结。应当说,经过几番论战使这场论争的背景、实质、思路、策略等一些基本问题确实得到一定程度的辨析与澄清。然而,截至目前"反本质主义"仍然是文学理论界的争执焦点和热门话题,涉及问题既有以往所论问题的延伸,也有新的聚焦话题出现。2013年,在继续对本质主义与反本质主义的基本涵义澄清之同时,关于"经典""标准""意识形态"以及"理论原创""中国问题"等构成新一轮论争的关键词。

对于什么是本质主义,人们较多依据的解释还是陶东风在新世纪初所作出的描述,即本质主义是"指一种僵化、封闭、独断的思维方式与知识生产模式"[3]。在反本质主义者看来,世间根本就不存在什么本质。他们的理论外援主要是文学理论家伊格尔顿(认为文学始终在"成为"之中,因此欲确定其稳定特征的做法都是"反历史"的做法),还可指向哲学家维特根斯坦(认为真正的哲学就是与语言的抗争,倡导语言分析哲学)等。而被称为本质主义的以老一辈为主体的文学理论家们,虽然彼此也存在诸多学术分歧,但相对于中青年为主体的反本质主义理论家而言,还是普遍倾向于承认世界上万事万物皆有其本质,人们可以运用理智与知识,通过严谨的科学推理和哲学的洞察力,透过现象将其揭示出来。人们可以反对绝对化的本质论,但不能否定科学主义的本质论。杨春时就曾指出:"后现代主义并没有可能取消文学本质的问题,因为正像一切关于知识的问题以及哲学问题根源于人们对于世界意义的追问一样,文学本质的问题根源于人们对文学意义的追问。这种追问本身是不能被解构的。"[4]当然,

---

[1] 毛宣国:《走向阐释的文学理论》,载《华中师范大学学报(人文社会科学版)》2013年第4期。
[2] 王伟:《反本质主义、文论重建与中国问题》,载《文艺争鸣》2013年第1期。
[3] 陶东风:《大学文艺学的学科反思》,载《文学评论》2001年第5期。
[4] 杨春时:《后现代主义与文学本质言说之可能》,载《文艺理论研究》2007年第1期。

也有研究指出陶东风等主张的反本质主义究其实是一种新的本质思维策略。[1]吴炫的观点则似乎更接近于一种存在论意义上的反本质主义,他把"本质主义"和"本质化"作了区别:前者是指"观念成为一种理论,理论具有普遍影响",后者是指"权力对一种观念的中心化、现实化干预"[2]。在这针锋相对的论战之间,吴炫的说法颇具缝合、协调的意味,却不期落于本质与反本质论争的交火中心。作为学术立场上的"盟友",王晓华在辨析陶、吴之争的诸多分歧中力挺吴炫关于本质的区分,认为批判"本质主义"与批判"权力主义"性质上是两回事,由此也对陶东风将"本质主义"与"威权政治"捆绑一起的说法表示了慎重的质疑。[3]

至于反本质主义,同样面临着学界诸多的诘问,而其同盟内部也不断发出"不和谐"的声音。除了有人对其在策略意义上的本质思维特征予以剖视外,也有文章就反本质主义试图解构的对象进行了细分:"反本质主义能解构或已经解构的,是历史性的意识形态意义上的文学本质;没有解构,也解构不了的是文学超越性的审美本质。"[4]作为反本质主义的积极主张者,王伟博士对某些反本质主义论者"间歇性出没的本质主义思维"表达了不客气的批评。他将"反本质主义"的两种读解方式进行比照,一种是"反—本质主义",另一种是"反本质—主义":"前者之中包含了数量可观的一部分学者,他们反对一元本质,但主张应该有多元本质;而后者则认为根本没有什么本质"[5]。这是否意味着"反本质主义"阵营内部的进一步分化或净化初露端倪?还是说,在反本质主义大旗下聚集的如此声势浩大的一支队伍,原本就是心怀异望、貌合神离?要想更清晰地在反思视野中给"反本质主义"进行定位和刻画,还是需要一定的哲学层面的超越性视点的。

在这场反本质主义论争中,一个核心问题是:有没有一个衡量文学价值的可靠标准?在这一问题的理解和诠释上,吴炫曾指出"文学性"是一个相对稳定的衡量指标,因为与"文学观的不稳定"相比,是"文学性的相对稳定"。其意是

---

[1] 曹谦:《反本质主义的本质——评陶东风的文学意识形态理论》,载《文艺争鸣》2009年第5期。
[2] 吴炫:《论文学的"中国式现代理解"——穿越本质和反本质主义》,载《文艺争鸣》2009年第3期。
[3] 王晓华:《什么是文艺论争中的"中国问题"》,载《文艺争鸣》2011年第9期。
[4] 李自雄:《关于反本质主义的三个关系问题》,载《文艺争鸣》2013年第5期。
[5] 王伟:《反本质主义、文论重构与中国问题》,载《文艺争鸣》2013年第1期。

在说,与个人化的文学观不同,文学性具有一定的跨越时代、民族、文化的"穿越性"品质,能够"以文穿道",激起古今中外读者的共鸣和欣赏。由此,"文学性"成为评价文学经典的极为重要的标准。[1] 这一观点受到王伟针锋相对的反诘。他首先质疑:"文学观"与"文学性"究竟有什么差别?"如果有什么'文学性'的话,当文学观变更时文学性也一定会如影随形而无法闭门不出。"[2] 吴炫关于判断好文学、文学经典的标准为"形象世界的创造性程度"达到"独像"的层次,此为文学性较高的价值判断。对此,王伟同样不以为然:"能否用一把优秀的尺子来度量不同文类的作品?"时隔三年后,王伟再次撰文对强调文学性、审美本质之执论者予以发难:"审美本质是一个老生常谈、根深蒂固的论调,尤其是在反本质主义之后,审美成了一些学者退守的最后堡垒。"[3] 文学到底有无评价标准?这种标准的稳定性抑或历史性的不同解释谁更接近艺术审美的真实属性?谁又更贴近人性发展的价值理想?它们之间是天然排斥的还是存有极大的调和空间?这些疑问仍然需要在不断深入的讨论中去寻求解答。

与文学标准问题紧密相关的即是如何看待经典的问题。老一代文学理论家对于经典普遍有着复杂的情感,因为在过去它往往与"权威"贴靠在一起,对于人的自由意志发挥过规约、牵引作用,因此对之保持一种辩证的态度十分必要。如杜书瀛先生所言:"过去的书本、权威、经典还有用处,而且用处很大。它们可以给我们启示,给我们提供历史经验的参照;它们可以熔化在我们的血液里,汇流于我们的思想中,成为我们生命的一部分。但是它们只能给我们灵气而不能代替我们思想,它们可以帮助我们出主意但不能代替我们作决策,它们只能作参谋长不能当司令员。"[4] 上述作为面对经典时的一种基本态度和把握原则自然具有它的合理性,可是在进入各自学思领域、涉及具体经典对象时,关乎本质或反本质的学术立场又会訇然相撞。当吴炫试图以"文学性"的强与弱来界定文学作品的经典品质时,遭到反本质主义思维的迎面狙击,"所谓的文学经典及伟大传统不过是'一个由特定人群出于特定理由而在某一时刻形成的一种建构(construct)。根本就没有本身(in itself)即有价值的文学作品或传统,一个可以

---

[1] 吴炫:《论文学的"中国式现代理解"——穿越本质和反本质主义》,载《文艺争鸣》2009 年第 3 期。
[2] 王伟:《半途而废的反本质主义》,载《文艺争鸣》2010 年第 1 期。
[3] 王伟:《反本质主义、文论重构与中国问题》,载《文艺争鸣》2013 年第 1 期。
[4] 杜书瀛:《理论的脚步——新时期文艺学乱弹》,载《文艺争鸣》2013 年第 5 期。

无视任何人曾经或将要对它说过的一切的文学作品或传统'（伊格尔顿语）"，因此，"谁的经典？什么时候的经典？因为什么被奉为经典？"[1]这样的追问就确实构成了对文学经典永恒论的强大逼视力量，迫使文学审美论的价值守护者必须不断突破理论话语的表层囿限而深入到其背后的整体现实中寻求破局之径。

　　在讨论文学性及文学经典具有永恒性抑或历史性的理论问题时，均无可避免地遇到了"意识形态"这一重要范畴。讨论的初期是与陶东风一开始即将"本质主义"与"权力中心"两者叠合的基本看法密切相关。他认为，最容易与威权主义政治结合在一起并为之提供合法性的必然是本质主义的知识论。[2] 吴炫教授却提示必须把权力干预下文学观的中心化权威化与文艺理论家对自己文学观的"真理性"信念区分开来，强调纯洁而相对独立的艺术信仰可以形成一定的意识形态穿越力量。[3] 然而，反本质主义者却反驳，即便是微笑也会"涉及宗教与笑的复杂历史关系"[4]。当然，这种对意识形态性的高度强调也引发一些不同声音。有人表明了自己对双方争论的个人倾向，"批判'本质主义'与批判'权力主义'性质上是两回事"[5]。也有人站到第三方立场上，一方面对有学者将"权力主义""意识形态"与"本质主义"进行"切割"的观点表示不能认同；另一方面也对反本质主义忽视中国特殊历史语境的做法提出"商榷"，认为"反本质主义把当代中国文学理论知识生产的症结，简单等同于西方形而上学传统的那种'真理'意识形态元叙事模式（以认知理性意义上的形而上学为基础）的本质主义观念及其思维方式，是一种'错位'的归结，并形成对真正症结，即政治意识形态元叙事模式（以政治伦理意义上的形而上学为基础，尽管也获得西方'知识论'的'逻辑'支持）的本质主义观念及其思维方式的'遮蔽'，而不利于对其进行深刻解构"[6]。这种将理论问题的有效性与特定历史语境相结合的思路，对于因身陷论争漩涡而造成的学思视野屏障有一定提示效用。

　　在对中国现代文论重构这一未来指向的理解和态度反应上，反本质主义并

---

[1] 王伟：《半途而废的反本质主义》，载《文艺争鸣》2010年第1期。
[2] 陶东风：《略论本质主义知识论和权威主义政治之关系——回应支宇、吴炫教授》，载《文艺理论研究》2009年第6期。
[3] 吴炫：《论文学的"中国式现代理解"——穿越本质和反本质主义》，载《文艺争鸣》2009年第3期。
[4] 王伟：《半途而废的反本质主义》，载《文艺争鸣》2010年第1期。
[5] 王晓华：《什么是文艺论争中的"中国问题"》，载《文艺争鸣》2011年第9期。
[6] 李自雄：《值得追问的"中国问题"——兼与王伟博士商榷》，载《文艺争鸣》2013年第1期。

非拒绝建构的努力。这一点,方克强曾在深入分析了南帆、王一川、陶东风的三种文学理论教材后指出:"对反本质主义文艺学只解构不建构、有虚无主义之嫌的批评是不合事实的。他们的建构分别选择了关系主义、本土主义、整合主义的理论路向。不但与本质主义自觉区隔,而且提供了建构具有后现代主义特征的文学理论体系的经验和可能性。"[1]由此看,反本质主义只是质疑那些以我为主、乐观自信的中国诗学理论建构理想。他们更趋向于认为,"后理论"时代的理论更新和理论边缘化已是基本态势,关键在于"整合"既有理论资源,而非"执迷"于原创。[2]但在一些研究者看来,能否重构中国现代文论体系,关键在于能否发现中国自己的问题,"问题意识"于此成为传统文学理论改革者的突围关隘所在。[3]吴炫也曾指出:中国文论建设的问题就是文艺学界提不出"中国自己的问题"[4]。为什么会如此?金永兵将之归结为主要是缺乏"时代意识"和"历史关怀"。他说:"没有对自己时代历史的深刻关怀,缺乏时代的问题性,怎么可能触及到中国现实的真正问题,怎么可能有'中国问题'的发现呢?"[5]吴炫、王晓华、李自雄等学者都强调"中国问题"的特殊性,主张要"立足中国文化特点来考虑东方式的现代民主建设的问题,其理论预设需要中国学者的理论原创才能解决",提醒反本质主义者"不要将发展中国家的'共同问题'、'全球问题'当成'中国问题'"[6];并反复予以告诫:"如果忽视西方理论与中国语境可能存在的'错位'问题,用西方理论看到的就只是西方理论虚构中的中国,实质上是远离了真正现实的中国,在这种虚构中的中国问题,还是'真正的中国问题'吗?"[7]

然而,反本质主义者直言不讳地作出的回敬是:所谓脱离中国经验或中国问题的指责其实与国人郁结胸中的某种"情结"有关;而问题是,今天"我们所用的语言工具已经受到了西方的'污染',又怎能去追求纯而又纯的原创理论呢?再说了,所有理论也必定都是互文本,它有其继承性,不可能方方面面都是新创,

---

[1] 方克强:《文艺学:反本质主义之后》,载《华东师范大学学报(哲学社会科学版)》2008年第3期。
[2] 王伟:《反本质主义、文论重构与中国问题》,载《文艺争鸣》2013年第1期。
[3] 童庆炳:《文学本质观和我们的问题意识》,载《社会科学》2006年第1期。
[4] 吴炫:《中国当代文艺理论研究的三个缺失》,载《文学评论》2007年第1期。
[5] 金永兵:《文学理论:从问题出发》,载《淮阴师范学院学报》2013年第2期。
[6] 王晓华:《什么是文艺论争中的"中国问题"》,载《文艺争鸣》2011年第9期。
[7] 李自雄:《值得追问的"中国问题"——兼与王伟博士商榷》,载《文艺争鸣》2013年第1期。

而只能在原有基础上部分突破"。在此现实情形下,也许"整合"比"原创"更重要,也更切实可行。同时,也对国人的理论原创能力有所怀疑,认为"我们并不缺少独立思考,而是缺少实践那些好的独立思考的勇气、信心与决心"[1]。从中国现代文论研究历程中对一些重大问题的不断重复式表达,以及研究者日益学院化、专门化的发展趋势,日益脱离文学现实而时常陷于自说自话理论"窠臼"的普遍困境来看,反本质主义于此提出的批评却也切中肯綮。

(四) 文化理论场域:勾勒与期待

文化研究之于文学理论研究的现代阐释意义和价值,已经成为学界公认的一个基本事实。从20世纪90年代中后期开始,西方的"文化转向"和"文化研究"(或文化批评)思潮进入中国学术领域,并在进入21世纪以后有了更加深入的发展。来自西方的"文化转向"思潮起初本意是指"文化人类学转向",这是一种从19世纪末即兴起的人文化学术思潮,进入20世纪后影响日益扩大。当然,自"文化转向"以来也已经暴露出一些新的问题,诸如"研究回潮论""抛弃文学论"等,也都遭到理论界的不断批判。近年来的中国文学理论界因"文化研究"而产生的争论也相当激烈,特别是针对文化研究、文化批评中脱离文本、脱离文学实践、忽视阅读与体验、淡化诗性价值等显在弊端所开展的反思与检讨。2013年,此类争论之声并未平息,但是,我们注意到一组在比较文化研究大视野下富有新意的文章出现,它们相对避开既往论争话题,就文化研究中的文论史书写、方法论开拓等重要课题进行探索,在学科知识意义上体现出积极而颇具启示性的建构意向。同时,有关文化理论与日常生活的关系也均有进一步的思考。

对于中国文论史书写而言,"涵濡"视角的提出和运用具有一定的开创性意义。涵濡本是一个文化人类学的研究领域,美国人类学家在20世纪30年代即对之有学术界定:主要指由两个或多个文化系统在持续接触过程中发生的文化变迁。2013年,《文艺争鸣》第7期集中刊发了一组关于文化涵濡的文章。其中王一川的《层累涵濡的现代性——中国现代文艺理论的发生与演变》一文,从涵濡视角对中国现代文论的生成与发展作了全方位的结构性梳理与刻画。他借用法国史学家布罗代尔的"长时段"概念,整合近代思想家梁启超"三个中国之分"和当代海外史学家许倬云的"五个中国之说",形成了自己的"四个中国之说":

---

[1] 王伟:《反本质主义、文论重构与中国问题》,载《文艺争鸣》2013年第1期。

中原的中国、中国的中国、亚洲的中国和世界的中国，依此将中国文化与文论划出先秦、秦汉、魏晋南北朝至清代、晚晴以来至今四个长时段，并且从中梳理出了"以我涵他""以他涵我""我他互涵"三种文化涵濡方式。在此基础上，文章将中国现代文论视为"一个已经显示出两个时段的明显区分的过程"：第一时段起于清代乾隆五十八年（1793），止于"文革"结束（1976），属于"以他涵我"时段，称为中国现代Ⅰ文论；第二时段则从"文革"结束至今，属于"我他互涵"时段，称为中国现代Ⅱ文论。在这样的理论架构中，作者接下来又详细阐述了文化涵濡过程中的共时性层层累积现象，以及此间时常发生的"以他为我"的"误认"情形。至此，王一川形成了自己以"层累涵濡"命名的总体文论史观："所谓中国现代文论传统或中国文论现代性传统绝不是纯粹的或独立的存在，而是在中国自我与外来他者的层累涵濡中生成和变化的过程。"[1]

同期刊出的另一篇文章，何浩的《涵濡的内化与历史的重构——新时期文论的历史成因》则以新时期文论的形成作为探讨对象切入对涵濡问题的思考，并对从历史实践的涵濡入手解释中国文论史的发展所具有的"阐释力"表示怀疑。他认为"历史实践中这种复杂的涵濡过程，并不会全盘映照入文论家们的文论之中"，以此强调文论家们的意识结构与特定历史结构互动变化的重要意义。与王一川的中西互涵阐释格局有所不同，何浩特意强调了涵濡历史实践发生形态的另一个重要维度——中国内部的分化和对立问题，指出"涵濡，不仅仅是中西之间的问题，它在经历复杂的世界格局演变、新中国对社会结构的重组之后，已经渗透和内化到中国社会组织方式和主体意识结构的内部构成，重构了中国社会各个层面的力量搭配"。因此，文章最后强调"必须参照中国社会的结构性要素来撬动历史实际所发生所展开的实践活动"，"必须非常细致地紧贴着历史脉络，以心交心，'随物赋形'地进入历史主体的世界，跟踪他抵达的历史现实"[2]。

与王一川等文化涵濡研究学术观点形成内在呼应并形成应用推广效应的，是胡继华的《文化涵濡与中国现代诗学创制》这篇文章。胡文将中西文化涵濡进程描述为"中学西传—欧风东渐—文化全球化"这样三个阶段，并且在时间段分上将此前研究者"世界之中国"始自乾隆末年的说法上溯到明朝万历年间，以

---

[1] 王一川：《层累涵濡的现代性——中国现代文艺理论的发生与演变》，载《文艺争鸣》2013年第7期。
[2] 何浩：《涵濡的内化与历史的重构——新时期文论的历史成因》，载《文艺争鸣》2013年第7期。

徐光启与利玛窦"相遇"作为近代中国与西方文化涵濡进入实质阶段的标志。文章沿用了王一川的"三种文化涵濡形式"划分,依此提取出了"中国现代诗学三种理论形态":一是"以我涵他",生成了中国古典诗学理论形态,其价值关怀在于人文化成的伦理;二是"以他涵我",产生了启蒙革命的诗学,其价值关怀在于开启民族国家,建构现代社会政制;三是"我他互涵"及其"中西互补",产生了文化象征诗学,其价值关怀在于"和而不同""美美与共"的审美世界主义。据此作者宣告:"一种现代诗学新传统正在形成。"[1]

文化涵濡视角的建立确实为中国现代文论研究提供了具有穿透力的新思路。然而,在考察中西文化相互影响的诸多复杂情形时,对中国本土文化自身的"主体性"问题所表示出的不同态度反应,似乎构成不同研究者学识主张之间一个潜在的"分水岭"。文化涵化研究中的"超越论"强调"要超越家国意识,有所超脱地考察中外文化交流的诸种情形",以许倬云为代表,其文化史著述《万古江河》中强调:"中国从来不能遗世而独立:中国的历史也始终是人类共同经验的一部分。"对此,陈雪虎撰文指出,应该重视中国文化的主体性,并提出自己别具深意的"张力观":"对近现代文化和文论的考察,既需要拉开距离,采用文化涵化的长时段客观视角,也要尊重和涵摄此中诸多内涵和样态的现代性诉求(而不是简单取向于单一现代性或浑茫无依的普世价值),尤其是那些内蕴着文化自性和主体诉求的诸多话语。有必要在此张力中,带着现实的在地感和未来的远景祈向,去理解作为对象和历史的近现代中国文化与文论话语。"与此同时,对于文化涵化研究的另一种思路,即"力图彰显特定思想在本土情境中的张力或'隔'与'不隔',体现出对思想实践及其现实际遇的深度反思"的后殖民批评视角,陈雪虎提出与上述相反的告诫:"强调文化自身的主体性是非常重要的,但一味地把主体性固化、纯洁化,只强调传统的稳定性和惯例的影响力,往往容易无视主体在困境中所可能迸现出来的自性和生力,忘却时代现实所具有的鬼斧神工、挪移乾坤的力量。"[2]

文化理论究竟研究什么?它与我们的现实生活有怎样的关系?在当今文学理论研究日益强调"接地性"和"及物性"的持续呼声中,金惠敏直面这一问题并作出了有益探索。作者开宗明义:"当代文化理论倾向于将文化视作日常生活,

---

[1] 胡继华:《文化涵濡与中国现代诗学创制》,载《文艺争鸣》2013年第7期。
[2] 陈雪虎:《文化自觉何以可能:后殖民批评思路和文化涵化视角的对勘》,载《文艺争鸣》2013年第7期。

或者反过来,将日常生活视为文化,其特点是在文化与日常生活之间不再做壁垒森严的区隔。"正因为这一打通,"理论"这个昔日高高在上的抽象之物,随着"文化"于日常生活中的日益坐实,而一跃成为"当今人文社会科学的第一小提琴手"。文化在日常生活中的安家落户,直接挑战着传统知识分子的自我身份意识,那么,他们彼此之间能否相容共处? 金惠敏重新界定了此间的关系:"不能说不再需要理性,不再需要精英,不再需要经典、文本、美学、自主性,等等,而是这一切都必须在'文化理论'中定位,必须在与日常生活的动态协商中找到新的感觉和生命力。"文章继续分析了"话语"之于生活的表达一贯存在着不充分、有裂隙、"表接""再表接"等普遍性局限,以及资本主义在全世界的扩张态势、马克思理论对资本主义远未穷尽的解释价值,最后勾勒出文化理论的学科框架:"其对象是日常生活和被抑制的他者(有内部的和外部的之分),其语境是资本主义生产或现代化进程。换言之,文化理论的目标就是研究资本主义或现代化的文化内涵或文化后果。"[1] 这种关于文化理论的框架性描述,在简略、粗放中呈示出一种颇具开放性、丰富性、建构性的研究可能。

文化理论研究的对象与日常生活如此亲近,大众的文化生活、文学生活自然也就很有关注和研究的必要了。作为2012年国家社科基金重大课题"当前社会'文学生活'状况调研"的阶段性成果,温儒敏教授就"文学生活"与文学史写作的关系专文进行了探究。他表述了这样的学术理想与人文情怀:"'文学生活'研究将超越那种从作家到评论家、文学史家的'内循环'式研究状态,关注大量'匿名读者'的阅读行为,以及这些行为所流露出来的普遍的趣味、审美与判断,不但要写评论家的阐释史,也要写出隐藏的群体性的文学活动史。"这是一个颇为恢宏的学术构想,其中内含的日常化价值指向又必然会指引其研究与文化理论及方法发生亲密接触,特别是在今天网络阅读已成趋势的电子化文学生活时代。但是,作者在先期出发时已经警觉到,必须防止陷于"泛文化"研究的困局,丢掉对文学实践、文学体验、文学分析的应用重视;同时,作者也清醒地意识到,作为一种新的研究探索,"文学生活"本身所具有的一些局限性。[2] 这种源自研究者自身的自警自省,让学界有理由对中国文化理论研究的宽广未来抱以切实期待。

---

[1] 金惠敏:《文化理论究竟研究什么?》,载《文艺争鸣》2013年第5期。
[2] 温儒敏:《"文学生活"概念与文学史写作》,载《北京大学学报(哲学社会科学版)》2013年第3期。

（五）新媒介文艺现象及学科化建设

近年来，一个令中国文学理论界越来越无法回避的文学现实，就是新媒介文艺现象的迅速扩张。这里所讲的新媒介（也称新媒体），是指在计算机网络技术、数字技术、移动通讯技术等现代高新科学技术支撑下形成的网络化信息化多元化媒介形态。新媒介的兴起、视觉文化的泛滥已经对文学创作、传播、阅读等各个方面都产生了深刻影响，而文学理论研究也日益无法停留在过去或无视其存在，坚持精英主义的自说自话，或一味排拒其无孔不入的浸透力而呵护文学传统的保守主义立场，正视并试图理解和接受也许是当代文学理论研究者唯一的选择。近年，这一方面研究在整体上已经显示出相当程度的介入姿态，初步建立起了理解新媒介和视觉图像的学术自信，并在当代大众文化、媒介文化语境之外拓开了与传统的视觉艺术文化相关联的新的探索空间。[1] 2013 年，对这一领域的关注及学术拓展，既有围绕网络文学庞杂现象的进一步辨识与厘清的努力，也有在现代文论史书写视角下对新媒介文艺现象的比较与考量，以及在学科理论意义提升新媒介艺术研究层次的可能性问题的讨论。

从 1998 年痞子蔡的《第一次亲密接触》刮起一股网络文学旋风开始到现在，网络文学发展已经从最初一种新的个性表达方式，发展到"叙事、想象、节奏都高度工业化"的阶段。近年，随着新媒介技术的快速发展，大众阅读向网络的大规模倾斜，网络文学已经呈现出一种不可阻挡的扩张和升级态势。仅 2012 年一年，许多"标志性事件"不断出现，诸如：中国作协吸收了十六位网络作家入会；第七次全国青年创作会议邀请十九位网络作家代表出席；中国首家网络文学大学成立；起点中文网主要团队出走，与腾讯合作新建"创世中文网"；新浪成立新浪阅读公司；百度和凤凰网也先后创建了自己的文学网站和频道……种种事件表明，网络文学已进入一个新的发展阶段。[2] 与此同时，关于网络文学的理论批评工作"苍白到了令人羞愧的程度"，而这种"缺席"，按照马季的说法，"不是写作者的悲哀，却是写作伦理的缺失"。

之所以形成这种"落差"，恐怕有两个方面原因：一是与传统理论批评界对于网络文学研究的意义和价值持保守态度有关；二是与文学研究者面对网络文

---

[1] 曾军、苗田：《探索接地和及物的文学理论——2012 年文艺学研究热点扫描》，载《社会科学》2013 年第 1 期。

[2] 马季：《网络文学如何"升级"？》，载《人民日报（海外版）》2013 年 11 月 29 日。

学缺乏有效介入及阐释能力不足有关。从第一个方面情形来讲,文学理论界长期存在网络文学创作只重流行性缺乏经典性的看法。然而,流行性与经典性是否是二元对立的?邵燕君从文学发展的"连续性"和"当下性"的价值统一中给出了自己的态度,"一个国家的当代文学有责任以文学的方式呈现它所属时代的精神图景,给当代人的核心困惑以文学的解说,从而成为一个时代的精神风向标;或者为当代读者提供精神抚慰,缓解其焦虑,引发其共鸣,满足其匮乏,打发其无聊。前者的要求使作品趋于经典性,后者的要求使文学趋于流行性",而这两者"不是二元对立的"。基于这一判断,作者指出了目前中国专业写作所体现出的"特权"性及"自我循环"的问题,对网络文学的勃勃生机所带来的文学人口的激增势头给予肯定。同时,对于精英批评表示了自己的期待,"如果精英批评能够有效地影响粉丝们的辨别力和区隔,将自己认为的优秀作品和优秀元素提取出来,在点击率、月票和网站排行榜之外,建立一套精英榜,对网络文学的良性发展,抵抗文化工业向下拉齐受众趣味的力量将十分有益"[1]。马季也表达了同样的希望:"建构网络文学理论批评体系,帮助读者草中识珠,提醒作家任重道远,不仅仅是学术上的与时俱进,实际上也是应对新世纪文化战略课题的必然选择。"[2]

从上述所提的第二个方面情形来说,网络文学批评确乎存在一个能否有效介入和有无阐释能力的问题。换言之,网络文学研究如何成为可能?这同样是目前文学理论批评面临的一大困惑。《创作与评论》2013年第四期"文艺沙龙"刊发了以"网络文学:路在何方?"为题的一组对话,参加对话交流的基本都是目前中国文学批评界较为活跃的一批青年批评家。对话涉及网络文学的命名、特点、兴盛的原因、对文学批评的挑战(倒逼)、研究的特殊性、自我评价体系、产业化的弊端、技术研究对意义的遮蔽等多个方面问题。在论及网络文学的内涵理解及基本特点时,梁鸿认为"'网络'两字不只是一个物质载体,而应该是一种独特的写作方式。它带来独特的文本形式、文学观念和审美特质";张莉指出其"重要的特点在于作家和读者之间的互动更为频繁和密切,读者是文学写作重要的构成部分,这是直接面对读者的写作",正因一切为着读者,所以网络文学主要追求"好看、轻松、诙谐、调侃、自由和无拘无束"。杨庆祥则从网络文学得

---

[1] 邵燕君:《网络文学对当代文学研究者的意义》,载《芒种》2013年第17期。
[2] 马季:《网络文学如何"升级"?》,载《人民日报(海外版)》2013年11月29日。

以命名的特殊语境给予其内涵的解读："网络文学是有别于中国当代官方化的生产机制的一种新的文学生产形式。这种生产形式，在一定程度上满足了1990年代以后对写作民主化和自由表达的一种想象，其背后有深刻的意识形态的根源。在这个意义上，网络文学在话语的层面提供了市民社会的写作图景，更多是一种社会学层面而不是文学层面的命名。"

那么，这些网上写作者和阅读者是由什么人构成呢？周立民认为，这些数目庞大的写作群体中相当一部分已告别了最初的自娱自乐，而成为网络平台操控下的写作者，从事商业模式控制下的写作。谈到网络读者，他认为网上只有"浏览"没有"阅读"，而"点击率"不等于有效阅读，点击率和排行榜已经成为新的话语霸权，将文学绑架到了不自由的境地中。

这就自然牵涉文学的产业化问题。房伟尖锐指出，"网络文学的产业化是建立在对广大作者残酷的工业化剥削基础上的"，这把"双刃剑"一方面推动了网络文学的发展，另一方面"它在整合各种资源，为作者提供机会的同时，也导致新的等级制度。更明显的则是工业化标准对文学性本身的伤害，对文学潜在读者审美口味和阅读心态的扭曲"。于此，李云雷表示了对网络文学可能构成新一轮的精神异化的担忧，认为如果网络文学的写作者也陷入唯利是图的产业化运行逻辑，那么"不仅文学的独立性无从谈起，而且文学本身也只能落入帮忙或帮闲的境地，网络文学也将和资本同构，从一种解放性的力量转变为压抑性力量"。与上述态度有所不同，梁鸿表达了对网络文学较为温和乐观的看法，一方面认为资本的集中操作会淹没、遮蔽很多草根作家，并损伤这一草根性，致使网络文学更加类型化和模式化；但是，另一方面又觉得操作本非一无是处，在信息日益庞杂、多变的时代，一些大众传媒的介入会扩大文学的影响力。

面对如此纷繁复杂而又咄咄逼人的网络写作形势，文学理论批评的滞后已是有目共睹。"倒逼研究"成为文学理论工作者共同遭遇的尴尬。为此，与会对话者就网络文学研究如何成为可能展开深入讨论。霍俊明从文学史的角度，提示研究者注意网络文学兴起与90年代出现的理想主义"空白期"以及随后网络新媒介发展之间的社会学联系，当人们将网络文学作为一种文化转型和媒体转向的产物时，再从"启蒙""思想性""严肃""精英文化"和"知识分子"等话语系统来衡量评判网络文学，就会出现"南辕北辙"的批评错位。然而，房伟对原有文学观念的有效性表示了自己的积极态度，主要体现在对现代性及后现代性思考的当下解释力和与网络文学的内在对应性、文本细读仍然具有的基础价值等传统批评的充分肯定。当然,他也强调了网络文学研究所具有的特殊性,但这种特殊性仍然属于"中国现代性发育特殊性的展示"。张莉还是强调很多网络文学作品用传统分析方法分析起来有难度,至于这种情况传统评论该如何应对,她认为不必强行调整,而是寄希望于网络文学自我评价体系的自动生成,"它将产生一套属于它自身的评价体系,它的评价话语系统会慢慢形成"。

对话还论及网络文学能否经典化的问题。张莉提出首先还是要确立所谓的经典标准,是不是要和纯文学的标准一样;梁鸿对此态度鲜明,认为网络文学经典和纯文学经典不应该也不会有本质的区别,好的文学最终都殊途同归,都是写人与世界的关系的文学,这也是唯一的标准。[1]

对于中国当代文学理论界而言,无论对网络文学的勃兴态势是否做好相应的学术回应,都无法否认其作为一种文学存在的巨大现实。有这样的现实托底,网络文学是否已经具备了正式进入中国文学史的"资格"? 这一问题在前两年尚少有人顾及。2013 年,有研究者郑重提出了这一诉求。

欧阳友权在《重写文学史与网络文学"入史"问题》一文中,就网络文学能否"入史"问题分别从其作为一种历史性存在、价值性存在、功能性存在三个方面进行论证,确认了"网络文学作为一种真实的历史存在,正是在与社会文化和历史进步的变化模式及语境关联中,赢得自己入史的前提",并肯定了网络文学在人类共通的人文价值旨向上所付出的积极努力和取得的显著成效,还从文学功能性维度探析网络文学的意义模式,尤其是对网络文学在利用新媒体技术进行文学创作和通过艺术形式创新实施文学的知识化生产等方面所体现出的特殊功能予以深入揭示,包括其在社会学意义上表现出的文化经济功能和社会舆情功能等均给予了充分强调。最终,作者确立起了"重写文学史"所应秉持的包容网络文学在内的新的"史观"和"史识"[2]。

无论网络文学能否顺利"入史",对于广大的研究者乃至普通文学读者来讲,都会面临网络文学与传统文学的纠葛和缠斗。如何对两者进行界分? 近年这方面研究已在不断出现。2013 年,有研究者再度辨析网络文学与传统文学之间的差异性与互补性:一方面是电子媒介技术发展催生的网络文学写作与阅读的简便快捷,使传统文学遭遇空前的生存压力;另一方面是网络文学与传统文学

---

[1] 房伟、周立民等:《网络文学:路在何方?》,载《创作与评论》2013 年第 4 期。
[2] 欧阳友权:《重写文学史与网络文学"入史"问题》,载《河北学刊》2013 年第 5 期。

之间的界线已经"越来越模糊,呈现你中有我、我中有你的纠结状态"。这是一种双向的"跨界",既有网络文学向传统文学的延伸,也有传统文学向网络文学的扩张。在两者的交汇处,"文学性"再次体现出其对不同文学形态的价值指认功能。[1]

2013年,围绕新媒介艺术现象(包括网络文学)的研究,有学者在其学理建设方面继续着基础性的探究和思辨,譬如新媒介艺术形态的概念外延,以及在历史与逻辑两个维度上的基本定位等问题。该研究还特别对网络文学中借助新媒介技术而出现的"超文本"形态,以及网络文学借助超链接而体现的"多媒融合"现象进行了深入解析,揭示出新媒介技术之于新型艺术形态产生与发展的内在支撑力和一定意义上的价值一致性。[2] 这一思考弥补了当代文学理论研究在揭示新媒介现象背后的学理内涵方面相对薄弱的缺陷。

不过,也有一些对新媒介艺术发展抱有戒心的学者,对于目前文学理论研究中强调网络文学的技术性因素提出看法,如房伟就认为"过分夸大网络文学的技术性成分,试图将网络文学描绘成中国文学的第三次复兴,是一次新文学革命",这种"腔调"恐怕"一方面是传统的进步论思维的产物;另一方面,也有遮蔽网络文学的现实状况,以学院派的术语化,将之重新规训的意识形态的企图",并且觉得"在把网络文学研究技术化的背后,则是对网络文学所包含的反抗性的、思想性的因素的有意掩盖和忽视"[3]。

归结起来看,2013年的中国文艺理论研究的基本步伐是稳健迈进的,对于文学发展过程中纷繁复杂现象保持着较高的灵敏度和反应力。其间有一些学术锐见的交锋与博弈,更多则是伴随着文艺理论自我反思而见出的学理性自觉和整体性成熟。应该说,这一局势对未来文艺理论发展进一步趋向开放和深化,构成了较为坚实的一级阶石。

这是以2013年为样本对中国文学理论发展的生态勾描。出于这种年度研究应该注重其完整性、连贯性的考虑,加之我们探讨的女性主体性建构这一核心问题主要是基于文学创作活动,所以并未将其中各个部分与年度女性写作分别关联起来,而是竭力保留文学理论作为一种文学语境构成的(年度)相对完整的

---

[1] 于爱成:《网络文学和传统文学:差异性与互补性》,载《南方文坛》2013年第1期。
[2] 许鹏:《新媒体艺术研究的理论设定与网络文学的研究视野》,载《人民大学学报》2013年第1期。
[3] 房伟、周立民等:《网络文学:路在何方?》,载《创作与评论》2013年第4期。

样貌。至此,通过这一文学语境意义上的文学理论所构成的观察视阈,我们已经有了以下两点具有整体性特征的发现。

第一,是得到。从2013年度中国文学理论发展的整体生态看,无论是纯理论之争还是跨文化思考;无论是本质主义坚持还是反本质主义颠覆;无论是传统意义的资源发掘还是紧贴新媒介时代的开放包容,这些理论探索均构成了女性文学创作的重要理论语境之一,势必影响、渗透到女性文学写作活动中思想、观念、意识、情感的方方面面,最终或直接或间接地作用于其主体性认知、体验、表述、建构的内在精神层面。尤其是这一年文学理论研究中关于文学理论与现实生活的关系,关于"文学生活"的理论构想,以及关于在新媒介和视觉图像时代如何拓展新的大众文化精神空间等,与女性文学实践中一直坚持的"接地""及物""回归日常""注重感性体验"等写作理念和优势经验在内在价值取向上高度一致。而这一期间,一些以"80后"为代表的女性作家如张悦然、周嘉宁、笛安等,在创作中就从前期青春叙事的个性张扬逐步回落日常生活的坚实地面。我们不能说这些年轻女作家一定受到了同期文学理论的直接影响,但是一种具有整体意向的文学生态、语境、氛围,无论对理论探究活动还是文学写作行为,均会有一定程度的"通感"作用。

第二,是缺空。这一点非常明显,即从2013年度文学理论研究全貌就可看出,无论是纯理论意义上的女性主义文学批评研究,还是紧密结合女性文学创作活动的分析探讨,并未能形成与上述其他理论视阈对等的、相当的理论研究态势。当然,这一年中,关于女性创作的研讨、批评活动无疑也在广泛开展,尤其北京、上海等文学重镇还是一如既往地重视对女性创作的关注与推动。这里想表达的是,通过一个具有相对均衡性的年度文学理论样本考察,我们还是可以比较出,女性创作及女性主体性建构所依赖的文学理论语境,在充分显示其于学科性、系统性、及物性等方面的自身发展更加趋于自觉的同时,对女性文学的发展与深化这一整体面向上的关注,还是见出较为明显的缺空或轻弱,有待文学理论工作者进一步的填补性、强化性努力。

三、"文学性":文本语境的内核及发生机制

就文学活动的宏观语境而言,文学创作、文学理论与批评实践自是其主要的构成方面,进而可以将我们的观察视域向更具外围性的社会历史文化语境方面延伸和扩展。然而,在这两个方面之间,其实还有一个在整体文学语境意义上具

有重要探讨价值的问题,那就是文学语言的"文学性"问题。这个问题既可视为文学创作和文学理论批评领域需要关注的"内部"问题,也可看作关涉文学传统、文学经验、文学生态、文学环境的"外部"问题。正是由于文学语言的"文学性"这一既内又外、既小又大、既涉及个人经验又联结文学传统乃至文化思维的关联性特征,使得学界对其所进行的研究,要么侧重于具体的作家作品的文本性解读,要么趋向于抽象概括的美学理论性探讨,而对其在经验与理论之间具有跨越性、覆盖性的一些"间性"内涵及特征,却可能变得习焉不察。这些"间性"从文学语境视角看,也是一些具有整体性和宏观性的问题;只不过,就文学活动最后结果而言,文学语言的"文学性"必然是通过文学文本而呈现其具体形态、样貌及其特征的,这就使这一宏观问题的探讨又必须借助文学文本这一微观语境来展开。

文学语言的"文学性"问题一直是文艺学研究领域中的一个核心问题,也是文学创作中内在涉及的一个重要问题。它直接关乎对文学语言的特殊性质的基本界定,进而涉及对文学艺术创造活动的特殊本质的认知,从这层意义上说,结合本书目标,对文学语言的"文学性"研究是指向女性文学创作的整体经验和传统的。就具体创作而言,则关涉一个女性作家对于作品语言文学性的或自觉或不自觉的内心体认,也可谓是其创作过程中面临的一个最细微、最直接的文学语境问题,触及女性创作主体的经验、记忆、审美、修辞、形式、情景等多重文学微观语境。

对于这一重要的基础理论问题的探讨,目前人们的热情似乎呈一种下降趋势。大约近四十年前,我国文学理论界引进了国外以俄国形式主义批评、英美新批评等为代表的形式批评理论,其中对语言的文学性问题、艺术语与实用语、文学语言与日常语言等的研究与辨析,为我们国内文学理论研究打开了全新的视域;但是这些批评理论中明显存在着的过于注重形式、严重忽视主体作用以及割裂形式和意义之间内在关联性等偏颇,国内学界虽也予以了一定的反批评,却未能进一步充分寻求和构建起富有自己特征的、建设性的理论认识。近些年来,我们在中国古代文学理论的现代化转化方面所做的努力卓有成效,具体到文学语言的特殊性质界定上,人们充分调动古代文论资源对其"蕴藉性""隐喻性"等本质特征予以了深刻揭示,使我国的文学理论建设在运用马克思主义文学理论、西方现代文论与中国传统文学理论相结合的道路上迈出了新的一步。然而,对于文学语言的"文学性"生成的内在机制、言说活动内在结构的变化规律等这些关键问题,依然有进一步加强学理性的深入探究与揭示的必要。

如今,笔者欲从视觉心理学的角度,运用视觉思维的基本理论与方法,重点抓住视觉意象的特殊作用,来切入这一理论问题,旨在揭示人类言说活动的双重陈述功能,以及引发这种功能变化的内在结构特征,进而揭示言说主体的自觉(视)意识在其中所起到的至关重要的作用。这里如此倚重视觉心理学,从文学整体语境意义上来阐释文学语言的"文学性"问题,也切实因为在女性创作、女性主体性建构的现代化过程中,视觉化思维、视觉形象塑造以及现代图像技术的普及应用正是女性文学创造活动突出的整体优势特征之一。换句话说,女性文学创作似乎存在着对于视觉活动的天然敏感和创造性优势,从视像的生成、捕捉、辨析、转化,到最终的语言呈现、文本构成,女性文学体现出了强烈的"看"的审美特征,许多丰富、细微、复杂的文本意蕴,更多的是基于"看"、通过视像活动来传递的。也就是说,女性文学实践之于女性主体性建构的努力,有着鲜明的"视像化"整体特征。这也促使笔者于此想要借助视觉心理学理论来深入剖析文学语言"文学性"这一核心特质的根本原因。

（一）言说活动的双重陈述功能

文学创作属于人类一种特殊的言说活动。从现代语言学的角度看,任何言说活动都具有双重陈述功能。这里所谓言说活动的双重陈述功能是指:作为语言陈述和作为意象陈述。

任何陈述都是对人类存在事实的一种说明:作为语言陈述,使这种说明成为直陈性的;作为意象陈述,使这种说明成为隐喻性的。从理论上讲,人类所有言说活动都包含着这样的双重陈述功能。可以说,语言与意象是"言说"这一枚硬币的两面,两者紧密相连,不可分割。语言须臾不能脱离意象,语言脱离意象等于脱离开了与所指称的事物的唯一联系,从而变成真正空洞的言说,失去其存在的意义。正是在这一意义上,英国哲学家罗素深刻指出了20世纪现代语言学"转向"后暴露出的一大弊端,即"把语言当成独立王国,可以不管语言之外的事实来研究它"[1]。反过来,意象也不应该脱离语言,因为语言对于言说中那些含义过于飘忽不定的、意向不明的意象具有有效的稳定和确立价值指向的作用,

---

[1] [英]罗素:《意义和真理的探究》,转引自徐友渔、周国平等著:《语言与哲学》,生活·读书·新知三联书店1996年版,第51页。

语言可以利用自身的法则清晰和"通用"的优势,将以个体状态存活的意象转化为一种可以普遍交流和享用的大众所属物。这也正是人类建构符号化世界的真正价值所在。所以,就人类的创造性思维而言,意象与语言均构成其重要媒介,只是意象这一媒介是指向事物一方的,语言这一媒介则是指向接受一方的。这样,语言成为人类表达意义的终端媒介,而意象则成为联结事物与语言的重要中介。

但是,在实际的言说活动中,语言与意象从来都不是平均发挥作用的,两者发挥各自作用的情况是与言说主体的言说目的密切相关的。

从言说的目的来看,可分为实用的和审美的两种。实用的目的使言说成为日常交流性质,在这种日常交流活动中,陈述变成真正的言说工具,交流的目的既已达到,陈述的形式意义即自动消失;而审美的目的使陈述成为艺术创造性的,在这种创造活动中,陈述的形式意义得到了强调,陈述的过程就是言说的全部意义。

言说目的的不同,最终会引起陈述功能的变化:出于日常交流目的的陈述突出了言说的指涉功能,因为在交流过程中,最理想的效果就是言说能最大限度地符合语言法则,最简洁明了地完成语言指陈;而出于审美目的的陈述则突出了言说的自指功能,在这种陈述活动中言说本身就是一切。

作为语言陈述,即言说成为强调实用目的、突出指涉功能的有意陈述;作为意象陈述,即言说成为强调审美目的、突出自指功能的自动陈述。

下面,我们先来分析言说活动作为语言陈述时的价值和局限。

语言是言说活动最重要的终端媒介,这是作为语言陈述时最重要的价值,这种价值无可否认,也不应否认。也就是说,语言在赋予事物以秩序、赋予日常表达以明确性等方面的重要价值,使其于人不能有一时或缺;即便在难以说清的文学性言说中,最终的确立与呈现形态仍然是语言。在这一认识层面上,我们即可理解语言本体论者对于人类依附于语言的描述并非完全的夸大其词,事实上这种对语言的依附性已使我们在追求任何创造性的表达时都变得更加困难,因为创造总是欲直接指陈事实的,而事实却早已被语言层层覆盖。所以,一些人超越语言束缚的努力总是被讥讽为"揪着头发上天"的妄想。人们这种对语言的依附性,除了语言是表达事物的"终端媒介"以外,还与语言自身的构成特点密切相关,诸如语言生成的任意性,语言呈现事物的时间性、单线性,语言表达过程的因果逻辑性,等等。总体上,语言作为一种言说活动的通用规则,具有对个体性言说的生动个性进行规范化、秩序化、统一化的功能,而这种特殊功能对于构建和谐稳定的生存秩序而言,就是一种特殊价值。然而,更大的问题在于,人类的文明与进步是以日渐远离事物本体、远离心灵本然、远离直观体验为代价的,而语言无意中成为这场"远离运动"的最大"帮凶"——只有文学艺术能够在一定程度上帮助我们走在"返回"的路上,即试图让人类的言说尽可能返回到其更为丰富、生动的"前语言"状态(或曰隐性语言状态),亦即意象陈述状态。

因此,我们不得不正视语言在这种"返回"途中所暴露出的局限性。

确切地讲,语言的局限性就发生在其发挥自身优越性的同时。这种局限性在于:作为语言陈述是对所述对象复杂关系的从简性说明。由于语言的有效性是在语言规范的前提下才能得到保证的,所以语言在陈述事物的丰富性时只能作"从简性"指陈。然而,这种"从简性"指陈是通过对复杂事物整体结构的任意切割来完成的,这往往导致语言陈述与存在事实之间的大量错位现象。

接下来,我们再来分析言说活动作为意象陈述时的意义。

什么是意象?通常我们的解释即因外界刺激而于主体内部产生的心理表象。但是,对于这种心理表象的实际确立形态,人们并未做更多的追究,而只是笼统地称之为意象,或者心理意象。实际上,意象唯一能够确立并供人认知和把握的形态,是视觉意象。因为,所有心理表象都是通过主体知觉的选择作用而生成的,而在诸多知觉中,视觉无疑是最为重要的。我国现代心理学的早期倡导者,著名心理学教授张耀翔先生在其20世纪40年代编写的《感觉心理》一书中就指出:"视觉在人类为一切感觉中最有势力的,其次为听觉。"他又说:"视觉活动的范围不可限量。世界文化和进步多靠视觉。"[1]如果说这种说法还只是将视觉置于生理知觉层面上的研究,那么西方一些研究或思考就已将视觉与人类思维联系了起来。格式塔心理学的后期代表人物、美国当代著名审美直觉心理学家鲁道夫·阿恩海姆就是将视觉解释为一种思维活动。他提出了"视觉思维"这一重要概念,并且进一步指出,"意象"是视觉思维的唯一形态。他说:"在直接的知觉活动中","内在意象"(即心理意象)作为一种独立形象出现时的样子,是"可以被看到"[2](着重号系原加)。这就是说,视觉活动的具体形态是完全意象化的,它所揭示的事物大都是立体的,二度以上结构的,具有可见性特点。

---

[1] 张耀翔:《感觉、情绪及其他》,上海人民出版社1986年版,第136—137页。
[2] [美]鲁道夫·阿恩海姆:《视觉思维》,滕守尧译,光明日报出版社1986年版,第164页。

在此基础上,阿恩海姆还揭示出了视觉的一个重要特点,即它的工具性。他说:"视觉乃是思维的一种最基本的工具(或)媒介。"因为"在思维活动中",视觉意象"能为物体、事件和关系的全部特征提供结构等同物(或同物体)"[1]。这无疑是一个重要的发现,因为无论听觉,还是触觉、嗅觉、味觉,它们在主体对对象进行把握、实施体觉的过程中,都不能单独确立起自己的感觉形象,而须借助视觉意象的参与。换一种说法,即每当某一感官在接受外界刺激后,通过神经脉冲向大脑神经中枢(意识)报告时,都将同时引起一定程度的视觉神经兴奋,从而形成一种参与性。正是由于视觉具有将对象具象化的突出功能,有助于脑意识把握和处理信息,所以,视觉意象可以说成为脑意识与其他感官之间的"翻译者"。视觉的这一"工具性"特点,使其无可争议地成为意象活动唯一可靠的确立形态,以"视觉意象"取代"心理意象",相对克服了后一概念的模糊性质,从而体现出概念使用上的清晰性和明确性。所以,笔者所言"意象",即指"视觉意象";作为意象陈述就是作为视觉意象陈述。

作为视觉意象陈述,意味着"意象"在言说活动中的地位上升为主导性的,从而突出其优点,相对克服了作为语言陈述时的致命弱点。那么,视觉意象有何优点? 阿恩海姆指出:"这种视觉媒介的最大优点就在于它用于再现的形状大都是二度的(平面的)和三度的(立体的),这要比一度的语言媒介(线性的)优越得多。"[2]

现在,我们要确立的一个认识是:所有视觉意象都是陈述性的,无论是造型艺术,还是日常观看意象。阿恩海姆宣称:"每一幅绘画都是一种陈述","这些陈述通过视觉语言传达出来"[3]。他还说:"每种视觉式样——不管它们是一幅绘画、一座建筑、一种装饰或一把椅子——都可以被看成是一种陈述,它们都能在不同程度上对人类存在的本质做出成功的说明。"[4]阿恩海姆是将视觉意象(式样)直接当成一种语言——视觉语言——来看待的,由于这种"视觉语言"具有再现事物本质结构的特殊功能,所以比起语言的线性结构(一度)特征,"视觉语言"本身建构起的就是一个多维度的、立体的空间,在这种多维度立体空间里,很容易确立起关于某些"物理对象或事件"的完美思维模型。尤其重要的

---

[1] [美]鲁道夫·阿恩海姆:《视觉思维》,滕守尧译,光明日报出版社1986年版,第59页。
[2] 同上书,第341页。
[3] [美]鲁道夫·阿恩海姆:《走进艺术心理学》,丁宁等译,黄河文艺出版社1990年版,第163页。
[4] [美]鲁道夫·阿恩海姆:《视觉思维》,滕守尧译,光明日报出版社1986年版,第427页。

是,视觉意象对于事物本质特征的陈述是自动的,即使面对一个异常复杂的认知结构,视觉意象也完全有能力在瞬间自动组织完成。所以,当我们在运用理性去分析一个已经完成的视觉意象的陈述活动时,就能够从中不断提取出我们的理性所需要的各个维度。这一点正是在言说活动中当视觉意象成为主导性陈述力量时所表现出来的那种既显豁又神秘的特性之所在;而这一点也正是在言说活动中当语言作为主导性陈述力量时所不能完成的,因为语言自身不能产生有效的组织能力,它受制于其结构方面的局限。尽管语言可以靠节奏、语法等的变化来增加其表现形式,但是"仅有多样性并不能构成一种结构"[1]。这种结构,即介于物理与心理之间的"力的样式",就隐身于视觉意象之中。

(二)语言与意象互为主导性陈述力量的内在结构

至此,一个更重要也更为棘手的问题已经摆在我们面前:语言与意象是如何并置于同一个言说活动中的?因为无论如何,人们都看到视觉意象只有通过语言这一"最后的"媒介才能获取自身所潜含的一切陈述价值。

我们该回到"言说活动"这一范畴中,来集中讨论视觉意象和语言各自作为陈述的主导性力量时的内在结构关系问题。

这里首先涉及"语词"与"意义"的关系问题。

对于"语词"和"意义"两者关系的解释,现代语言学界莫衷一是,分歧很大,这种分歧尤其体现在格式塔心理学派和语言本体论者之间。在阿恩海姆的语言观中,语词的研究是重要的,而语词以外的东西是不重要的,比如"意义"。他曾明确宣称语言研究"必须撇开语词的所谓意义,因为意义属于另一个不同的知觉体验领域",从而把注意力"仅限于语言的形状或状态"[2]。正是在这一点上,阿恩海姆的语言观暴露出自己的缺陷,正如国内学者王一川先生所评论的,"事实上,阿恩海姆所理解的'语言'主要指语词,它仿佛可以与整个语言活动的其他方面如语境、语法、语言规则等截然分开,根本不涉及语言以外的'非语言符号',这显然正是索绪尔所全力摒弃的'以语词为中心的语言观'"[3]。我们认为,在研究语言对于人类把握世界结构特征有什么作用时,不应该"撇开语词的所谓意义",因为语词根本就无法与它所指称的事物或表达的意思分割开来

---

[1] [美]鲁道夫·阿恩海姆:《视觉思维》,滕守尧译,光明日报出版社1986年版,第339页。
[2] 同上。
[3] 王一川:《语言乌托邦》,云南人民出版社1994年版,第134—135页。

研究。在笔者看来,语词的产生就是带着意义而来的。

阿恩海姆为什么要竭力排开语词的意义呢?我们认为,一是由于"意义"这个词带来的问题过于复杂,而阿恩海姆是想倾力研究语言的那些载含意义的"纯形式"——比如"声音、响度和节奏的变换"[1],以之来与"意象"的丰富性形成比照,从而更清楚地认定语言的贫乏;二是西方拼音文字的表音性,使语词与意义之间的关系是间接的、知性的,缺乏直观优势的,这在客观上也影响了阿恩海姆的思考方式。这样,将语词与意义分割开来,也就等于把语词与视觉意象分割开来,因为视觉意象成为一个陈述句的主导性力量,正是语词所载意义达到饱和状态的标志;或者说,就是使语词由语言作为陈述主导力量时的"意思"表达上升到视觉意象作为陈述主导力量时的"意义"表达。所以,语词与意义的分割也就等于否定了语词对于视觉意象形成的积极作用。

阿恩海姆这一局限,站在汉语构成特点这一角度看就更加明显,因为汉语的表意性特点使语词与意义之关系具有直接对应性。汉语的美感更主要在于它的意义的直观性。谈到语言的美感问题,连摒弃"意义"的阿恩海姆都不得不重新捡回这个概念来表述:"语言中的声音之所以听上去美妙、动听、富有诗意,完全是由于人们从其文字中联想到它要表达的意义的缘故。"[2]这样一来,"意义"又成了解释语言的一个不可或缺的要素。所以,这里我们明确将语词和意义统一起来理解,这也正构成语言(语词与意义的统一状态)与视觉意象并存于同一个"言说活动"中的逻辑基础——正如语词与意义并存于语言之中一样。这样,我们的关注中心就不再是单纯地抬高或贬低语言的作用,而是视觉意象与语言在各自成为主导性陈述力量时的"言说活动"的内在结构特征。

然后,我们可以接着探讨下面的问题。

言说活动具有双重陈述功能,这一功能在交流过程中就必然构成"双重界域":显层界域和隐层界域。显层界域即语言符号世界,隐层界域即视觉意象世界。任何言说活动都是这两种"界域"的交合状态。这种交合状态随着言说主体的言说目的的不同而会自动发生"重心"偏移:当言说目的主要指向日常交流时,显层界域就被突前,语言作为陈述的主导性力量就被充分注意,这时候言说活动的性质成为"指涉性"的,这种语言也就是俄国形式主义批评中所说的"实

---

[1] [美]鲁道夫·阿恩海姆:《视觉思维》,滕守尧译,光明日报出版社1986年版,第338页。
[2] 同上书,第339页。

用语";当言说目的主要指向独立表达时,隐层界域就被突前,意象作为陈述的主导性力量就被充分注意,这时候言说活动的性质就成为"自指性"的,这种语言也就是俄国形式主义批评家所称的"诗性语"或"艺术语"。

当语言陈述功能被突前时,言说行为本身置于一个语词与意义的简单关系结构中:意义实现,语词即消失。俄国形式主义批评家鲍里斯·托马舍夫斯基在论述"实用语"与"艺术语"的区别时说:"在日常生活中,词语通常是传递消息的手段,即具有交际功能。说话的目的是向对方表达我们的思想。……所以我们不甚计较句子结构的选择,只要能表达明白,我们乐于采用任何一种表达形式。表达本身是暂时的、偶然的,全部注意力集中于交流。"[1]为此,托马舍夫斯基宣称:"话语是交流过程中偶然的伴旅。"[2]另一位形式主义批评家维克托·日尔蒙斯基也指出:"实用语从属于尽可能直接和准确地表达思想这样一个任务:实用语的基本原则就是为既定目的节省材料。"[3]

当意象陈述功能被突前时,言说行为中的语词与意义构成了一个复杂结构:话语本身具有了独立存在的特性,话语不是为着某个具体的交流目的而体现价值,此时话语本身即意义。"当我们在听这类话语时,会不由自主地感觉到表达,即注意到表达所使用的词及其搭配。"(着重号系原加)[4]这即是俄国形式主义批评所称的"艺术语"。我们依照上述区辨,将显层界域被突前的话语形态称之为日常语言,将隐层界域被突前的话语形态称之为文学语言。

(三)视觉意象作为陈述主导性力量的重要价值

在言说活动中,视觉意象作为陈述的主导性力量被突前时意味着什么?笔者认为,这意味着一个言说系统内在结构的改变,并由此引起整个系统的功能的改变:语言作为陈述主导力量时的"表白"功能被置后,而作为当下陈述主导力量的意象的"展示"功能被突前——展示比表白更接近事实本身。语言于此主要成为"被看"的,而不是"被说"的,这便是文学语言。俄国形式主义批评家蒂

---

[1] [俄]鲍里斯·托马舍夫斯基:《艺术语与实用语》,转引自《俄国形式主义文论选》,方珊等译,生活·读书·新知三联书店1989年版,第83页。
[2] 同上。
[3] [俄]维克托·日尔蒙斯基:《诗学的任务》,转引自《俄国形式主义文论选》,方珊等译,生活·读书·新知三联书店1989年版,第220页。
[4] [俄]鲍里斯·托马舍夫斯基:《艺术语与实用语》,转引自《俄国形式主义文论选》,方珊等译,生活·读书·新知三联书店1989年版,第83页。

尼亚诺夫曾精辟阐述过:"系统不是同等成分的自由相互作用,而是以突出一组成分('主要的'成分)而降低另一些成分为前提。一部作品正是通过这个主要的成分才成其为文学,才获得其文学功能。"[1]

言说活动的功能重心倾向于"被看",还是"被说",这是区分文学语言与日常语言的内在标尺。俄国形式主义批评早期代表人物维克托·什克洛夫斯基很早就说过:"艺术的目的是使你对事物的感觉如同你所见的视像那样,而不是如同你所认知的那样";又进一步指出:"形象的目的不是使其意义接近于我们的理解,而是造成一种对客体的特殊感受,创造对客体的'视像',而不是对它的认知。"(着重号系原加)[2]在"被看"的言说中,陈述权力主要为丰富的视觉意象所控制,而视觉意象本身所具有的"为物理对象或事件提供结构等同物"的优势,使这种陈述变成自动的——文学语言都具有自动陈述功能,它凭借文学意象或文学事件独立向读者方面传递丰富的信息。意象的自动陈述尽管始终是在语词构成的符号世界里进行,但却完全改变了语词与意义之间的结构关系:语词于此成为"在说"的言语,而非"被说"的言语。

"在说"的言语和"被说"的言语这一区分来自法国现象学及存在主义哲学家梅洛-庞蒂,他在《作为表达和说话的身体》一文中说:"我们还可以区分出一种在说的言语和被说的言语,前者是所指的意向处在萌芽状态,在此状态下,存在被集中在一个特定的'意思'上面,这种意思,不能被任何天然的对象来确定,存在正是在存在之物以外寻求结合,因此,它把说话创造成它本身非存在的经验支持物。说话是在自然存在上面的我们的存在的超出部分。"(着重号系原加)[3]梅洛-庞蒂对于"在说的言语"的解释,很大程度上契合了视觉意象作为陈述主导力量时的言说活动特点:自动陈述性,即语词与所指称事物之间的关联意义,通过视觉意象的被突前、被强调而自动完成。正是在这个意义上,笔者认为俄国形式主义批评中指出的文学语言是"自指性"语言,尚只是一种言语形式上的说明;而实质上,文学语言不仅是"自指"的(形式层面),而且是"自视"的(意义层面):文学语言就是在言说中看到了言说本身(着重号系笔者加)。

---

〔1〕[俄]蒂尼亚诺夫语,转引自[英]安·杰斐逊、戴维·罗比:《当代国外文学理论流派》,上海外语教育出版社1991年版,第11页。

〔2〕[俄]维克托·什克洛夫斯基:《作为手法的艺术》,转引自《俄国形式主义文论选》,方珊等译,生活·读书·新知三联书店1989年版,第6页。

〔3〕[法]梅洛-庞蒂:《作为表达和说话的身体》,转引自《眼与心:梅洛—庞蒂现象学美学文集》,刘韵涵译,中国社会科学出版社1992年版,第36页。

我们将通过下面的分析来证实这一点。

在讨论日常语言和艺术语言的差异问题时,俄国形式主义批评曾使用过一个著名的比喻:走路与跳舞。什克洛夫斯基曾说:"跳舞是一种可以感受到的步法,说得更确切些,跳舞是一种为了感受才创造出来的步法。"[1]关于这一比喻最完整的表达,可以说是深受形式主义批评影响的法国诗人瓦莱里的一段话:

> "走路像散文一样有一个明确的目标。这一行为的目标是我们所想达到的某个地方。……但每次达到目标后这些动作都被废除了……
>
> 舞蹈则完全是另一回事。当然舞蹈也是一套动作,但这些动作本身就是目的。舞蹈并不要跳到那里去。如果它追求一个目标,那只是一个理想的目标,一种状态,一种幻境……
>
> 因此,舞蹈不是进行一次以我们周围环境中某个地方为目标的有限的行动问题。……这种活动几乎完全与视觉相分离,而是由听觉节奏所激起和调节的。"[2]

这正是俄国形式主义批评的观点:舞蹈是走路的"陌生化",正如文学语言是对日常语言的"陌生化"一样,从而得出"诗就是受阻的、扭曲的言语"[3]的论断。问题在于:从走路到跳舞,真的仅仅只是一种运动形式的变化吗?如果是,为什么从"往前走"变成"倒着走",或者一个醉汉的趔趄步法,均不能被称之为"舞"?

显然,这其中隐藏着一个理解上的"盲点"——"步法"与"走法"并非同一个概念:舞蹈相对于走路,是一种"走法"的变化,而不仅仅是"步法"的变化。如果舞步这种新的"步法"脱离开它的主体"走者",便毫无美感可言。正是由于这种新的步形显示出一种新的"走法",也就是一种关涉"走者"的新的结构关系,一种能引起特别关注的新的和谐状态,才产生了丰富新奇的意义:一种新的运动结构对于人的关系的改变。

而且,还必须强调的是,"舞蹈"这种新的走路方式(走法)对于人的重要意

---

[1] [俄]维克托·什克洛夫斯基语,转引自[英]安·杰斐逊、戴维·罗比:《当代国外文学理论流派》,上海外语教育出版社1991年版,第7页。

[2] [法]保罗·瓦莱里:《诗与抽象思维》,转引自[英]戴维·洛奇:《二十世纪文学评论》(上),葛林译,上海译文出版社1987年版,第441—442页。

[3] [俄]维克托·什克洛夫斯基:《作为手法的艺术》,转引自《俄国形式主义文论选》,方珊等译,生活·读书·新知三联书店1989年版,第8—9页。

义是从视觉开始的,而非瓦莱里所说的"与视觉相分离"。这种视觉行为较为明显的一面,是对于观舞者而言所具有的视像性特征;较为隐蔽的一面,也是极为重要的一面,是对于舞者自身的视觉意识而言。我们习惯上认为,人一般是不能观看到自己的行为的(除非对着镜子);但是,现代心理学早已揭示出人的深一层意义上的自我观看能力——人是经常地活动在自我意识所构成的"视界"之中的。在这个"视界"中,自我的行为被局部地"显像"——这种"显像"当然不可能是指向自身全部行为的,而只能是其中的一部分,这一部分是由于受到主体的自我意识的"注意"才被置于视界之中的。

那么,是哪一部分行为才可能受到"注意"呢?或者说,是哪一部分活动被主体置于"自视"活动的"界域"之中了呢?

笔者发现,人的这种自视功能与其他意识一样,一般是在外物刺激下发生反应,但又很容易因惯常化经验而导致自动遗忘,即"注意"与"遗忘"总是于主体内部不断交替。比如走路,对一个突然丧失走路功能的人而言,有一天他得以幸运地重新站起来,并迈出艰难的第一步、第二步……,此时,走路这种在下肢健全的人看来过于简单的动作,就具有了极不平凡的意义,就会被主体充分"自视";而当这个人逐渐康复和熟练了这一动作之后,走路又将自动逸出"自视界域",进入惯常化了的无意识中,成为被遗忘的内容。舞蹈,恰可视为对普遍麻痹了的"自视界域"的一次新鲜刺激,即重新引起对"走路"的自视活动:走路,即以一种新的构成形象重新进入了主体的"自视界域"。

因此,"舞蹈"不仅不会脱离视觉活动,而且恰恰是通过刺激视知觉因惯常化经验而产生的麻痹状态,从而唤起其对主体活动的重新"自视"。因此,从"走路"到"舞蹈",并不只是一种"步法"的纯形式变化,而是发生在"走者"(主体)与"步法"之间的一次"意象结构"的变化,或曰视觉意象的"陌生化"。这就是笔者对于"走路"与"舞蹈"的解释。

所以,视觉意象作为言说活动的主导性陈述力量,并不是从语言的领域逃逸出来;恰恰相反,它是通过积极改变语言作为陈述的主导性力量时的"被说"的实用性功能结构,也就是构成语言"自视界域",从而实现语言"在说"的功能目标。换一种表述,即文学语言就是从人的惯常经验的遮蔽中重新唤醒的那些贴近事物本质的、具有自动陈述功能的、形象生动的语言;而文学语言的创造就是对处于麻痹状态下的语言"自视界域"的有组织的复活性活动,这种有组织的复活性活动就是通过在言说活动中"突前"视觉意象,从而使之自动成为陈述的主导性力量。

由此,我们可以确立的认识是:文学语言的文学性,就是当视觉意象于言说系统中成为主导性陈述力量时所实现的一种特殊言说状态。对一个言说系统的功能性质作出是否"文学的"区分判断,主要依据就是,"视像"与"语符"两者谁在这一系统中被突前到言说的首席位置,成为陈述的主导性力量。重要的是,无论谁被置于首席,都并不意味着另一种因素的完全消失,它仍作为一种从属因素而存在,并发挥其作用。必须再次强调,这只是一个言说系统内在结构的改变,进而引起表意功能的改变,从而导致文学语言的"文学性"身份的得与失。如此,这里所探讨的问题也只是指向文学语言的一种基本特性,而非文学语言的全部内涵。

正是文学语言的这一基本特性,可以帮助我们建立一个"窗口",观察文学创作活动中作家对于"文学性"的觉察、领悟、生成、转化等一系列语言创造能力。一个言说系统的内在结构,因言说主体的言说意图而发生变化,这种意图的"视像化"正是言说活动中"文学性"产生的一个重要表征,即言说活动由表意系统转化为隐喻系统,由日常语义向审美蕴藉跃升。依据这一阐释,我们可以建构起一个新的观点:女性创作中普遍所倚重视像的这种形象化思维,恰是其在作为文学第一要素的语言创造方面表现出的一种天然优势,与文学审美本质在精神深层具有天然的相契性。据此再来整体观察当代女性创作,她们的文学实践中更多汲取了中国古代文学中的隐喻性、蕴藉性、形象性、可视性等传统创作资源,更善于让"视像"成为言说活动的主导性因素,这一点已然构成了当代女性文学在文本语境意义上的一个整体特征,并在女性主体性价值体认与建构过程中发挥着独特的不可替代的作用。

四、困惑与选择:新媒体语境下文学启蒙的新可能

关于女性创作中主体性构建的文学语境问题的探讨,必然会遇到一个难以绕开的人文话题,那就是启蒙。的确,回顾近一个世纪以来女性文学所走过的不平凡的发展道路,我们都能看到在每一个重要的历史节点上,思想解放、文化启蒙一直是女性文学背后的有力推手。这种推动作用在不同历史语境中自然会体现出不同的时代内涵,譬如,在"五四"新文化运动的启蒙大潮中,女性创作以近乎"集体聚义"的胆魄和气势,攻陷了长期束缚女性身体与精神的封建堡垒,在婚恋、家庭及自我意志方面争得了前所未有的独立自主权利。而经过一段特殊

僵化的政治文化语境压迫之后,新时期改革开放伊始,在新一轮思想解放的浪潮中,女性文学承接了"五四"时期的反思与批判精神,以更加积极勇敢的姿态,对女性在事业、婚姻、家庭、情感、身体、话语等各个领域的自我价值实现,以及遭遇的诸多现实困惑进行了更为深入的思考,深刻触及了整个男权体制的内在根本。

进入 21 世纪以来,关于"启蒙"的论争再次成为学术界文化冲突和思想交锋的一个聚焦点。与此同时,随着全球化程度的不断加深,现代信息技术的快速发展,中国业已进入了一个以国际市场为背景的新媒体文化产业时代。在人们受用由新媒介带来的便捷、快意之际,也日益强烈地感受到在主体精神价值、个人心灵生活等方面所遭受的无形宰制和严重扭曲。在新媒体语境下启蒙何为?这成为今天我们无法绕避的一个现实的也是迫切需要探讨的问题,当然也是女性创作的文学语境整体构成中一个新的无法回避的话题。

(一) 新媒体:一种新的文化形态

就现代媒介发展的速度而言,一切命名都只具有阶段性的有效性。其实,在今天,关于新媒体的称谓已有很多近似的概念被人们使用,诸如自媒体、融媒体、全媒体、跨媒体,等等。当然,从严格学理意义上区分这些概念,肯定会有诸多细微的差别,或各自不同的意旨侧重,但这种细分似乎又没有多大现实意义,有意思的倒是,从人们有些杂乱的概念使用行为背后,可以日益清晰地触摸到一种具有整体意义指向的文化形态。所以,从这个意义上说,上述种种新概念,其实也就是一种新的文化语境下的现代传媒发展形态,因此也就不妨将它们一并纳入"新媒体"这个整体性的概念范畴中。这样一来,我们就可以作出如下界定:所谓新媒体,就是以互联网为基础,以计算机网络技术、数字技术、移动通讯技术等现代高新科学技术为支撑,发展更新速度迅猛的网络化信息化多元化融合化的现代媒介形态。目前与之切近的诸多叫法,其意自在贴近指认现代传媒于技术及手段上不断呈现出的新特征、新变化,但就整体趋向而言,又可暂时纳入"新媒体"这一具有统合性、开放性的指称范畴中。

新媒体在功能结构上具有复合性特点。它既是一种技术形态,又是一种信息载体,同时还是一种互动交流平台,并进一步带来社会组织结构、社会人际关系的深刻变化。甚至在相当程度上,新媒体的发展已经超出了我们的预期,成为一种全新的文化形态。最令人惊讶的就是新媒体对于社会意识和大众能量的整合功能。如研究者所言,它在一定程度上"改变了这个社会的文化政治运作。

社会政治领域的变化,尊卑主次的位置变化,经济运作的方式变化——无数无名的'沉默的大多数'有用了……借助于这种聚合效应,新媒体彰显了散落、碎片的人际传播力量。社会动能也因此而激发,形成整个社会力量的主要一极"[1]。

显然,新媒体文化发展已经成为一种必然趋势,它的背后推手貌似现代媒介实业主体,但实际上恰恰就是大众自身:大众或隐或显的无穷无尽的消费欲求成为了新媒体快速发展的真正推动力量。新媒体已经给我们带来了什么?信息交流的便捷性,数字影像的直观性,网络主体的交互性,虚拟空间的无限性,这些无不建立在大众的自我价值确立需求的前提下。可以说,新媒体已经将传统媒介的受众群体由完全被动转变为一种空前的主动选择状态。

然而,在承认它为人类带来诸多科技奇观的同时,必须警惕其对个体性价值的根本忽视,对独立性思考的干扰,对深度思维能力的损伤,对纯真体验和超越精神的麻痹,以及对刻苦钻研精神的淡化。凡此种种,使我们没有理由对新媒体时代抱以过高的热望。相反,一场更艰难也更为复杂的文化启蒙势在必行。

(二)困惑:难以辨认的"启蒙"

综观国内近十几年来关于启蒙问题的论争,应该说"新启蒙"和"后启蒙"是其中两支令人瞩目的生力军。前者以张光芒的《启蒙论》为代表,试图构筑以"道德形而上"为核心的"新启蒙主义"思想体系,后者则以张宝明的《自由神话的终结》为标志,竖起了质疑和诘问新启蒙的解构主义大旗。争辩双方"因互相对抗的不懈姿态开辟出一个狼烟滚滚的战场,使中国关于启蒙运动的论争再次成为话语的中心"[2]。尽管"二张"之争远不能穷尽近年国内启蒙运动之景象,然而其一正一反、一立一破的"对抗性"格局基本可以反映出当下我国关于启蒙问题思考的主导面向:"新启蒙"怀抱传统启蒙理想,承接前人启蒙激情,积极寻求中国式的启蒙思想资源,并与中国现阶段文化建设紧密联系起来,试图重新强调启蒙在当下的必要性和迫切性;[3]"后启蒙"则立足后现代普遍性价值和多

---

[1] 雷启立:《新媒体给当代生活带来了什么》,载《传承》2012年第3期。
[2] 李晓灵:《当下中国"新启蒙"与"后启蒙":虚妄的共谋》,载《湖南文理学院学报(社会科学版)》2007年第6期。
[3] 赵黎波:《坚守的意义与困境——张光芒的"新启蒙体系"述评》,载《郑州航空工业管理学院学报(社会科学版)》2008年第6期。

元化立场,批评新启蒙违反"理性""个人""平等""多元"等启蒙原则,以致极有可能"种下偏见",导致新的启蒙神话的发生。[1]

如果将上述两种启蒙话语对应于今天的新媒体语境,则同样可以折射出人们对启蒙的困惑心态和两难境遇。站在"新启蒙主义"立场上,我们的普遍疑虑是:这种被乐观者评价为"一种新的文化生产力",能够"宣传社会基本价值,宣传公共和社会政策,维护社会的公平正义,做到凝聚人心、增强信任,实现社会团结一致"[2]的新媒体,究竟是一种新的启蒙力量,还是对大众新一轮的精神异化?反过来,站在"后启蒙主义"的立场上,享受着新媒体时代带来的种种好处,我们同样有着深深的困惑。从现代传播学角度看,"启蒙乃是一种文化传播行为或过程。而作为知识分子启蒙,他们就是传播者和舆论领袖,他们通过媒介向公众进行权威性的宣传,以此来实现其启蒙的志业"[3]。传统启蒙的传播模式多是自上而下的文化传播,而现代启蒙已经成为麦克卢汉等所倡导的以媒介革命为基础的交互性传播行为。正如南帆早先已描述的,"电子传播媒介与大众之间的辩证关系已经成为现今文化地图的重要坐标点"[4]。新媒体的"交互性"同时改变了传播主体的传统定位,知识精英与普通民众成为了交互式启蒙主体。如此一来,启蒙的目标如何确立?启蒙的结果又如何验证?张光芒自己就曾说过:"启蒙是一个文化学意义上的动态的历史性的概念,它表现为一个持久的(也许有时会有中断抑或反复,但永远不会有终止的一日)人性解放与人格追求、情感觉醒与理性探求的过程。……它并不产生可以解决问题的最终答案。"[5]此言甚是。

如此,启蒙之于新媒体时代,就呈现出一派既自相矛盾又自在统一的奇特景观。套用狄更斯《双城记》中那个著名的句式:这是一个最好的时代,这是一个最坏的时代;这是一个高度自由的时代,这是一个备受奴役的时代;这是一个启蒙遍布的时代,这是一个启蒙沉寂的时代。而唯其如此,困惑之中的选择才显得勇敢而可贵。

---

[1] 张宝明:《"新启蒙"与"后启蒙":两种启蒙话语系统对话的可能》,载《江海学刊》2003第4期。

[2] 杨永庚:《新媒体对当代社会形态的影响初探》,载《新闻传播与研究》2011年第9期。

[3] 刘桂芳、唐魁玉:《启蒙、启蒙文化及其现代性——兼论21世纪中国启蒙文化的建构》,载《东方》2000年第4期。

[4] 南帆:《启蒙与操纵》,载《文学评论》2011年第1期。

[5] 张光芒:《重构新世纪的启蒙主义》,载《粤海风》2001年第2期。

（三）选择：基于责任的延续

什么是启蒙？按照中文的字面理解，"启"即开启，"蒙"即蒙昧，启蒙就是打开人的蒙昧之心，获得新的更高智慧。在英语中，"启蒙"（enlighten）也同样有开启愚昧、光亮人心的意思。人们最常引用的经典诠释自然是康德在《答复这个问题：什么是启蒙运动？》一文中的名言："启蒙运动就是人类脱离自己所加之于自己的不成熟状态。不成熟状态就是不经别人的引导，就对运用自己的理智无能为力。"[1]在康德看来，人类会不断陷入某种"不成熟状态"，而且不经别人启迪是无法自行运用理智的。然而，对于后来被后启蒙主义者经常质诘的"启蒙偏见"问题，其实康德当时已经充分意识到："新的偏见也正如旧的一样，将会成为驾驭缺少思想的广大人群的圈套。"[2]此后的历史早已证明这一预见的真理价值，启蒙不断被发展为一种"新的偏见"，甚至不断为人类带来灾难。正像霍克海默和阿多诺在《启蒙辩证法》中所提出的质问："为什么人类不是进入到真正符合人性的状态，而是堕落到一种新的野蛮状态？"[3]福柯则对那些"不在人的自己的存在中解放人"[4]的教条式启蒙给予严厉批评。还有很多"后现代"思想家均从不同视角对传统启蒙予以诘难，对启蒙当中暗含的文化霸权主义等弊端进行批判。笔者理解，后启蒙主义思想中的诸多质疑并非指向启蒙运动本身，而是希望启蒙者能够有一种充分关注"人的自己的存在"的现实态度。如此，无论传统启蒙还是后现代的启蒙批判，它们在伦理意义上的精神共质就是：责任。这是一种对人类共同命运的深刻关怀与无私担当，是一种对存在真相的不断叩问和不懈探究。

基于这样的认识，我们说，新媒体时代的思想启蒙是一项历史使命，是一次人类责任的延续。而这一次，中国人获得了自近代以来与世界发达文明之间在思想节拍上最大限度的接近，却又面临着比西方任何国家更为复杂而独特的现实境况。最为突出的问题是，大众的情感与理性均受到文化工业、后工业发展的严重异化，情感的极度个人化与过度依赖化并存，理性的传统一元化与现代多元

---

[1] ［德］康德：《历史理性批判文集》，何兆武译，商务印书馆1990年版，第22页。
[2] 同上。
[3] 霍克海默、阿多诺：《启蒙辩证法》，重庆出版社1990年版，第1页。
[4] ［法］福柯：《什么是启蒙？》，转引自汪晖、陈燕谷编：《文化与公共性》，生活·读书·新知三联书店1998年版，第433页。

化共在。它们的共同核心却是同一个：欲望。因此，如何实现对欲望的合理控制和精神超越，是新媒体时代思想启蒙最迫切、最艰巨的任务。

在保持对新媒体时代欲望化旨向的清醒认识与批判精神之同时，我们也必须辩证地看到，新媒体发展与文化启蒙之间也存在着统一的可能。借助新媒体推动新的启蒙不仅必要，而且可行。现代传媒的历史研究早已揭示出："现代传播媒体从物质形态、语言符号等方面极大地解放了人的思维，使人的思想意识与现代传媒一起趋向现代性的变革。"[1]并且，不仅是知识分子运用现代媒介施行对民众的启蒙，反过来看，知识分子也正是在接受现代传媒的过程中受到西方思想启蒙的。这种"启蒙"与"被启蒙"的相辅相成，正说明了媒介发展之于启蒙的重要意义。关于这一点，前面所述的"新启蒙"与"后启蒙"在尖锐对峙数年后，转向寻求互补、整合的可能路径，即可视为是在对立中找寻统一的一种启蒙新思路。早在2003年，"后启蒙"代表人物张宝明就指出，"启蒙在中国还有'另一种'路径：反思、批判抑或解构是为了更好地启蒙"[2]，以此表明"后启蒙"并非"反启蒙"，而是"另一种启蒙"，是在"多元"原则上对"启蒙"或"新启蒙"的"合理延伸与繁衍"。作为"新启蒙"领衔者的张光芒也在时隔几年后，明确肯定"新世纪网络的盛行对新启蒙的再度兴起也起到了不可估量的推动作用"[3]。于此一来，两者的整合诉求表明，他们争论的核心不是"启不启"的问题，而是"怎么启"的问题：前者表现出对传统的"精英启蒙"模式难舍青睐，后者则对大众"交互式启蒙"心存期许。

当然，也有人对双方的"互通款曲"予以了尖锐批评，认为两者只是"虚妄的共谋"[4]。但是，笔者倒觉得不必为此担忧。按照张宝明的说法，"不但不会故意冲淡自身的立场而变得不伦不类，而且还会不断修订和完善自己的话语系统"[5]。这种态度是值得肯定的，这不仅是因为启蒙的"学术立场"和"话语系统"的独立性和严肃性所要求的，更是由于启蒙深化过程中所必备的内部张力的需要。这种张力也不仅只限于"新""后"两级对抗，而且需要更多启蒙思想、主张、话语体系的多元对话。可以说，缺乏内部张力的启蒙生态，要么是一种以

---

[1] 周海波：《现代传媒在启蒙运动中的意义》，载《文学评论》2007年第6期。
[2] 张宝明：《"新启蒙"与"后启蒙"：两种启蒙话语系统对话的可能》，载《江海学刊》2003年第4期。
[3] 张光芒、童娣：《论新世纪的启蒙话语及其思想谱系》，载《探索与争鸣》2009年第4期。
[4] 李晓灵：《当下中国"新启蒙"与"后启蒙"：虚妄的共谋》，载《湖南文理学院学报（社会科学版）》2007年第6期。
[5] 张宝明：《"新启蒙"与"后启蒙"：两种启蒙话语系统对话的可能》，载《江海学刊》2003年第4期。

一元压制多元的专制霸权启蒙,要么是一种含混暧昧的世俗功利认同,或者是这两者的无原则混存状态。明确这一点,能使我们在倡扬启蒙的历史使命与时代责任时,时刻不忘"多元共生"所形成的内部张力才是推动启蒙良性运行的根本力量。

(四)实践:寻求新的切入点

那么,启蒙只是一种高悬的理论主张,抑或飘忽的思想迷雾吗?这一切如何才能更有效地作用于那些被新媒体、被科技理性束缚了"人的自由"的普通大众呢?难道启蒙只能停留在形而上的"理论高地"上么?伽达默尔在对20世纪50年代于西方兴起的"第三次启蒙运动"的分析中就曾深刻指出:第三次启蒙就是要在实践理性基础上对人类的实践行为和生活世界做出理性的反思。[1] 自然地,对人类"实践行为"和"生活世界"的反思,势必要落实到大众生活的地面上,而非始终漂浮在天空中。

当我们在这种启蒙迷象中试图寻找一个现实着力点时,所遭遇的一个普遍困境就是启蒙与实践难以兼顾。有人对此这样表述:"若要化大众,必须大众化;但是,一旦大众化,就往往不再能够化大众。"[2]的确,如何找到两者之间的关节点予以切入,考验着我们的智慧。在具体建议提出之前,我们还是先要对上述"化大众"发表一点看法。笔者以为,传统启蒙与现代启蒙最大的不同就在启蒙主体的确认上:前者以精英知识分子为主体,后者则更强调启蒙主体的交互性。如此,无论是"新启蒙"还是"后启蒙",都应意识到启蒙的有限性和适度性,也就是应当倡发一种"有限启蒙"与"适度启蒙"的精神:有限启蒙,就是启蒙者不可无限扩大自己启蒙的范围和权限,而应与被启蒙者之间尽量建构一种沟通性对话和建设性批评的关系;适度启蒙,就是警惕启蒙霸权,在启蒙态度上不强加于人,在启蒙手段上不大肆传播。人类启蒙历史一次又一次证明了康德所警告的"新的偏见"或霍克海默所批判的"启蒙神话"无时不在制造着新的"蒙蔽"。所以,"化大众"的期图必须是自我设限和交互进行的。

在此基础上,我们可以尝试探讨一下将新媒体作为载体的新的文化启蒙的实践路径问题。主要想从以下三个向度加以考虑。

---

[1] [德]伽达默尔:《赞美理论——伽达默尔选集》,夏镇平译,上海三联书店1988年版,第95页。
[2] 李新宇:《启蒙五题》,载《齐鲁学刊》2003年第3期。

一是在启蒙产品上,如何在正视新媒体发展以及文化产业化趋势的前提下,发挥新媒体的平台效应、生态效应和产业效应,创造出或彰显西方现代性普世价值或体现中国优秀传统文化精神的"新型文本",并以开放的、包容的心态对中西文明进行有机整合,而内在贯穿的则永远是"人的解放"这一永恒主题。尤其在对民族文化精神的传承中,不仅不必回避文化产业化的文化经济式思维,而且还应转变传统观念,理直气壮地建立民族文化产业发展的战略眼光,探索将传统经典与现代新兴媒体和文化产业相结合的改革路径。要大胆追求原创性,敢于坚持独立性,在人文关怀这一终极维度上将科学精神与实践理性统一起来。在运用新媒体的优势效应之同时,尝试一种"就地革命",即揭示新媒体对人的异化本质,揭示文化工业、产业发展与新统治术之间的合谋性质,以此推进新民主、新秩序的构建,促使人的精神诉求向心灵自由解放、个体人格独立回归。

试以电影为例,美国好莱坞大片能够长期于世界影坛居于霸主地位,显然与制作者成功推行电影文化产业战略密切相关,但是同时,我们不应忽视这些大片内里所蕴含和传递的思想价值,如《寻梦环游记》《绿皮书》等。即便是类型化程度很高的一些作品(如《速度与激情》系列、《碟中谍》系列等),均竭力涵容了一定的启蒙善意于中,而这才是其获得大众市场青睐的更为重要的原因。反观中国电影界,自新世纪以来也屡屡进军大片,却每每遭遇滑铁卢,这是为什么?恐怕主要原因还在于,中国的导演虽然关注了大片的产业效应、技术效应,却偏偏忽略了诉诸民众灵魂的最重要的启蒙效应。这足以证明,即使是身陷新型媒介文化的裹挟包围之中,大众依然有着不可忽视的对精神层面救赎力量的深切期待。因此,新媒体时代的启蒙产品,既是生产,也是创造;既要直面新媒体时代提供的一切大众化平台和氛围,也要恪守启迪心智、播撒善念的伦理信仰;既需要以匍匐的姿态融进普通民众的所感所思,也须有一颗虔诚布道的心魂,如此,才可能使原本淳朴务实的启蒙志业立足于坚实的大地上。

二是在启蒙策略上,如何打破重重学术壁垒、思想疆界,注重跨界合作和思维创新。这里所主张的"打破"并不是否定前面所坚持的独立思考及对峙张力,而是作为一个社会人在学术思考之同时所应强化的实践品格和开拓精神,包括主动寻求与资本的合作机会,积极拓展和占有、利用公共空间,于中创造性地普及、推广自己的思想主张。无论是西方民主精神,还是本土人伦道德,只有将之转化为与新媒介相互"兼容"、伸手可及的"文本形态",方能切实发挥启蒙的功能。也包括主动建构与权力机制的合作桥梁,争取合理话语权力和话语平台。

捷克作家、前总统哈维尔曾经表达过这样的观点:"在决定全球性互相联系的文明的命运时,有谁比那些最强烈地意识到这种互相联系的人、那些最关心这种互相联系的人、那些对整个世界怀着最负责态度的人更有资格呢?"[1]将知识分子的理性批判精神与政治家的务实态度有机统一起来,也许最为符合我们现代的启蒙理想。与中国现代启蒙先辈们相比,面对今天日益严峻的生存环境,我们今天这些知识分子是否多了一些"坐而论道",而少了一些身体力行呢?

三是在启蒙技术上,今天的启蒙者尤其应当意识到,这一方面的开创空间有多么宽广。新媒体时代所具有的资源丰富、信息快捷、交流便利等优势条件,以及神奇、诱人、不断翻新的新媒体技术,可以帮助我们将思想启蒙转化为"可理解的"和"易接受的"文本形态。请注意,这里有两层意思需要说明:一是这里所说的"可理解"和"易接受"并非指对文本深度与超越品质的简化或浅化,而是特指对人类(包括中西方)经典文化做一定的针对当下接受现状的适应性解读和技术化处理。这样做可能会损伤一些原有的"经典"意义,但却能够带来人类文化精髓在今天特殊语境中的广泛普及。得失相权,我们应该能够做出正确选择。二是笔者明确反对现代科学所带来的无限"祛魅"。马克斯·韦伯提出现代科学所带来的"世界的祛魅"这一说法,引起长期而广泛的争论。到后现代科学阶段,一种注重科学认知的整体性和统一性的"有机论"思想体现了更合乎人类本性的科学说服力。"在这种有机论中,科学和世界都开始返魅。"[2]笔者所言"可理解""易接受",同样主张一种"返魅的科学",是运用新媒体时代的科技手段,对经典文本及其包含的普世价值在知识储存形态、传播形式、阅读方式等方面加以技术改造,以便更顺利地将人类的精神价值传递给今天的大众。关于这一点,其实在人类启蒙的早期,在文艺复兴时期的伽利略的具有"祛魅"作用的"运动学"中已经体现出来,正如一位研究者所评价的,"伽利略坚持一种可理解的数学秩序本身就是一种更高的善"[3]。可见,真正的科学与哲学、伦理学一样,在"关注人心"这一点上是息息相通的。

启蒙是一项没有终点的人类大业,永远都是"正在进行时"。正如伽达默尔

---

[1] [捷]哈维尔:《知识分子的责任》,转引自夏中义:《大学人文读本·人与国家》,广西师大出版社2002年版,第299页。

[2] [美]大卫·格里芬:《后现代科学——科学魅力的再现》,马季方译,中央编译出版社1995年版,第38页。

[3] [美]G.桑迪拉纳:《冒险的时代》,周建漳、陈墀成译,光明日报出版社1989年版,第252页。

所言:"启蒙是与人类共始终的。"〔1〕而阿伦·布洛克则把启蒙称作"一场世世代代都要重新开始的战斗"〔2〕。相近的表述道出伟大思想家们对于人类启蒙的执着信念及使命意识。新世纪的中国启蒙实践,面对新媒体时代的迅疾变化和多重迷思,虽然前面充满了未知的风险,却也应当引启蒙先哲们坚韧超拔的精神以自励,推动启蒙的"战车"继续前行。在这种巨大的推动力中,当然必须看到女性创作群体不可替代的重要作用和价值,因为,如果将这场新世纪启蒙看作是近百年来中国新文学面临的第三次文化语境的清理与重构,那么我们所讨论的女性文学创作和女性主体性构建,必将与上述新的世纪启蒙又一次形成从生活形态到精神内里的深刻的同构过程。

五、凝结善念:改善人文环境的灵魂所在

对于女性创作及女性主体性建构所依赖的整体语境的考察,我们是从现实主义为主脉的文学思潮层面,跨越到与文学创作相对应的文学理论批评方面,再向内指向文学语言本质属性的文本内核层面,再向外指向文学活动必然触及的文化启蒙层面,基本形成了关于文学活动所需依托的宏观语境的立体架构。接下来,也许是我们可能探及的宏观意义上一个最大的文学语境问题——关于人文环境。要知道,对于女性创作实践和女性自身主体性建构具有更广泛、更隐在作用的,就是人文精神。所以,下面即将展开的讨论就是对这种关乎文学活动内在价值构建的,甚至具有决定性作用的现代人文精神,进行必要回顾和深入探析。

关于这个问题,我们将从二十多年前那场"人文精神"大讨论说起。

20世纪90年代初那场"人文精神"大讨论,是中国知识分子代表的传统人文理想面对市场经济初期所呈现出的驳杂样貌的首次出击。当然,此后的历史发展已经证明,那时的市场及资本力量只是刚现出冰山一角。这二十多年来,源自人文学子的抵抗努力,启蒙主张或隐或显并未曾真正中断过,但是,有规模、成气候的文化思潮却并不多见。这一方面可能是因为这些年来学术研究日趋个体化、专业化,不似80—90年代那般热衷"扎堆儿";另一方面人们选择精神生活

---

〔1〕[德]伽达默尔:《赞美理论——伽达默尔选集》,夏镇平译,上海三联书店1988年版,第99页。

〔2〕[英]阿伦·布洛克:《西方人文主义传统》,董乐山译,生活·读书·新知三联书店1997年版,第122页。

方式的多元化也分散着文化界的注意力。因此,再想人为地掀起这种涉及精神领域的大讨论,客观上就有了很大难度。也因此,当年的那场讨论的象征意义其实远大于它的实际价值。也因此,在今天这样的现实语境中,想要承接和传递当年那场人文精神大讨论的良苦用心,也就显得愈发可贵,或曰这种努力本身就是一种人文精神的体现。

(一) 人文精神的灵魂:善念

什么是人文?"人文"一词最早见于《易·贲·彖》:"文明以止,人文也。观乎天文,以察时变;观乎人文,以化成天下。"[1]古人通过观察天地自然之象了解时序变化,通过体认人间生命之象来把握、构建人伦常序。天象之核在于"天意",亦即宇宙自然的内在律动;人象之核在于"人心",亦即人类精神的感知活动。就人心而言,其本身即是一个矛盾的复合体,人之初其实无所谓性善或性恶,真善美与假恶丑从来就是人类心性的正反两面,须臾不可分割,且会因适应环境而不断变化,如古代思想家王充所言:"人之性,善可以变恶,恶可以变善……夫人之性犹蓬纱也,在所渐、染而善、恶变矣。"[2]由此才使它的所谓"正面"成为人类孜孜追求的目标。在真善美中,"善"无疑是理想人心的灵魂:它既是"真"的伦理限阈,又是"美"的道德基础。关于前者,20世纪30年代爱因斯坦对美国加州理工学院的学生讲演时就提出忠告:"如果你们想使你们一生的工作有益于人类,那么,你们只懂得科学本身是不够的。关心人的本身,应当始终成为一切技术上奋斗的主要目标。"[3]"关心人本身"正是以人为本的人文精神的根本体现。也就是说,真必须以善为导向。关于后者,亚里士多德早就有个观点:"美是一种善,其所以引起快感,正因为它善。"[4]如此看来,善念正是人文精神的灵魂所在。今天,进入21世纪已经近二十年,在我们探讨文学语境之于女性创作及女性主体性建构这一课题的时候,重提人文精神之构建,也正是因为人们日渐深感善念之于当下人心的相对匮乏,有着普遍强烈的予以重新凝结和

---

〔1〕 黄寿祺、张善文:《周易译注》,上海古籍出版社1989年版,第188页。
〔2〕 王充:《论衡·率性》,转引自罗国杰主编:《中国传统道德》,中国统计出版社1997年版,第85页。
〔3〕 杨东平:《中国教育:人文价值的流失和重建》,转引自侯样祥主编:《我的人文观》,江苏人民出版社2001年版,第445页。
〔4〕 亚里士多德:《修辞学》,转引自朱光潜:《西方美学史》(上卷),人民文学出版社1999年版,第84页。

铸造的精神诉求。

（二）人文精神缺失的本质：善之殇

今天我们再提"人文精神"，自然会与1993年的那场"人文精神"大讨论形成一种比较。时隔二十多年，昨日与今天讨论这一话题的文化语境的"人是物非"，也可进一步印证这段历史的变迁之巨。

1993年的那场人文精神讨论发生时，正值中国市场经济的起步阶段。虽然当时一个新的时代才初露端倪，然而其中所挟带的商品化、物质化的强劲冲击力，还是被一贯具有启蒙自觉的人文知识分子们感受到了。尤其是迅疾涌现的享乐思想、消费潮流以及相应派生的"物欲合法化"理念，让许多秉持传统人文道德信念的知识分子感到了巨大的威胁。"现代化"这个为国人梦寐以求的美好愿景，以一种始料未及的混杂形态直逼人们的期待视野。而于今，回过头再看那时的情境，我们是否发现，人文精神在这二十多年的演进过程中，作为"善"之主体的人文知识分子，从内在心态到外在姿态都全然发生了根本变化；而这种变化的背后，是两种不同语境中的政治、经济、文化领域，以及彼此相互关系的巨大变化。

二十多年前的中国社会，由于刚刚进入由传统经济模式向市场化发展的转型初期，经济市场的内部活力还远未释放出来，人们的思维方式、生活方式还相当程度地滞留于漫长的计划经济时代所造成的封闭性、一统性状态。政治领域所投射出的主导信息，依然是改革开放以来一直持有的对现代化愿景的整体自信，那些在后来日益增多的源自经济领域的不明确、不确定因子，在当时还难以看清。这样的经济、政治讯号传递到文化艺术领域，自然在整体上还不会引起什么大的波澜。所以，这个阶段的经济、政治、文化三大领域依然处于丹尼尔·贝尔所说的那种"由单一的决定性原则约束成型"[1]的社会结构状态。在这样的近似一体化社会结构中，知识分子的独立性就十分清晰地显现了出来，其启蒙民众的内在意愿及文化姿态均相对容易确立和彰显。而二十多年后的今天，随着世界形势的快速发展，经济市场化、资本全球化、政治多极化、文化产业化……，中国社会也发生了翻天覆地的变化。概括起来，可以简称为：三大领域冲突，四

---

[1] [美]丹尼尔·贝尔：《资本主义文化矛盾》，赵一凡等译，生活·读书·新知三联书店1989年版，中译本绪言，第12页。

种文明交织,两种"冲动"失衡。

三大领域冲突。丹尼尔·贝尔在论述资本主义社会矛盾时,提出了一个具有挑战性和震撼性的观点,认为:"资本主义历经二百余年的发展演变,已形成它在经济、政治与文化三大领域间的根本性对立冲突。这三个领域相互独立,分别围绕自身的轴心原则,以不同的节律交错运转,甚至逆向摩擦。随着后工业化社会的到来,这种价值观念和品格构造方面的冲突将更加突出,难以扼制。"[1]尽管中国社会与成熟的资本主义国家不可同日而语,但是近二十多年来,资本的力量、市场的机制对于整个社会结构乃至民众心理结构的深刻影响是有目共睹的。这种力量、机制作用于政治领域,已经促使从执政理念到施政行为的深度变化;作用于文化领域,则因其娱乐化、消费化趋势而迅速占据了大众的生活及精神空间。但是,这种力量、机制天然地不是整合性的,而是分裂性的,它使三大领域在这种强大的推动力作用下不是趋向传统的一体化,而是趋向彼此分化与相对独立,由此也必然导致相互间矛盾冲突的加剧。今天我们重新展开这个话题的讨论,就明显折射着文化领域对于经济强力主导下的精神环境急剧恶化的焦虑,以及对于政治领域目前缺少充分作为的一种隐性不满。

四种文明交织。从文明历史的发展角度看,当下中国正处于不同阶段文明汇聚、重叠、交互作用、彼此消长的复杂状态中:现代工业文明尚在国家布阵图中的主力位置,后工业文明却早已漫延、渗透到国民生活的各个角落,而前工业文明甚至古老的农耕文明并未自动退场,在广大的内地、农村、边疆地带依然广泛存在。这种混杂情形给中国的政治设计、经济发展均带来很大的整合难度。即便是在发达城市,现代主义与后现代主义的思想交杂、精神混合状态也时常让人们如堕云雾,进退维谷。在都市文人群体中,现代主义思想所引发的信仰危机尚未有任何缓解之相,更加庞杂的后现代主义思潮早已不期而至,更加年轻一代身上所表现出来的盲目自信与盲目崇拜相互交织的矛盾情态,不得不让人文精神的倡导者们心生担忧。因此,此刻这场讨论的中坚依然是50后、60后兼部分70后的知识分子。

两种"冲动"失衡。丹尼尔·贝尔在考察资本主义精神的裂变时,将其内部滋生的两种力量定义为"宗教冲动力"与"经济冲动力"。两者本属同根,在崇尚

---

[1] [美]丹尼尔·贝尔:《资本主义文化矛盾》,赵一凡等译,生活·读书·新知三联书店1989年版,中译本绪言,第10页。

自由、追求解放的本质上血肉相连。然而,由于两者分工的不同,使它们的精力导向不同领域的无限扩张,并危及对方的生存。[1] 这两种力量在资本主义早期就相互纠缠、相互制约,而随着现代工业文明的快速发展,"资本主义精神制约的两个基因只剩下了一个,即'经济冲动力',而另一个至关重要的抑制平衡因素——'宗教冲动力',已被科技和经济的迅猛发展耗尽了能量"[2]。如果将丹尼尔·贝尔此"失衡说"对应于中国当下现实,同样具有参考解释价值。不过,需要置换一词:"宗教"易为"道德"。我们今天遇到的情形,是否"经济冲动力"显示出压倒性优势,而"道德冲动力"则软弱退让到了社会的边角地带?换个说法,眼下我们深感忧虑的,不就是单纯追求效益、攫取最大利润的"经济冲动力"已经到了唯利是图、不惜图财害命的可怕境地,而以"善"为灵魂的"道德冲动力"则频频失守最后底线,成为今天国民心中最大的"殇痛"吗?

(三) 善的文化承载体系及重构可能

面对三大领域的冲突与分裂、四种文明的交织与重叠、两种"冲动"的对峙与失衡,今天作为精神文明倡导主体的人文知识分子群体却已经普遍丧失了二十多年前的那种急迫、焦灼、意气甚至莽撞,经济社会的发展与人生阅历的积淀共同铸就了今天知识分子的人文姿态,那就是无可避免地浸融、渗入各个领域、各种力量的交汇漩涡中。具体表现在:一方面,与政治权力之间的精神纽带不仅未曾松动,反而越系越牢,且与经济市场之间的实际关联不仅未曾疏远,反而更加紧密;另一方面,作为传统读书人、文化人,在新媒体时代的文化创造产业化、文化经验多样化趋势下,角色与"人"相互游离,内部人格严重分裂,犬儒主义普遍盛行。整体上看,各个领域、各种力量的强大吸附性、支配性、诱导性,致使今天的人文知识分子进一步丧失了二十多年前尚存的那部分独立性,从而陷入一种无中心、无依托的"精神漂移"状态。

在这样的普遍状态下,讨论人文精神的重构、善念的重铸问题,就显得很不轻松。究竟能否找到、找准我们的切入点?我们觉得还须适当探究一下人文精神与善念的文化承载体系,从中寻求某种可能。

从狭义的文化功能意义上看,以"善"为灵魂的人文精神主要有三种文化承

---

[1] [美]丹尼尔·贝尔:《资本主义文化矛盾》,赵一凡等译,生活·读书·新知三联书店1989年版,中译本绪言,第13页。

[2] 同上书,第14页。

载体系：一是宗教，二是道德，三是文学艺术。这三者均是用来诠释人生意义的，是构建人类精神世界的主要载体。细辨之下，可见它们对"意义"的建设作用又居于不同的思想层面。

宗教，是"善"的信仰层面，处于人类思想的最高层，具有突出的形而上特性。无论是传统宗教还是现代"新教"，无不是一种彼岸寄托，灵魂的安居寓所，呈现一定的神秘性。在中国，由于特殊的历史原因，我们并无西方那样独立的宗教历史文化体系，所以这一问题的探讨主要只能借助西方的宗教理论。德国政治经济学家和社会宗教学家马克斯·韦伯历来高度关注宗教的精神意义和伦理价值，他曾说过："各种神秘的和宗教的力量，以及以它们为基础的关于责任的伦理观念，在以往一直都对行为发生着至关重要的和决定性的影响。"[1]而这些影响主要是指向"意义"的，如其所论："这些超验物的性质和活动为人类生活中那些异常、痛苦而又不可理喻的种种经验赋予了意义……宗教像语言一样，是人类的一种普遍观念……"[2]只不过依据马克斯·韦伯的观点，伴随资本主义发展以来的新教伦理与传统宗教不同，它与资本主义精神之间具有内在亲和性，或者说参照中国的传统说法，是一种"入世"的教义。它是在经济活动和社会伦理之间建立起来的一种新的理性。韦伯这样评价之："新教徒不管是作为统治阶级还是被统治阶级，不管是作为多数还是作为少数，都表现出一种特别善于发扬经济理性主义的倾向。"[3]在中国目前这样一个片面强调竞争、优胜劣汰的社会中，理性的经济伦理诸如诚实、信任、责任心等确实显得难能可贵，而韦伯所总结的勤奋、忠诚、敬业等新教精神，让我们从中可以看到"经济冲动力"之外，宗教所具有的巨大精神力量，这对于建立符合中国市场经济建设所需要的伦理道德，对于重新构建以"善"为灵魂的人文精神颇具启发意义。

道德，是"善"的践行层面，处于人类思想的最底层，具有明显的形而下特性。道德所显示的，是人类活动的底线诫阈，是建立正常公共秩序的基本准则。在中国，虽然我们的文化体系中缺少独立的宗教，但是却发展出了十分发达的"类宗教"的道德体系，而儒家思想构成其价值核心。被誉为中国近代"文化怪

---

[1] 马克斯·韦伯：《新教伦理与资本主义精神》，李修建、张云江译，中国社会科学出版社2009年版，导论，第6页。

[2] 马克斯·韦伯：《宗教社会学》，伊弗雷姆·弗肖夫译，波士顿：灯塔出版社1963年版，前言，第27—28页。

[3] 马克斯·韦伯：《新教伦理与资本主义精神》，李修建、张云江译，中国社会科学出版社2009年版，导论，第7页。

杰"的辜鸿铭将之称作"良民宗教",并不无夸耀地解释为:"在中国,每个个体之所以不感到有用物质力量保护自己的必要,是因为他确信,公理和正义被公认为一种高于物质力的力量,而道德责任感被公认为一种必须服从的东西。"[1]言其"夸耀",是因为我们自古以来的道德体系虽然在世界上也堪称独特和实用,但并非十分完善,相反,其中有些思想成分缺乏应有的开放性。譬如孔子曾经说过:"君子固穷,小人穷斯滥矣。"[2]不论此处的"穷"是指生活贫困,还是有人讲的"走投无路",其意都是让君子安守现状,不恋身外之物。这种态度从孔子赞叹他的第一贤徒颜回"一箪食,一瓢饮,在陋巷,人不堪其忧,回也不改其乐"中,也确可得到印证。但是,对于人一旦由穷变富之后的道德自律,却缺少足够的警诫与指引。我们今天遇到的恰恰就是一个"富有之后怎么办"的问题。再加上几千年封建威权一直采取思想上"愚民"、经济上"穷民"的统治术,致使中国知识分子对于"由穷变富"的心理准备严重不足,一旦尝到做"有钱人"的甜头,便难以固守昔日的贫穷誓言,有的变得自私、懒惰,有的变得为富不仁。鲁迅先生曾在《文艺与政治的歧途》一文中说过:"从生活窘迫过来的人,一到了有钱,容易变成两种情形:一种是理想世界,替处同一境遇的人着想,便成为人道主义;一种是什么都是自己挣起来的,从前的遭遇,使他觉得什么都是冷酷,便流为个人主义。我们中国大概是变成个人主义者多。"[3]所谓"富贵不能淫,贫贱不能移"[4],我们确曾做到过后半句,但对前半句却难以抵御。

由此对比中西方历史不难发现,西方一直有"以宗教代德教"的倾向,其中也曾长期陷于"禁欲苦行主义"的困境中。而中国则历来注重道德教化,试图将其提升至精神信仰的高度,也由此屡屡滑向政教一体的极端。因此,宗教与道德虽然是解决人类精神困惑的重要力量,但往往会犯"过犹不及"的错误。

文学艺术,是"善"的修为层面,处于人类思想的中间层,具有形上与形下相互交叠的复合特征。在精神意义上,它上触宗教之"天",下接道德之"地",给人类开辟了一个既具价值超越性又有现实及物性的博大精神空间。在理论上,文学艺术与宗教、与道德的亲缘血脉关系早已被人深入研究揭示过。可以说,就中国目前的现实境况,要想构建人文精神的文化承载体系,文学艺术也许是最靠

---

[1] 辜鸿铭:《辜鸿铭文集》(下),黄兴涛等译,海南出版社1996年版,第22页。
[2] 《论语·卫灵公》。
[3] 鲁迅:《鲁迅全集》(第七卷),人民文学出版社1996年版,第115页。
[4] 《孟子·滕文公下》。

谱、最切实的选择(而事实上今天人们对文学艺术多有责难,也是因为精神普遍失衡状态下对文艺的过多期望所致)。因为宗教的事情对于中国人而言是没什么指望的,不仅是中国人过去不信上帝,今天也少有韦伯讲的那种"新教"信仰(当然这方面信仰确有发展空间),而且即便有少数人入教,也多为向上帝或神灵祈求赐福,而非表示忏悔。而道德呢,实在又与信仰问题深切相关,当下频现道德"穿底"的现象,其终极根源还是心中无敬畏,善念被屏蔽。如此,要进行道德建设无疑是一项庞大的系统工程,在中国也只有动用举国体制方可奏效。当然,这绝非表达一种消极态度,而是基于"一切从当下计"的现实策略。抱着这样一种务实的态度,我们今天的人文精神探讨可能就不完全是"就虚论虚"了。再与女性创作及女性主体性建构相联系来思考的话,我们就会逐步意识到,女性之于"善念"的重构,有着可谓得天独厚的优势。

从当下计,文学艺术对人文精神重建的可为价值毋庸置疑,其现实责任也无可推卸。然而,从文学艺术发展的目标理想来看笔者觉得以下三点当为要紧。

一是有灵魂。文学艺术创造理应把同情心与正义感作为自己的灵魂,而同情心与正义感也就是"善"。当今文学艺术家重要的不是缺少才能,而是缺少这种善念。它是内在于一个作家艺术家的创作态度的。谈到态度,李建军曾经专门写过《文学的态度》一文,他坚定地认为:"态度决定一个作家的文化影响力和受尊重的程度。只有那些在写作中态度真诚、善良、勇敢和正直的作家,才能获得人们由衷而持久的尊敬。"[1]他文中列举了俄罗斯文学"基于宗教精神的博爱",以及中国古代司马迁《史记》中"仁义为本"的写作理念和"公听并观"的写作态度。当然,怀着"善""爱"之心写作,并非排斥对"恶"与"恨"的书写,恰恰相反,这"恶"的适度刻画或"恨"的健康表达,正可反射"善"的宽容并举及"爱"的深沉明晰。

二是接地气。现在人们通常把"接地气"理解为深入底层或民间生活现实,这自然没错。但是,其中有两点值得进一步思考。一个是"民间"抑或"底层"这些概念的所指模糊不清。一般会将之较多指向破败的乡村、进城打工者、城市下岗职工等显在的"绝对性"弱势群体,然却对于一般知识者、基层官员、普通公职人员、老人儿童、特殊行业从业者、特定女性群体等这些数目更加庞大的"相对性"弱势者少有关注。二是"地气"并非只指底层的外在真实,更涉及普通人的

---

[1] 李建军:《论文学的态度》,载《上海文学》2011年第6期。

"内心真实",或者如谢有顺所讲的"内在的人"。他在近期一次演讲中说:"今日的小说,之所以日益陈旧、缺少探索,无法有效解读现代人的内心,更不能引起读者在灵魂上的战栗,很重要的原因,就是小说重新做了故事和趣味的囚徒,不再逼视存在的真实境遇,进而远离了那个内在的人。"[1]我们寄予人文精神构建厚望的文学艺术,就是应当努力以如椽之笔接通"人心的地气",用心灵阅读和聆听那些无所不在的"内在的人"。

  三是懂大众。于今我们经常讨论的一个问题,就是究竟如何面对大众的需求。雅文学论者认为绝不可一味迁就大众流俗与消费市场,俗文学论者则坚持文艺本来就是以大众需求为存在理由,过于求精、求雅只能自断生路。也许区辨两者是非并不重要,关键是我们对于大众心理的认知和需求的判断是否深入、准确。举一个例子,近几年电视剧作品中"后宫戏"相当热闹,但鲜有像《甄嬛传》这样的超长版宫斗剧能获得如此成功。言其成功,首先是它充分占有了市场,赢得了大众的喜欢。我们今天谈人文精神构建,如果不能正视文学艺术大众化这一无可逆转的巨大事实,依然视人文精神为小众精英的"特权",就根本无法实际推行我们的想法。其次,一个更容易被我们忽略的问题是,《甄嬛传》并非靠简单、浅薄的伎俩哗众取宠的,它的成功既有新媒体技术为支撑的传播营销策略,更因其制作质量的精良,与同类作品相比堪属上乘。电视画面中的一饰一物、一举一动均注重细节、追求完美(当然并非尽善尽美,也不可能),表现出所有参与创作者十分严谨认真的艺术态度。作品更兼有内涵严肃、凝重,貌似言情、说爱,实则大有深意:女人的争斗皆因男性霸权而起,而男人、女人的悲剧又无不指向封建历史专制统治,也许还兼有人们所说的对当下职场严酷竞争的现实影射。我历来坚信一点,不要轻易怀疑大众的判断力。大众喜欢的东西一定有它值得喜欢之处,它不仅在于外在形式,更在于提供给人们内心深处具有普适性、共需性的价值期待和意义诉求。当然,大众文化产品总是有很多不足,这一方向是无法逆转的。

  正是基于这种认识,我们觉得今天无论是新媒体技术、文化产业发展,还是大众化需求,并没有真正封堵住我们的文学艺术通向人的精神殿堂或灵魂深处的道路,事实上它一直敞开着。今天可能只是因为打开的"门窗"太多了,我们一时找不到属于自己的那一扇,或者不敢从这些新的门窗勇敢地走出去,带着我

---

[1] 谢有顺:《内在的人》,载《小说评论》2013年第2期。

们的灵魂。因此,我们现在最需要的,就是在"多元善变"的文化趋势与"一念安居"的人文精神之间找到一种新的平衡,让心向内,让脚向外,在内外两个世界的新一轮交融中重新凝结起我们的善念。然而,作为中国文学事业发展中一支不可或缺的生力军,女性文学创作在目前大众文化需求日益呈现多元化、个性化的大势下,既面临着与整个文学创作界相同的源自大文化语境方面的种种压力与挑战,同时也正迎来了充分发挥自身敏感细微温情向善的人文关怀优势,在新媒体技术与文化产业发展的助力下深化文学思考,创新文学观念,以更加符合时代要求的女性主体意识和自觉精神,于传统女性写作与现代大众市场之间搭建起以善为魂的精神桥梁,在积极适应外部社会现实变化的过程中,成为改善和优化这种不完美语境的特殊力量。这不单是一种理论意义上的期待,更包含着付诸实践的可能。

CHAPTER4 第四章
女性主体性建构的
个体化情境及样本解析

作为个体存在的女性写作者,在多重语境的作用下进行创作实践,于文学书写过程中不断建构着个体意义上的女性主体性。因此,语境对于女性文学写作的作用从来都是通过女性个体发生的,这种发生情形也就因为女性个体的多元化存在状态而变得复杂多样,语境之于女性主体性建构也就在事实上成为每位具有创作个性的作家所面临的个体化情境。这种个体化情境在本书的具体分析板块难以做到一一尽述,下面将采用选取样本方式予以进一步深入细致的解析。

从生存空间意义上,我们通常把现实语境分为城市与乡村两大区域。城市语境与乡村语境对于女性写作的影响有着很大不同,而由于本书讨论的核心在于女性主体性建构问题,着意于女性现代性发展困境揭示及破解之道寻找,因而相较之下在个案遴选时主要还是侧重于城市化语境中的女性创作。当然,即便如此,将要触及的问题依然复杂,因为城市语境之于女性写作及女性主体性建构,涉及不同的区域文化交融、不同主体身份预设和体验、不同写作内容、不同文学体式等多方面和多层面的问题。基于此,笔者下面选取的几个样本,均是在城市大语境下有着一定代表性和多方面不同特征的女性文学文本。

一、都市语境中的低空飞翔——徐芳诗考察(上)

我们首先选取的分析个案,是比较纯粹的都市化语境中的诗意表达及诗学实践。诗人的名字叫徐芳。

徐芳是地道的上海人,1962年生,1980年18岁时考入华东师范大学中文系。从1982年发表自己的处女作《蝴蝶结》算起,迄今已是近四十年光景了。这近四十年里,中国的诗歌浪潮涨了又落,落了又涨,潮起潮落之间,徐芳并没有被任何一次浪潮绕了开去。从起步之日算起,少女诗人,大学生诗人,学院派诗人,第三代诗人,女性诗人,城市诗人……,这些都曾是不同时期贴在诗人头上的标签。可她似乎从未想追赶某一波浪潮,用徐芳自己的话讲:"(那些)曾经贴在我的名字上的标签,与我无涉。"她是属于那种真正不知道"为什么写诗"的诗人。她能够肯定的,就是写诗给她带来的是一种类似"飞蛾扑火"般的无奈与幸福感。当然,如今这属于诗歌的浪潮已经相当衰微了,曾几何时也让人担忧"诗歌是否真的要亡了",然却愈发让人们清晰地看到:这个自称"绝对不是一个弄潮儿",不具备"手把红旗旗不湿的功夫"的徐芳,在无数次的"风吹浪打"之后,却依然于诗歌的岸边深情吟唱,踽踽独行。

这是一场旷日持久的"坚守",却是通过一次又一次的"告别"来体现的。在这近四十年一波接一波的浪潮中,她在告别——告别了先行、同行以及后来居上的许多同仁们,因为随着时间的流转,文学市场化的急剧推进,越来越多的诗人放下了诗笔;告别了自己的青春岁月,以及被诗人曾经奉为圭臬的大师们,有着哲学家般的睿智的瓦莱里,有着上帝般完美的虔诚的艾略特,有着深入血脉的深刻忧郁的卡夫卡,有着魔鬼般瑰丽奇谲的想象的埃利蒂斯,以及有着野兽般桀骜不驯的歇斯底里的金斯堡……;当然,于此告别的一定还有比她出道早、名气响的舒婷、北岛、江河、杨炼那一代朦胧诗派的诗哥诗姐们;也告别了大大小小的成功、荣誉、获奖、签售、专访、报道、出境交流……。这一系列的告别之后,留下的,是自己几十年如一日的坚守,以及一个在朋友圈内"留守女士"的雅号,以及对诗的那种深入血脉始终不渝的眷恋情怀。

因了这份坚守,徐芳在上海这座城市中,在这片自称"带蓝色光的土地"上,创造了自己独一无二的诗歌特色:一种纯诗境界的持守,一种风眼中的平静,一种城市中的自然,一种低姿态的飞翔。

(一) 1982—1989:青春,爱情,自我——一代人的黑白照

从 1982 年至 1989 年,可以看作徐芳的第一个创作阶段。她的第一部诗集《徐芳诗选》中的前一半多的诗作,应是属于这一阶段。这一期间的诗作映射着诗人青春岁月的每一个脚印:激情的歌咏、浪漫的爱恋、年轻的困惑与思考,这既是 80 年代成长起来的一代人的"黑白照",又已呈现属于徐芳自己的独特话语方式和纯诗意味。尤其值得注意的是,作为一个城市抒情者,在她迈向诗坛的第一步起,就已初显那种穿越城市拥抱自然的审美意向。这种意向在后来日益

成为其诗歌历程中一条贯穿性的精神线脉。

1. 青春咏唱

徐芳最初的诗,色彩是明丽的,格调是欢快的,尽显一个解冻不久的诗歌时代青年大学生的那种青春搏动与激情飞扬。在《蝴蝶结》里,诗人将自己诗歌创作的第一个意象,锁定在了"蝴蝶结"这样一个看似单纯实则颇有意味的事物上。言其单纯,是因为这一意象是那个时代青春少女的身份标识,甚至还略显孩童气息。"结一根绛色的绸带/结一片蓝色的羽纱",别致的色彩选搭,恰见上海都市女孩历来出众的独特审美。言其有意味,是这个意象似乎天然地包含着一些交织、叠合的微妙感觉于中,你看,"像是蝴蝶/不是蝴蝶",自然之物与人工之美相互交织;"追逐落叶吗?/哀戚残花吗?/哦,它只在春光里飞",此中"蝴蝶结"所象征的蝴蝶的命运,被作者加以强调:虽装点他人,却不失自我。所以,最后两句"在人们的黑发上/在人们的倩笑里"就突出并定格了蝴蝶的精神,那就是:与春光同在!另外,在纽结的"蝴蝶结"中,似乎还蕴含了诗人后来曾描绘的那种处于两个不同时代的交接处的、"渴望长大而又惧怕长大"的矛盾的少女心绪。在这些复合性的感觉里,已经全息隐含了诗人后来乃至长期写作中的那种纠结状态,无论是在自我与时代的对接上,还是在关于城市与自然的思考中。

当然,此期我们更多能感受到的,还是诗中包蕴的青春激情、敏感、细微、美妙、快乐。在《采青》中,翻出心爱的绿毛衣,脱下厚重的灰棉衣,乘着清明时节的轻快节奏,"我采回那么多绿的黎明",绿毛衣牵引出绿的春色,我的美好自然情怀又装绿了"所有的孩子"的"每一个窗口",一种无法抑制的青春心绪与自然美景于此浑然合一。这种美好感觉似乎会在任何时刻降临,哪怕只是"擦窗"这样一件简单的事情,"天空很青很青/妈妈要抹掉/所有阴晦的日子"(《擦窗》)。请注意,这里描绘天空使用的是"青"而非"晴",是一种情绪色彩而非一种物理气象。诗人常常喜欢赋予那些缺乏光彩的事物以美丽的色彩,尤其是绿色或者蓝色,这好像也是其选词用字的个人偏好。

徐芳初期诗中最能体现青春欢唱激情的,是《唱歌的飞碟》一诗。"飞碟",一个铁饼大小的塑料圆盘,是80年代初大学校园里具有标志性的运动器物,价格便宜,掌握便捷,利于两人或多人玩耍。在开阔的草场上年轻的大学生们"以长虹般幻想的手臂/甩出无数七彩的浑圆"。这是一个民族复苏的时代,每一颗年轻的心都充满着热烈的期待和担当的渴望,"让瞳仁里燃烧的憧憬/去融化残夜的冰凌/让希望的白鸽/飞落在我们柔嫩的肩头","我们以生命的蔷薇花/召

第四章 女性主体性建构的个体化情境及样本解析

唤前方的生活和岁月","我们以行星的速率/托起所有飞碟般的光轮、车轮"。这首诗的整体格调非常活泼欢快,动感十足,却又像是在与无拘无束的少女时代作最后的告别,此后我们再也难以读到诗人如此淋漓酣畅的抒怀了。诗中的语言,多有当时诗坛一些流行的修辞方式,如"白云般""轻烟般""长虹般""苹果般""青杏般""云雀般""孩子般""蓝宝石般""飞碟般"一连十来个比喻句式,增强了诗语的形象美感,也同时像是作别语言模仿的创作阶段,因为此后的诗作,语言结构方式都初见自己的特色。可以说,徐芳在诗歌语言方面的自觉意识是比较早熟的。

2. 爱的花季

在这一阶段里,诗人的爱情如约而至,这甘美芬芳的爱情自然也浸润了一大片诗歌的绿地。徐芳的爱情诗一如其为人处事,含蓄、低调、温婉、安静,就像一条静静流淌的"没有名字的小河",即使是"卷动的雨云"或"闪电",也只是"渍染着它睫毛似的芦苇",或"怯怯描下/第一粒水珠的爆裂"(《有一条没有名字的小河》)。这种描述传达出的是一种传统的诗意美,却又正好反衬出花季少女在邂逅爱情时内心的惶然不安。这种感觉在《小雨伞》中表现得尤为真切,那把失而复得的"紫色星星的小雨伞",正是爱情的象征,而"很多年我就在伞下/就像在蓬勃大树下/一颗瑟瑟颤抖的小草叶"。有时,诗中也继续描画着小女孩般的美丽童话,童话中是快乐的女孩和她的深沉的王子,一起在"天真的河边/寻觅,寻觅",寻觅着他们心中的幸福,"在你严肃的关注里/我用浪花/做成伪装的头盔/用尾巴划去/小小的甜蜜的谎话"(《雨天的童话》)。

这些抒写爱情的诗中,常常会出现"雨"这个意象:《有一条没有名字的小河》中"卷动的雨云",《一把伞》中的"渐稀渐疏的雨点",《雨夜》中的"一团雨丝",《雨天的童话》中"哗啦呼啦"的大雨,《在哪里,你掉了一颗纽扣》中"银晃晃的小雨"……。"雨",成为爱情氛围最好的营造者,也是海派城市语境中惯有的标签式符号。迷蒙、濡湿、忧郁、缠绵,不禁让人联想起戴望舒的《雨巷》,悠长的幸福中略带些神秘与感伤。这也是女性诗人笔下最具古典气息的爱情场景。

在这些爱情诗中,有两首诗具有别样的美感,读来耐人寻味。一首是《春天的故事》,这首诗在语言风格上有点与前不同:在意象的选择上,少了点小巧、精致,多了些强劲、粗粝,如"悬铃木""小树林""瀑布""树苗""灯盏""野花"等;在句式的结构上,明显加大了跳跃幅度,强化了句子的独立表意功能,体现出一定的现代派语言意向,让人想起当时朦胧诗人们的写作变化,像舒婷的《往事二三》,那种"有意味"凌乱的形式。这是一种自发现象,还是受到外界影响使然?因为不仅是这一首诗,此后一些非爱情诗作如《悬挂在冬天的屋顶下》《阴影》等,就见出对这种现代实验意向的延接与深化。在气势与节奏上,该诗也有所加强,句子短小有力,如"瀑布如此/急切地泻下","春天当然只是/美丽的序曲/树林也不是无边无际"。可以辨识得出,这是对处于炽烈爱恋中的主人公内心奔突的情绪及年轻躁动的身体的曲折指认,是对于爱与欲的生命临界点的诗意逼近,忘情与自持,沉着与慌乱,决意与犹疑,在剧烈的矛盾冲突中挣扎的我们"不顾一切地/深一脚浅一脚"的勇往直前,"泥泞使步伐/也具有沉重的快乐",然而"路边最后一朵小小野花/迷人的微笑/发出难以形容的神圣光芒/使该结束的/难以果决地结束/该开始的/也异常胆胆怯怯"。这种表达含蓄却又大胆,充满年轻的生命热力。

另一首是《今夜》。这首诗表现的情境与前一首相似,对青春秘密的探求渴望与莫名的畏怯感纠缠不清,"青草铺没栈道/栈道与栈道/也渴望接近",但最终"我们仍旧相对微笑/在对称的高地上搁浅"。这是那个时代热恋中的男女最为真切的体验描述,读来让人油然重现那个年代的爱情,那种尴尬无助、又甜蜜可爱的记忆。所以,当年轻的诗人奉献给读者"打开手帕/我们终于为难地发现/四周都是边缘"这样惊人的饱含哲理的诗句时,我们似乎在一定程度上能够触摸到其中的奥秘了。借用诗人自己在《后记》中的一个诠释就是:"就理性的存在而言,四周是非理性存在的边缘;而就非理性的存在而言,四周都是理性存在的边缘。"两种存在,混存于人类心中,而"边缘"一词,绝妙地指出了两者互释、互渗、互存、互转的多种可能。

3. 惶惑与突围

对于 20 世纪 80 年代成长起来的青年一代来说,青春的绚烂与快乐是极其短暂的,传统知识分子的使命感通过一代又一代诗人完成着薪火传递。具体到徐芳,尽管生活在相对优裕的上海,尽管天性中多些小女人的气质,与宏大抒情主潮隔着不小的距离,然而那种莫名的"沉重"还是很快来袭了。这种"沉重"来自当时的文化氛围,来自舒婷一代的苦难、沉重与深刻。诗人陷入了人生的第一轮惶惑之中:怎样面对"在诗坛上大山般兀立横亘着"的舒婷他们? 没有他们的苦难与沉重,也没有他们的神圣与崇高,那如何找到属于自己的路? 徐芳的困惑,是当时所有"60 后"诗人的困惑;徐芳的突围,也是整个一代人的突围。"Pass 舒婷",然后又向何处去? 诗人的摸索,竟沿着两个截然不同的向度同时展开:一边向着现实世界拓进,另一边向着自我心灵归隐。自相矛盾的突围路线造就了此期徐芳诗歌创作一派纠结缠绕的奇异景观。

走出自我情感的狭小空间,向着现实世界拓进,诗人的双足踏在了生命中第一座大山的"第一级台阶上",在这里经历了成长的首场成人礼。"我像一棵年轻的树/闯入群山的梦","把所有苦难埋在心田/把所有悲哀揽进臂膀","我和山交换着今天的位置",渴望成熟,愿意担当,与大山"交换"位置,就是想把自己融入更大的现实之中。尽管最后依然是挥之不去的惶惑,"也许我将得到很多很多/也许我将失去很多很多……",但告别青春梦想,踏开自己的现实道路的勇气与决心已跃然纸上。可以说,这首《在大山的第一级台阶上》是诗人走向成熟的一个里程碑。

相近的思想情绪还体现在另外两首诗中。在《邮戳》中,诗人用一种玩世不恭的语气进行自嘲,"世界还是少女时代吗/为什么总是念念不忘/有一只红蓝的航空信封/此刻穿过严谨的黑树林/正好落到脚前"。而《在风中》一诗,诗人的目光被风带到了城市之外的远方世界,"我被带领到大大小小的车站、码头/乘南来北往的车船/在任何地方出现/用任何语言说着旅途的生动的经验","在风中,遥远的人群使我重整精力"。

走出自我情感的狭小空间,外面的世界充满诱惑,诗人的灵魂向着世界进一步开放,由现实世界延伸进了幽深的历史记忆之中,于是一组关于草原、关于乡村题材的颇具历史感的作品出现了。这是城市诗人徐芳不多的田园牧歌式的诗艺展示。《女人们的草原》组诗三首,呈现出草原女人抑或是所有女人的苍凉历史,以及那种生命的宽厚与坚韧。"让我们哭哭/这亲山亲水亲人的/家乡土地吧/让我们哭哭/这无忧无虑天真随意的/姑娘时代吧/前面绵绵的群山在等着/后面滔滔的河水不回头"。在《白云岁月》《野花》《危桥》《草垛儿》《阳光沸腾的矮麦地》《牛们……》中,丰盛的乡土意象、充沛的泥土情怀、沉静的历史穿透力、克制的语言基调,使这一部分诗作显示出异样的丰采。这是诗人短暂的亲身经历,还是受到当时"寻根文学"抑或女性主义思潮的影响?徐芳虽然生长在都市,但这些诗歌佳作让人有理由相信,她的心灵深处有如此大的一片天地是留给自然世界的。

诗人的灵魂向着世界开放的努力,由于自身现实经验的囿限,而不得不借助艺术想象力来加以推进,于是起初迈向现实世界的脚步在经过了历史的深化后,又奇妙地延伸进了自我的心灵世界,于是现实、历史、心灵的界限在丰富的想象中被模糊了、混存了、合一了。《莫扎河流域》就是这种艺术想象的一颗硕果。莫扎河,这条为诗人"亲手创造的心灵之河",竟然勃发一种作者创作历程中少见的"大诗"气象。诗中对于莫扎河以及广袤草原的真切而生动的描绘,让人很难相信这竟是一位女性诗人在大学校园内的丽娃河畔虚构出来的画面。"太阳""河流""远山""晚霞""旷野""马群"等自然意象何其博大雄浑;"掌灯时分和黎明时分/有人踏着高高伸展的路基/走出家园,走出古老的视野",这样的诗语何其沉雄厚重。然而,这条凭借出色想象力创造出来的如此具有历史意味和现实感的"莫扎河",却是诗人为了逃离青春的喧嚣,而向着自我内心,同时也是向着祖先血脉的一次倾心归隐。年轻的困惑和超越前人的渴望,因诸多现实制约而不得不更多地指向自我的心灵世界。

4. 日常诗意的两种写法

除了上面不多的几首描绘城市之外世界的诗作外,徐芳的大部分笔触还是围绕着自己的日常生活展开的。对于城市生活日常诗意的捕捉与表达,在其诗中占据很大比重。在这一期间,同样是对于日常诗意的抒写,诗人却有意尝试运用了两种截然不同的写法:写意与写实。写意的诗篇如《悬挂在冬天的屋顶下》《围剿》《阴影》《镜中人》《夜游的症状》《三月》《晨起》《千万条路》《流年》《流淌的水》等。从《悬挂在冬天的屋顶下》开始,徐芳的诗与前又有一个明显的变化,即诗的生发点变得灵活多样,一道阴影、一抹晨曦、一个手势、一个梦境……均能被衍化成奇妙的思绪与诗句,诗中所涉的现实场景均被幻化处理,内在意绪闪烁迷离,捉摸不定。时有惊人之语,蕴含多重启迪。例如,"一把椅子/一句描述绿树的句子/便是囚禁我的牢笼"(《悬挂在冬天的屋顶下》);又如,"每一片光明的摇动里便有阴影"(《阴影》);再如,"无数尘埃似骤雨/从空茫里吹出/近或者远/前或者后"(《镜中人》)。写实的诗篇数量不多,却是别有滋味,平实描述之中又有不尽意味,如《星期日:茶杯》一诗,开头一句"一只瓷杯里泡着/整个上午的天光",结尾一句"整个下午便只有一种沉降的运动",结合诗题可以发现,诗人在关于饮茶的貌似漫不经心的实描背后,隐含着一种对特定的城市生活情态的定格、延长、放大,那些慵懒无力的词语,比如"泡着""迷失""沾上""噗噗吐出",既是生存实景描写,又暗含对城市生存方式的反讽。从这部分诗里,可以看到诗人对于城市生活的思考已经趋于深化,由城市向自然延伸的诗歌观正在形成。这一点,在《沙及向日葵》一诗中变得醒目起来。

《沙及向日葵》与上面两种写法都不一样,在诗人前期创作中极具过渡意味,是创作视域由都市向大自然敞开的一次极端尝试。这首诗最大的特点,就是将自我灵魂完全融入自然外物,达致物我一体、形神合一的境界。诗人说,"我发现渗入一棵植物的方式/是制造创口",渗入自然却是以制造血淋淋的创口的方式,这里既可解读出诗人逃离城市进入大自然的强烈愿望,又能读到在现代化扩张中人类对自然世界的掠夺与戕害,一种悖谬导致的纠结心态,恰恰表明此际诗人对于城市与自然两者关系的思考正陷入一种深深的困惑之中。这种困惑又正是诗人后来的诗歌观得以成熟和完形的一个必要的过渡。

(二) 1990—1999:亲情,城市,自然——一种低姿态的飞翔

从1990年始,徐芳的诗歌创作进入了一个新的阶段。何以如此段分?没有什么科学依据,只能说主要还是源自对其诗歌变化轨迹的一种总体把握,其间还有许多不敢确定的"临界点"或"过渡带"疑问。在这一阶段的十来年时间里,诗人的创作较前发生了较明显的变化:与以往那种"向外突"的努力相比,整体上显示出"向内转"的写作态势。这里的"内",既是指诗人对自我心灵生活的进一步倚重,也包括了从对外部广阔空间的探索逐渐回归到自己所眷恋、所熟悉的家庭亲情和城市生活,从而显示出这一阶段的鲜明特征,即更为关注家庭亲情、关注个人内心体验、关注自我与城市若即若离的关系。这一系列"关注",表明诗人随着年龄、阅历的增长,思想开始趋向成熟,情感逐步趋近现实,心态更加趋于平和,审美体验更多指向日常诗意。这也是其创作视点内转后,诗歌内蕴的精神层次愈加丰富的表现。诗人将一种纯诗的美感,贯穿在对亲情、城市和大自然的抒写中;诗人以一种"风眼中的宁静",与外界日渐浮躁的诗坛拉开了一段距离;诗人像一只寄居城市的野鸽子,在自己创造的诗的世界里,作着一种"低姿态的飞翔"。这十年无疑是诗人创作的重要阶段,"城市:第二自然"这一诗歌美学观基本形成。

1. 写给儿子

生命孕育之于女性的重要意义不言而喻,从十月怀胎到一个新生命的降临,再到承担起抚养哺育的天赋使命,可以想见这些对于一位年轻母亲来说,无疑是一个充满了新奇、惊惧、喜悦、期待、忙碌、疲惫的漫长过程。徐芳为了完成这一过程,从1987年开始有三年左右时间几乎是完全辍笔状态。然而,当她终于从这一过程中缓过神来,内心沉聚的诗情糅合着浓浓的舐子深情喷涌而出,写给儿子的系列组诗由此拉开了序幕。

她的《写给新居和儿子的第一首诗》，给读者一种分明的感觉，就像是隆重告别昨日，一切重新开始。"今天早晨我想重建自己的/心灵　用金黄色的石头/围住一朵风中的/火焰　围着庭院/让秋天的气息吹遍/每一个日子……"，这是一个女人浴火重生的时刻，她好像获得了一副新的灵魂，开始重新打量这个世界。对家庭对儿子的款款爱意、柔柔情怀似乎渗入到诗的每一个毛孔，浸润到诗的每一个字眼，"当我张开眼的时候/我认得窗户/每一样家俱和摆设/被我用力地抱紧/然后放在胸前/被我用力抱紧的/还有我亲爱的儿子/他的小脸好像苹果/他可爱的小手和小脚/使我的呼吸格外轻柔"。这是多么幸福的文字！而在诗的结尾她从容而自信地写道，"在一种生活开始之前/我喜欢站立着的姿态/就像在镜前/打量自己和你们"。

从这一天起，诗人前后共创作了三十九首"写给儿子"的诗。这一主题系列的诗，不仅在内蕴上饱含母爱与深情，而且其结构形式和语言也颇为独到。其中有一部分诗是以儿子为中心建构起一首诗的整体框架的，如《入睡的孩子：写给儿子的第四首诗》《夜歌：写给儿子的第五首诗》《夏至：写给儿子的第十三首首诗》《光：写给儿子的第十八首诗》《雨中的孩子：写给儿子的第十九首诗》《词：写给儿子的第二十二首诗》《旋转：写给儿子的第二十五首诗》《你的眼神：写给儿子的第三十首诗》等，这些诗的结构较为完整，语言富有童话般的瑰丽色调和纯净氛围，如"像水一样移动或静止/你的眼睛最适于月光/这活泼的小蛇/蜿蜒绕过你黑苇丛般的睫毛……"；而另一些诗，"儿子"则是作为一个支点，由此伸展、衍化开来的是诗人自己对生命、对世界的奇异幻景和奇特联想，语言运用与转换灵活多变，有时也令人不好捉摸和把握。但从中能够体会到，"儿子"作为一个核心意象，大大激活并拓展了诗人艺术想象的空间，这部分诗作所展示的不仅仅是其对爱子的无尽深情，在诗艺创造方面也达到了一定的高度。

2. 诗人自画像

告别了青春岁月，步入了社会与家庭的现实，又经历了一个女性孕育、抚养等一系列"女人化"的演绎过程，诗人体验着一个普通女人生命内涵的丰富与充实。她不是一个喜欢离经叛道的人，她的人生轨迹与同龄人相比尤显"按部就班"。这种"按部就班"的生活不仅给诗人带来丰沛饱满的生命质感，同样也促生了无尽的思考与困惑。

在现实生活感受上，家庭的温馨、爱子的成长是一种令诗人灵魂安稳的力量;但是,另一种力量也时刻牵引着诗人的心灵,那是一种挣脱一切牵羁、奔向更大更广阔自由的力量。这两种相反相成的力量在作品中相互纠缠。如《秋天》中,开头一节写道:"阳台渐渐向这个星期靠拢/一片早晨轻浮的云/抹在我的心情上";中间是这样无奈的感觉:"我看到陷入天空之中的鸟/像纸一样飞翔";而结尾对这种莫名的情绪加以了明示:"一片远去的风景/就是我——/在地平线以下的地方/坐着,像一颗马头/把影子投向膝下的草/这有空的日子"。诗人的烦恼似乎正源于这生命中不能承受之"空",现实忙碌之余的突然失重感和由此衍生的焦虑情绪弥漫在多首同类作品中,"我看见秋天快完了/乘气球远去的是一朵玫瑰/而房间里一只烦躁的苍蝇/来来去去/我的生命驮在它绿色的翅膀上/感到一阵阵轻盈的震颤"(《秋天之病》)。类似的情绪在《海岛旅馆之晨》也有流露,却凭借一种来自自然的外在力量努力调整超越着自我,"在唱圣歌的众生中/我发现自己/正满怀虔诚的泪水/重新把自己又诞生了一遍",这里再次强化着对自然拯救力的崇拜。

从这首诗后,诗人的焦虑心绪逐渐转变为一种更趋理性的自我检视,在《梦幻与梦幻者》《从一个平面里如何被解救》《白昼的方式》《包围黑暗》《过一种生活》《面向睡眠》《如歌如唱》等诗中,诗人似乎在为自己的精神画像,以此逼近自我裂变着的心灵内部。"孤寂的人,除你之外/我一无所有——","你优雅、透明/我却衣衫褴褛/你激情、汹涌/像星星的嘴唇、火焰的花瓣/而我如同一种植物/随事物的风迷茫地摆动"(《梦幻与梦幻者》)。有时她想逃回过去,那里似乎有着拯救自我的神秘力量,"那开满往昔的花朵/让岁月过去之后又回来"(《唐朝牡丹》)。往昔之花能够慰藉今日之心,但是却又稍纵即逝,如《在相册里》,曾经的岁月里"我的裙子在唱歌/大声地唱……",却转眼又"孤零零地留在路旁/寂静、迷茫、张望"。而当心灵继续远离当下,回到更遥远的童年记忆中,依然难以找回自己,"当我回首再看/——那个小婴儿/已下落不明"(《风景旧曾谙》)。此时的诗人像同时置身于梦里梦外,且更钟情于梦幻,有时"虽然醒着/却对不是梦中所见的东西/锁闭眼睑"(《面对一个人的世界》)。有时她也伤心哭泣,"哭泣时,我发现自己/远离世界"(《伤心哭泣》)。这是一场痛苦的自我穿越与魂灵拷问,"我是谁? 这是个问题"(《森林的问题,我的问题》),却没有答案。然而,思想的出口却一律有意无意地指向了狭小现实之外、城市之外的广阔自然,"头顶虽然不见星光/眼睛里却凿刻出一样的光芒/且奔跑且燃烧"(《没有星光的城市》)。

3. 日常诗意的第三种写法

经历了日常消磨的人,是很难再去发现出日常生活中的诗意的。尤其是大都市的人们,快节奏的生活,日新月异的变化,相比传统乡村那种较为自然稳定的生活环境,更易引发人的无所适从和浮躁心态。徐芳在这一方面却有着超越常人的敏感。前面谈到诗人抒写日常诗意的两种不同风格:写意与写实。到这一阶段,她已进入而立之年的诗人审视日常生活、发掘与表达日常诗意的方式又有新的发展,即虚实交汇,庄谐并举,纯诗意境与理性思考同场共舞,写出了一批出色的诗作,标志着此刻徐芳的创作已相当纯熟。

这批诗作数量众多,如《日常情景》《一条街道黄昏时的感受》《三姐妹》《打开衣箱》《我们共同的编织》《匆匆》《行星运转》《冰树的圣诗》《29个月亮》《玻璃鱼缸》《冬日幻景》《两把椅子》《弄堂深处》《咖啡音乐时间》《黑暗》《夜色无限》《黎明即起》《楼上的春天》等好几十首作品,以及一些观赏静物的诗,均可大略归于这一类。其中《一条街道黄昏时的感受》和《玻璃鱼缸》是写得最具一种复合式诗意美的两首代表作。略有不同的是,《一条街道黄昏时的感受》是在动态描摹中浸融着作者对俗世常态生活的"温情和敬意","广场""街道""夕阳""栅栏""窗子""音符"这一切属于喧闹城市的意象,却一概"来自幽冥中无声的自然"。诗中这最后一句,为前面描述的都市景观笼罩上了一层自然美的色调,是诗人城市美学观的生动展示。《玻璃鱼缸》一诗,则是在静物刻画中喻示着作者对人与动物、人与自然之关系的深入思考。诗人以从容的笔法,精确而富于智性美的诗语,洞悉了人类生存的部分真相:

> 在玻璃的两个层面上
> 人类、鱼族和草
> 按同一种节奏
> 生长、衰老,然后死亡
> 垂直的影像被吸引
> 又被拒绝
> 一堆摇曳的团块
> 一个虚假的雕刻
> 我们巨大的膂力
> 都无法粉碎这块玻璃

这首诗中的人既是鱼的观察者,同时又被鱼所观察,两者互为主体,又互为对象。原本为人类所垄断的世界主宰地位,被这些"像人类一样/历史悠久 更悠久"的弱小生物所颠覆,人类与鱼族在自然生命层面上成为平等者。这一思想的深度若从哲学角度来看,并无惊人之处;但是,在诗学意义上,尤其在城市美学意义上,徐芳的这一首诗却具有突破性价值:它突破了人们表达城市诗意的传统视阈,从而将现代城市这一审美对象置于一个无比广阔的自然生命领域。也就是从这首诗中,我们看到诗人已经打造出了属于自己的独特的城市诗歌观。

在诗意美学上,此时诗人力图实践着一种瓦莱里式的"纯诗"风格,无论理性化的自我剖视,还是平实化的生活即景,徐芳似乎为自己设置了一条不可逾越的底线,那就是:让诗意自见!除了注重意象的选择,她更在意一种"腔调"的控制,一种语感的把握,使你的阅读从来少有突兀、生硬之感,诗语未见人工打磨之痕,却尽显一派自然光洁、顺心如意之美感。

4. 都市:"第二自然"

对于置身都市语境中的诗人而言,如何看取都市生活是一个关涉整个创作过程的核心问题。因为如我们所知道的,中国诗歌的根是深植于乡土的,是与农耕文明血脉相融的。这样的传统,致使诗歌相对于都市一直就像是一个外来流民,总是在灯红酒绿、熙熙攘攘的城市喧嚣中迷失自己。于是,就出现了评论家所说的那种"两极反应":要么是"社会批判式的写实主义",要么是"欲望写作的浪漫猎奇"。其局限性是:前者总使人对都市文明抱有敌意,后者却又诱人深陷其中彻底物质化。至于都市的真正精神,都市审美的独特意蕴,则长久地被遮蔽与模糊了。

徐芳的诗,正是在对诗与都市关系的长期思考中,逐步踏出了自己与众不同的诗歌道路。从 90 年代初开始,她不仅写诗,也写了不少学术论文,阐述自己的诗歌主张,特别是对于都市诗学方面,有相当独到的见解。从这一阶段多数诗作来看,它既非现实批判的,亦非浪漫抒怀的,它似乎属于"第三条道路":将都市置于一个更大的自然视界和生命图景中,用目光进行平静的打量,以心灵作深情的细读。这里涉及了作者非常独特的自然观,它既不同于波德莱尔将自然写得狰狞丑陋,也不同于雪莱或惠特曼只把自然作人的衬景或征服对象,甚至也不完全同于普里什文的人与动物、季节等生命同质的观点,作者是将都市作为与非人工化的第一自然相对应的"第二自然"来看待的,是一种近乎存在意义上的"大自然观"。这一视点的确立,使她获得了都市审美的一个新的高度,即"不管一切如何显示/都将触及一种存在"(《是真是假》)。

这样的诗歌观念与道路,决定了诗人所取的写作姿态也是与众不同的,不是居高临下的俯瞰,亦非自作渺小状的仰望。借用诗评家的一个形象比喻,她的诗是一种"低姿态飞翔"。这里想进一步阐发这个比喻,诗人的写作姿态很像一种美丽、善良、精灵的鸟,比如一只野鸽子,独自在城市的低空飞翔。诗人也曾经深情吟诵过这样一只鸟,"在高高、高高的屋顶上/野鸽子飞来/又拍翅离去/孤孤单单的影子在雨中扩散/像黄昏最后落于海中……"(《雨中黄昏,野鸽子》)。选择低空,是由于对日常生活的眷恋,同时也见出肉身的沉重;选择飞翔,是由于渴望自由,渴望心灵的舞蹈,而同时又无法克服灵魂的孤寂与隐隐的失重感;而选择独自飞翔,是为了拒绝竞相追逐的盲目与轻佻。这样飞翔着的一颗诗魂,在看待城市生活时,目光所及,有时很近,近前的一棵树,一盆花,一把收拢的雨伞,一杯香气四溢的咖啡;有时很远,远处的高楼,河岸,高远的星空,悠远的记忆。有时很小,可能只是一滴水"从半空中往下滴……犹如某个春天"(《从十六楼往下看》),却激活了这座城市隐含着的与自然相通的精神气质;有时很大,大到一种"更大的混沌",难以辨识。有时很具体,只是一丛盆景、一只蚊子、一幅画作、一首旧歌……;有时又很抽象,比如面对一只叫做"萧"的无言古物,"我拖着它的影子回家/再没有力量开口说话"(《在一只萧前,我不说话》),那是对话语与沉默的思辨。比如面对熟悉的城市熟悉的家,"推开其中的一扇门/走进去——/消失的,不是我——"(《消失的,不是我》),应已触及了个体生命与灵魂归属的感悟。有时是很和美、温馨的画面,"孩子睡着,男人抽烟/女人在屋子里轻轻走动"(《万家灯火》);有时又会骤现一组有些沉重的镜头,如圣诞夜街头的"我的农民兄弟"的那种不知所措,无疑对于诗人的都市审美是一种有价值的引申与拓宽。

但是,无论内心多么纠结,诗人作品所建构的审美目光是相对平静的,没有大起大落,没有大开大合,温和、宽容中蕴蓄着一丝任性与执拗,轻灵、细致中渗透着几分柔韧与坚实,笃定,自在,从容,保持着其一贯的"风眼中的宁静"风格。作为上海这个国际化大都市的诗人,徐芳自然能够更深切地感受到这个令人眩晕的"文化飓风中心"所带来的巨大冲击力。许多年前,鲁迅就指明"文人在京者近官,没海者近商"(《"京派"与"海派"》)的现实,上海文人成为"商的帮忙"者历来不在少数,而近年打着"赚钱为文学"的伪文人、伪诗人更是大行其道。置身其中的徐芳,被称之为"留守女士"。然而,也许正是这不谙世事的"留守",

显示了诗人内心的纯真与执着;也许正是这"风眼中的宁静",成为了诗人近四十年如一日始终不改对诗歌的挚爱这一初衷的强大支撑。

可以说,徐芳的诗不仅是对都市生态的一种真实书写,更是经过了诗人心灵过滤后的一种都市精神的灵性呈现。经过诗人"大自然观"的映照,现代都市在一定程度上被自然化,成为具有更为开阔的审美意义的"第二自然"。正是这样一个经心灵洗滤过的都市,焕发出不同以往的精神质地和理想诉求,如诗人所表述的:"它并不是一个需要人仰视的金碧辉煌的巨厦,它并不傲然蔑视琐碎的日常生活。它应该是宽容的,像大地,像天空,它更乐于接纳带着露珠的草芽、被蚯蚓拱翻过的田垄、断了尾巴的风筝,一句话,接纳生活的'原生美'。"这样的美,正被诗人不断地发现与表达着;这样的都市精神,正被诗人用心翻检与缀合着,而这样的美、这样的精神,同时也构成了对中国都市诗歌写作的重要启迪。

(三) 2000 年以来:涵容,隐逸,超越——一个永远无法拉上帷幕的舞台

进入 21 世纪以后,要说清徐芳诗歌创作有什么新的变化,其实很难,这不过只是出于一个相对完整的时间概念的考虑而已。若讲有变化,绝对意义上只有光阴。徐芳在她的散文《女人四十》中,曾坦率论及这个一般中年女性都想回避的年龄问题。她这样描述道:"既已不是童年的天真、少年的单纯,青春的浪漫与激情也已成过往,也许这些你都还为自己保留着一些,但它们肯定不再是纯粹的。"貌似柔弱的徐芳其实根底里是坚强的,所以她既能看到"光阴无情"的事实,也能体悟"光阴也还是有情的"真谛。正是基于这样一种一贯的涵容与柔韧,徐芳近二十来年的诗在自我坚持中又有着新的超越。

1. 被重新点亮的城市景观

进入新世纪,对于终日忙碌在上海这个都市的徐芳来说,年届不惑却依然无法获得自己心仪的宁静生活。她的审美对象更多只能是都市所展示的一切,捕捉都市诗意始终是一个具体的挑战。多年前徐芳在一篇文章里说过"我拒绝城市的喧嚣和嘈杂,但我并不拒绝喧嚣和嘈杂之下掩盖着的诗情"(《诗人状态》),这正好印证了我们前面所言:徐芳的诗并非对都市景观的一种真实书写,更是经过了诗人心灵过滤后的一种城市精神的灵性呈现。进入新的世纪以后,徐芳诗的一个微妙变化在于:对于以往那种倚重古典情调、多为曲笔抒写、少有直接对应的都市诗情,于今开始了更多正面回应与表达,一些典型的都市现代生态被提取和放大,而诗语的风格也趋于轻松化、戏谑化。如《街头即景》一诗中,有一

个很有趣的对比式速写,"一袭红裙的摩登女郎/铿锵有力地穿过马路/引起一阵汽车喇叭大赛/蹬脚踏车的少年/自顾自地/在路缝里辗转腾挪/转眼间就飞出了视线"。而"我"呢?"我用尖尖的鞋跟/踩着横线/或者用脚尖蹭着人行道"。这样生动的笔触传达出的,是诗人面对都市的"喧嚣和嘈杂"更加放松的心态,自我与都市的关系少了一些外在的紧张与规避,多了一些主动的审视和介入。昔日语言中的弧度在这儿少了些,却多了几分力度。是的,徐芳虽然是生于斯长于斯的上海人,但从她以往的诗或文中,总能隐隐感到作者面对这个城市变化时的那种古典少女般怯怯的惶然和紧张;而如今,诗中的感觉更趋从容和淡定。

这种感觉体现在多首诗中,在《一串彩灯》中,城市的"新"与"旧"同时放射出光彩,当"一串彩灯/在瞬间突然被点亮/就像一阵风穿过大街",与之对应的"一条旧路/却像梦境一样闪亮如新";在《风继续吹》中,诗人将"摔倒"与"拥抱"两个动作巧妙地统合起来,生存的尴尬与美好在一种孩童般的顽皮语境中握手言和了。《六月是否和年龄无关》有一种达观的自嘲与调侃味道;《都市的脉动》揭示一种有些荒诞的悖谬,"在看不见的一切地方/欲近则越远/欲淡却越浓……";《扶桑之笑》包含有一些尖锐的东西,"你的苦苦挣扎/几经了曲折/却早已幻化成了/你的血肉/神经、五官/你的沉重的灵魂……"《瞎起哄》和《喜剧故事》两首诗颇具"喜感",却又耐人玩味,"他抽完一支烟/却忘了扔烟蒂/一句话烫着了嘴唇/一个字/却让他放开一切"(《瞎起哄》),这是否是一个城市男人的瞬间画像?"门开的一刹那/伸出的卷发脑袋/就好像/被卡在投币孔里的/半枚硬币——"(《喜剧故事》),这是否是一个上海女人的即兴写真?《那个人》中的"那个人""我"每天都能在街上碰到,但每一次"他都有一张不同的脸",也许城市生活的快速、多变,使寄居其中的人在不同的忙碌中,彰显的却是一张令人无法清晰辨认的面孔。《快餐店》里,那个"眼皮沉沉地快要撑不住了"的"天真的乡下女孩",无疑又勾起诗人对于城市打工者命运的深切关注。《唠叨》《敲鸡蛋》《戏水》等诗作,也都表现出明显的对城市生活内部景观的凸显与放大,语感中充满自嘲,又隐含思辨。

2. 隐入怀想的沉重

在这一阶段,从诗人所充满戏谑调侃味道的都市描写的另一面,我们还是不期读到了她内心的忧伤与沉重。这部分数量不多的诗作,是无法轻易归入他类的,很有必要单独看待。因为在情感意向上,这些诗体现出一种强烈的回望与怀想。前面我们说在诗人自画像的部分诗中,有过对既往的回忆,但那时的回忆还

第四章　女性主体性建构的个体化情境及样本解析

主要被梦幻所裹挟,带有一定的抽象性和玄思色彩;而现阶段诗人的回忆是具体的,有着真切的现实体验作基础的,因此显示出极强的感染力,有的诗读来催人落泪。笔者大略知道的一件事,是此间诗人痛失自己的母亲。这些沉重的诗作,与此悲伤的记忆究竟有没有、有多少关联?我们不知道也不愿去求证。通过诗我们能够强烈感受到的,是一个挚爱生活的诗人在经历人世不幸打击之后,心中的哀痛究竟有多深。

先看《你来过》一诗。这首诗里有一种近乎偏执的情绪,又掺杂着一种近乎神秘的感觉,"你来过/一定来过?虽然不知道/你是怎么来的/但我知道你来过";"地板吱嘎响了一下/椅子翘了起来/仿佛在做着/某种不安的试探"……是什么令诗人失去一贯的平静,感觉变得如此奇异?窃以为是思念,这种对亲人的思念会"因为在你我之间/隔着实在无法丈量的距离",而愈加刻骨铭心,难以释怀。再看《去年橘衣,打开它》。这首诗写得很有张力。从表面看,它与丧亲之痛肯定没有直接关联,但其围绕"橘子"这一中心意象所形成的那种贯注全诗的不合常态的情绪起伏及乖张语气,以及那种有意营造的严肃、紧张感和所要做的事情(只是打开一只陈旧的橘子)之间巨大的反差效果,使得这首诗蕴含了一种特别的隐喻:陈旧的橘子,其实就是郁结的心果;打开橘衣,就是打开一条通往昨日记忆的路。诗中这样写道:"在我的手中/隆重而庄严地/打开、打开了那种封闭……"打开心结是艰难的,但只有打开它,打开里面不敢触碰的伤痛记忆,让自己的诗情抵达痛苦的弥深处,呻吟或者哀哭,当这一场心灵的追悼完成之后,才会重新感到外面世界的"明媚"与"勃勃生机",才能听到"小鸟在枝头的不绝歌唱/或者雨水对花朵和树叶的/婉转叙述"。所以,应该说这首诗是诗人遭遇亡亲不幸之后自我拯救的一个讯号。

此后的一些诗,读起来就痛快多了——这里意思是说,对那种真正痛彻心扉之痛的快意宣泄。如《滴泪成珠》,这首诗"题记"中讲是因抄录六世达赖仓央嘉措诗有感而著,为了"忘却痛苦,执著此生"。"我本不懂得爱与愿望/需要多少的煎熬/如我无法想象你不在家中","不清醒/也不反抗你的离去/在静悄悄中忽然失声/天上的妈妈,你在/我的生活之外那样子/是什么样子?/面对苍穹/滴泪成珠";然而,痛苦之后还是要回到今生,因为"在我的身上/永远有你顽强的影子/剥茧抽丝/化在我的血肉中/我的人生从没有这么大过/大到我自己看不见"。在我们拥有父母之爱的时候,这种爱就是天,有天的日子我们就有可以把握的幸福。而当有一天"天"塌了,人生突然就会有一种"巨大而空洞"的感觉,大到"自己看不见"。徐芳曾在一篇《梦中不知路》的散文里写到母亲"走"了以后,"巨大的空洞里,对人生在世的孤独感,又有了更深一层的理解"。而《祭月》一诗,就是放在这篇散文结尾处献给"那一界的妈妈"的。诗中开头一句,"在黑暗中哭泣/是一种痛苦",这种痛苦突然来临的时候,"甚至让我来不及用手遮挡/却又似乎很缓慢的/一厘米一厘米的/穿透我——"。诗人这样曲意表达着这种痛苦,"我并不想此刻看到你/不是因为恐惧/而是怕悲痛失声?/而我咬住嘴唇的样子/或许会让你想起我的童年……",孤独、无助,独自一人的悲伤,任谁也无法替代,只有自己慢慢平复。在《听阿婆讲故事》里,我们多少感到了自我修复的努力,昨日沉重的苦痛在这里被延伸、拉长了:"阿婆,我把熏黑的铁锅/和铜壶擦亮/也把你昏昏欲睡的眼睛/和眼睛底下那堆熄灭的火/一起擦得比电灯还亮"。年老的阿婆终究是要"走"的,但"我"的感受已经平静,"你不知什么时候走了/而我已经睡着/当我再睁开眼时/桃树已结了好大的桃儿"。遭遇不幸是一种悲哀,却又是一次涅槃。在灵魂的煎熬与蜕变中,人的心智会进一步趋于成熟和达观,这也是命运给予不幸者的一种还算公平的代偿吧!

3. 飞越都市的愿望

如前所提,在徐芳的诗中,自我与都市的关系思考与体验一直是其创作中的一条贯穿性主线,也是作品内隐的一个诗学主题。在诗人的思考与创作趋于成熟的时候,她打造了自己的"都市自然观"诗学体系,对此有理论阐述,也有创作实践。都市,被其纳入自然的阔大视野中,获得了"第二自然"的生命。我们不得不再次申明,这一努力对于当代都市诗学的构建具有重要的启示意义。人、都市、自然共融共存的和谐生态,是诗人孜孜以求的诗歌理念和美学理想。接下来,结合诗人后来一些诗作,我们要进一步探讨的问题是:在这条新开辟的都市诗学道路上,是谁阻断了诗人的前行脚步?因为我们此期读到的,是诗人自我主体身份建构的一种新的困惑,是对自己寄居都市的日益纠结的心态和飞越的愿望。《幻景》一诗,借助某一刻心灵的幻象,实现了对这个都市某些生硬气质的瞬间剥离:

> 雨霏霏下着
> 像缕缕炊烟
> 像苍茫的暮色

第四章 女性主体性建构的个体化情境及样本解析

　　树木和街道
　　一样呈现出
　　半开半闭的
　　贝壳的魔影

　　一条无形的河流
　　却使每样东西
　　都浮动起来

　　…………

　　这不是一般的都市即景诗,除了开头一句属于实描外,其他诗句均加入了似是而非的幻觉意象。"炊烟""暮色""河流"等都是自然化的景象,却是通过"像""半开半闭""魔影""无形"等状态呈现出来,无疑想表明,这些自然景致是在对都市的异化和分离中才得以存在的。

　　这里流露了较前更为明显的对都市的矛盾心理,如诗人在十几年前一篇文章里所讲的,"城市像一个永远无法拉上帷幕的舞台共享空间……。我们不能没有它,却又不能占有它;它既是隔绝的,隔绝着沟通和理解,它又是亲近的,没有距离的。"(《诗人状态》)而从近期诗作来看,诗人似乎更多感受的是"隔绝"状态,"天空太窄/而指缝太宽/话是数得出来/或者是数不出来的不多/还那般断续和点滴"(《凉夜》)。依然是充满自嘲的语调,成熟而有力度的语感,却道出内心被压抑着的真相。所以,在读到《打死也不说这样的话》这样有趣的诗题搞笑的诗句,却从中爆出一句"我还能到哪里去呢?",真的沉甸甸的让人笑不出来。倒是在梦里时分,才能够获得片刻"忘我"的适意,"好像我还是把我忘了/忘在了黄河边的茅屋里/忘在了长江上"。然而,美梦总是虚无而短暂的,连自己都会责怪自己"在不该睡的时候睡/或者就在不该醒的时候/醒了……"(《打盹》)。有时候醒来的也不同寻常,"不是一个人醒来/而是和一颗/怦怦跳着的心/和左右摇晃的世界/一起……"(《一起一起》)。有时候诗人也会在现实中忘形一时,比如春天来了,"你兴奋地一跳老高/又挥了一下手臂/大喊了一声:太好了",于是"鸽群被引来了/从城市的/某个隐蔽的角落里/再次飞回来了"。可是,飞回来又怎样呢? 很快它们"又哗啦啦地/再一次飞向了/更远的地方/远方,更远的地方……"(《迎春》),希望被更大的失望所代替。

那么,诗人到底在都市中期待着、寻找着什么？也许,《寻找》一诗可能隐含着答案。

不止一次
我在海里抬起头来
看什么晃眼的东西似的
看岁月如何
把鱼变成人
又把人变成鱼

我的脸上
仍带着白垩纪的表情
只对你悄悄说了声抱歉
而误会一开始就有
再有也不稀奇

每一次相遇
你都会扬着脸
疑惑地问：你是谁？

在万象之中
寻找你的行踪
可我也并不知道：谁是你？

人类有着漫长的历史,诗人作为其中的一个敏感者,总是希望自己的眼光能够探及历史的纵深处。诗人的思维和想象,必然首先向自我的历史投放。而生活在某一区间的人,你的历史又怎能脱离这一具象的"区间"而存在？对于都市诗人的徐芳而言,自身历史是与上海这座都市的记忆内在同构着的,都市记忆是诗人历史的后花园,都市记忆会使城市诗人自我的历史回望产生一定的审美景深度和文化纵深感。问题恰在于,中国的城市,包括上海在内,其历史的完整感及当下修复意识都是十分淡薄的,城市化的进程正在割裂着自身并不悠久的历史血脉,我们大多数的努力是在修筑一座钢筋水泥的精神围城。城市,让生活更美好的夙愿,必然应是建立在"美好的城市"这一前提条件下的,而城市之"美好",又怎能不是人与城市与自然的和谐共融呢?这里,可能正隐含着我们这个国家乡土诗脉相对健旺,而都市诗情始终难以登堂入室的根本原因吧。正因如此,我们前面说徐芳的都市审美经验意义非凡,她在一定程度上塑造着今人理解都市的新视角。然而,今天的徐芳也面临更大的困惑:她在拓展自己的诗学视野上是成功的,因为她把都市置入了自然的大视界中;而她在深入自我的精神探测上,却遇到了更大的障碍,那就是,都市记忆的匮乏导致自我探索的阻滞。联系前面我们所赏析的大量诗作,不难发现其中一个共相,就是都市记忆的破碎乃至缺失。在诗人笔下,上海的城市精神只是一些零散的碎片,诗人的一些努力也只是在用心灵缀合着这些碎片。这实在不是诗人的问题,它暴露的是属于这个城市甚至这个时代的共同病症。这种病症凭诗人一己绵力根本无法解决。所以,我们看到了一个在城市低空飞翔的诗人,多么想飞得再高远一些的愿望。在《飞过都市》中,诗人描绘了这种无路可走、只有奋飞的感受,"一拉一跃,是谁飞过了/都市——/我颤抖的身体/似在熊熊燃烧起来"。如果这只是似真似幻的"飞跃",那么现实的出路,也许就是旅行了,然而这样的选择,并不能获得真正的精神解脱,"如果只不过/到哪里走走,画地为牢/换个地方/如换件衣服换种心情/城市或者乡村/国内,偶尔偶尔的……也可以出次国",但依然心存疑虑,"从地上启程/又回落到地上/疑似一次次长长短短的走神/其实仍旧原地不动"(《所谓旅行》)。到这里,一切向外出逃的路子已经堵死,而通向内心世界的道路又面临阻碍,难以深入。至此我们能够表达的,除了对诗人近四十年执着于诗的精神的崇敬之外,还有着对其创作面临的新的困境的深深理解。

好在诗人的内心是豁达的,写诗是她人生一次无悔的选择。她说:"就愿意挨着诗歌。到我完全老去,白发苍苍之时——到我连诗也读不动的时候,还可以看;到我连看都看不动的时候,还可以听;到我连听都听不动时,还可以记还可以忆;还可以想……"(《诗,我的心灵花园》)。当一种追求已经与你的生命融为一体,那我们还有什么理由去担忧呢?

人生的终极问题应是,灵魂于何处安居;而人类的终极目标,也理应是让灵魂找到"诗意的栖居地"。都市的繁华是人们生活所需要的;然而,都市的人文、历史、诗意、温情……也是我们须臾不可或缺的精神氧气。徐芳曾经提出一个概念叫"兼美之境"(《一座城市的兼美之境》)。这是一个新的都市理想,也可以视作置身都市语境中的诗人自我主体建构的更高的向往与追求。

二、都市语境中的"兼美"可能——徐芳诗考察（下）

一个女性作家在创作中所构成的个体化情境是复杂的。仍以徐芳为例，前面我们对其大量诗作的分析，主要采取的是纵向式经验描述，即基本贴着诗人创作实践历程梳理其内在精神轨迹，侧重于刻画一个诗人面对都市语境在生存姿态及创作心态方面所作出的一系列适应、调整。此中见出，诗人于个体化情境中所进行的身份选择与主体性建构策略，明显具有"留守""常态""静观""低姿态"等内敛性趋向，依此与所置身的都市语境实现一种相对平和的共生共存。当然，其内在的冲突、碰撞、苦闷与徘徊也无所不在，对此我们前面的分析中已有充分论述。整体上这种创作个性与许多同时期乃至后来的城市抒写者有很大不同，因此形成了属于徐芳自己独特的艺术风格。下面，我们还要侧重于诗人诗歌理想的构建，来进一步分析其个体化情境的另一个面向：与"适应""调整"这种相对被动的女性主体意识相比，那种更为积极主动的、更具创造意愿和突破性的主体性建构意向。这一面向，主要体现在其关于都市"兼美诗学"的理论思考与实践探索中。

在都市语境中能否实现"兼美"的诗学理想，这是徐芳作为当代城市诗人所作出的具有独创意义的有益探索。徐芳是当代中国城市诗人的重要代表。作为自幼成长于斯的上海人，城市生活的体验与思考构成了其文字的全部。她写诗，也写散文、随笔，还很早就开始兼写一些颇具创见性的理论文章。迄今已有逾千首诗作和近百万字的散文、诗论及其他文字面世。诗与文，对于一个诗人的创作整体而言，业已构成了一种"互文性"，即围绕创作者形成的本文知识及意义的关联域。这种关联性，按照法国文学理论家罗兰·巴尔特的观点，主要体现在两个维度上，即"先前文化"和"周围文化"的影响：前者更偏重于历史的维度，即本文知识和意义谱系中的历时性关联；后者更偏重于现实的维度，即本文知识和意义谱系中的比较性关联。依此比照，徐芳写作中的互文性更多体现为一种"先前文化"的影响。从开始创作至今，她历经大学生诗人、学院派、第三代、女性主义、城市诗人等多种身份的指认，却始终带着"留守女士"的雅号，缘着自己的感觉，按照自己的节奏前行，其中也只有"城市诗人"头衔似乎更切合其写作实际。但是，她又是怎样的一位城市诗人呢？不同于80年代宋琳等"城市诗派"或京不特等"撒娇派"的本域性反抗与嘲讽，也不同于90年代以来城市外来边缘人的批判与诅咒,更不同于新世纪以来消费文化潮流冲击下年轻一代的炫耀或虚无,徐芳对于这座生养她的城市的情感始终是深沉而又复杂、矛盾的:她并不排拒上海日新月异的变化,"从这里跨入,开始起跑/这一天将回荡在阳光里"(《早安,上海》)。她还将上海美誉为"带蓝色光的土地"。但是,面对都市的喧嚣、嘈杂的生态、令人眩晕的节奏,她又着实难掩自己内心的困惑、迷茫乃至逃避意向。向外的路纵然四通八达,却没有一条适宜自己,"我哪一条都不挨着,可就愿意挨着诗歌"几近一种宿命。所以,"留守女士"之"守",显然是指向过去的,是对某种精神传统的执守。对此谢冕先生有一句深切的评价:"她终究是属于伟大的 80 年代的。"[1]而"留守"的另一重解释其实就是向内逃,逃进内心,逃往诗中,寻求那种"风眼中的宁静",这也成为其从事写作活动的一种长期自我心理提示。

正是这种矛盾的心理逐渐孕育出诗人独特的城市诗学理想:兼美之境。她在一篇散文中曾经描述了这种构想:"我们所追求的应该是一种和谐而互为因果的兼美之境,应该是硬件(环境)与软件(人)的共同发展与进步,是居住环境,更是生活方式的发展与进步。"[2]据此,我们可以一窥徐芳诗歌创作的独有特点,那就是渴求兼美之境,为之苦苦追寻,所有充满矛盾的体验、深含困惑的思考,均与此城市诗学构想形成深度而隐秘的对契抑或错榫。

(一)城市诗学的新构

徐芳近四十年的创作历程中,一直伴随着对诗歌问题的理性思考。如前所述,对于一名城市诗人而言,如何看取城市生活,是一个关涉整个创作价值取向的核心问题。在现代诗学的形成历史中,诗与城市的关系一直是饱受质疑的:浪漫主义诗人 G.M.海德曾说,城市生来就是没有诗意的;而被称为"与过去浪漫主义美学彻底决裂"的第一位现代派诗人波德莱尔,在承认城市拥有"致命的魅力"的同时,又将其描绘成"更丑陋、更凶恶、更卑鄙"的"恶之花"[3];当代美国思想家丹尼尔·贝尔则揭示了大众文化趋势下城市与中产阶级彼此日益紧密的精神依存本质,"文化不再与如何工作,如何取得成就有关,它关心的是如何花

---

[1] 谢冕:《青春的记忆和怀念——读徐芳诗集〈上海:带蓝色光的土地〉小记》,载《文学报》2006年12月11日。
[2] 徐芳:《一座城市的兼美之境》,载《她说:您好!》,上海文艺出版社 2010 年版,第 3 页。
[3] 欧荣:《"恶之花":欧美现代派城市诗学的审美转换》,载《美育学刊》2014 年第 2 期。

钱、如何享乐"[1]……批评家张闳有个说法具有一定代表性,他在评论徐芳诗作时说过一句话:"'在上海写诗',这句短语是一个矛盾修辞。"[2]诚如斯,城市对于当代诗人是一个难题、一道屏障,如何破解、跨越,不单考量其才情,更考验其智慧。徐芳的诗,正是在对诗与城市关系的长期理性思考和潜心艺术实践中,逐步踏出了自己与众不同的诗歌道路,形成了自己独一无二的城市诗学构想。应在此意义上,熟悉徐芳的著名评论家王纪人曾说她的诗具有一种"介于感性和理性之间"的"知性美"[3],所言是也。

1. 坚守抑或追求

何谓城市诗?它具有怎样独特的精神内涵及美学意味?只有首先辨析清楚这一问题,才能更好理解城市诗人的创作态度和诗歌特点。在很长一段时间,我们习惯于从题材意义上把诗歌分为城市诗与乡村诗,却严重忽视了对其内在本质的认知。诗人孙文波曾经说过:"你究竟写没写酒吧、饭桌或者楼群,这些东西都不重要,而在于你怎么处理、看待这些东西,最终把它描述为究竟跟人构成了什么关系。"[4]城市与人的"关系",才是诗人思考与表达的重点。在这种"关系"中,诗人的城市观及城市生活体验构成其真正内核。纵观徐芳近四十年的写作,她始终坚守或者努力追求一种"风眼中的宁静"。对于一直生长在中国最大的、国际化程度最高的上海这座现代都市,有没有一种"闹中取静"的能力至关重要,它意味着你的生活经验是浮躁的还是沉静的,艺术眼光能否穿越都市光怪陆离的外表,而抵及其内部真相。陈旭光教授说过:"写都市诗需要一种经验的沉淀,是写经验而不是写感情。但是这种经验应该是经过非常独特的个体体验、个体感觉过的经验,并且沉静下来。"[5]"风眼中的宁静",其内里就是诗人坚忍的承受、持久的关怀、智慧的思考和沉静的体验。因为这是一个遽变的时代。徐芳做到了,她貌似纤弱的外表之下有着上海女性那种非凡的韧性和沉着的耐力。因为"静",也帮助她获得了城市审美的一个新高度,"那应是一段无尽

---

[1] [美]丹尼尔·贝尔:《资本主义文化矛盾》,赵一凡等译,生活·读书·新知三联书店1989年版,第118页。
[2] 张闳:《诗歌的芬芳——读徐芳的诗集〈上海:带蓝色光的土地〉》,载《文汇报》2010年4月26日。
[3] 王纪人:《营造诗歌的城市意象和知性美》,载《新民晚报》2010年1月2日。
[4] 洪子诚、孙文波等:《城市与诗——北京大学第六届"未名"诗歌节圆桌论坛实录》,载《江汉大学学报(人文科学版)》2006年第1期。
[5] 同上。

旅程的开始/一步一步走/越来越清晰/组合、剪接、打断了它/那是时间——/我在其中找到自己的立足点"(《早安,上海》)。

细观之下,徐芳"沉静体验"的具体呈现丰富多姿。有时静中寓动,如"那么幽暗,不同寻常/水泥的甬道/好像埋伏在草丛深处/或开或闭的门窗里/依稀有熟悉的人影恍惚/那种或开或闭的感觉/仿佛一只弹簧被压缩到/极限……"(《弄堂深处》)。"借此界的沉郁的空白/我知道了时间里的黑暗的角落/在它里面动,果盘里的苹果/也就像夏日里的一颗颗不安宁的/心,猛然滚动了起来……"(《静物》)。被压缩到极限的"弹簧",果盘里滚动的"苹果",这些特殊意象正透露出诗人内心难以宁静的真实体验。有时动中求静,如"是谁藏在细嫩的苇秆里/最沉重、也是最轻的灵魂/缓慢上升,又突然下坠/就这样弯成一个个问号……沙沙的声音呼唤我进入/它在前面的旷野中/逐渐喧响/从路到路、到路的消失……"(《风在说话》)。这很像一段音符,由强渐弱,直至归于沉寂,是否也隐喻着诗人在"喧响"闹市中灵魂深处的向往。更多时候则是动静交织,难以取舍,如"那播放的音乐应该属于/时间……/到阳光消融了黄昏才算高潮/一曲鼓舞了下一曲/一片红唇啜饮于节奏……"(《咖啡音乐时间》)。这是典型的都市节奏,却在动感的"舞曲"和静态的"啜饮"之间形成某种错位和对决,读来耐人寻味。

阅读中我们更能感受到的是,诗人这种"沉静的体验"流露出强烈的多向性和心灵性。多向性——诗人观察城市的视角是多向、多变的:平视、俯瞰、仰望,静止的(静坐、静卧、静观),流动的(盘旋的、飞速掠过、变幻陆离)。其中的主导性姿态,则是一种宁静的平视,一种"低姿态飞翔"。心灵性——诗人汲取了浪漫主义传统以及20世纪80年代的诗歌想象,注重城市生活细节却从不拘泥于客观描述,用笔常常大胆而执拗。如"没有月光/却遍地月光!"(《黄浦江之夜》);"我的心灵所看见的视像/只与春天里的一滴水有关"(《从十六楼往下看》)……沉静是为了看得更清,然而看清后的心灵却渴望一种顿脱和超越,这正现出诗人灵魂深处的矛盾与挣扎:"一方面是沉默/另一方面是呐喊"(《安慰》)。于此笔者想起王家新说的一句话:"现代诗是一种承受,承受就是一切。"[1]

---

[1] 洪子诚、孙文波等:《城市与诗——北京大学第六届"未名"诗歌节圆桌论坛实录》,载《江汉大学学报(人文科学版)》2006年第1期。

2. 纯诗境界与"城市的共时"

与"风眼中的宁静"这种独特的都市文化心态相对应的,是诗人对诗歌纯美境界的一贯追求。从 20 世纪 80 年代开始,徐芳先后对瓦雷里的象征主义、庞德的意象叠加等诗歌艺术颇感兴趣,但她又从不拘泥于对他人的模仿和追随,而是自觉与自己的城市体验不断融合,期望实现对现代都市语境下某种具有"共时"意义的审美价值把握,达到某种纯诗境界。她曾说:"城市粉碎了共时的古典浪漫,但城市的共时在另一个意义上却空前发达并且精确起来。"[1]

"城市的共时",这是徐芳城市诗学构想中的一个重要概念,其中包含着诗人对城市与美的关系的深刻体悟。意大利小说家卡尔维诺在《巴尔扎克:城市作为小说》一文中认为,巴尔扎克笔下"是一部关于巴黎的地貌学史诗";而波德莱尔是"根据巴黎的形象来想象巴黎人……"。卡尔维诺指出:"城市不仅培育出艺术,其本身也是艺术。"[2]这正对应了爱德华·索亚归纳出的三种空间观念:客观物质空间、主观情感空间、以差异为特征的第三空间。[3] 显然,徐芳笔下的上海既非客观摹写,亦非主观想象,而是有些近乎"第三空间"的创造——它有着卡尔维诺一样对城市诗意的坚信,注重在更大空间意义上发现其"差异"。可以看出,徐芳诗中隐伏着她对"现代性"的独特感知与审美态度:既非批判性,也非主旋律;既不事炫耀,也拒绝沉迷;既有主体意识掌控下的沉静体验,也时常遭遇多重身份转换时的内在冲突和生存尴尬……"打开手帕/我们终于为难地发现/四周都是边缘……"(《今夜》),这种"尴尬的状态"并不止于青春期的体验,而是一直隐含在徐芳的创作中。而难能可贵的是,诗人始终敢于直面自己的真实体验,并让它在与城市的互动对话中保持开放性和生命力。

徐芳对共时性城市诗意的发现,可以细分为三个层面:一是空间性的——从时间之流中截获片段、瞬间定格。比如城市景观中的一棵树、一条街、一扇窗、一串彩灯,甚至一缕烟、一滴水……这类城市意象相对接近中国古典诗意传统。二是时间性的——从空间阻隔中突入时间之流。这是徐芳一个了不起的独创,因为城市作为空间性的存在,对于生命的切割与阻障恰是通过斩断时间之流来

---

[1] 徐芳:《诗人状态》,载《华东师范大学学报(哲学社会科学版)》1995 年第 5 期。
[2] [美]路易斯·芒福德:《城市是什么?》,转引自许纪霖主编:《帝国、都市与现代性》,江苏人民出版社 2006 年版,第 194 页。
[3] 周小莉:《卡尔维诺对空间知识型态的反思》,载《兰州大学学报(社会科学版)》2011 年第 3 期。

第四章　女性主体性建构的个体化情境及样本解析

体现的,而能够突破这重重空间阻隔,将日常诗意落实到每一个平凡的日子,这是时间的复苏,更是生命的升华。前几年出版的诗集《日历诗》,即由每一个日子串缀而成诗歌的架构,既见出"在不同的日子里,分别长着一张张陌生的脸"的都市生命体验繁复、频变的一面,又因一年(以2011年为标本)的"日历式"完整抒写,隐喻了生存现实雷同复制、周而复始的另一面。三是跨越性的——通过时空交汇、点面互衬、虚实相生等多种艺术手法运用,创造出以诗人独特生命体验为内核的颇具涵盖力的"主干意象",从而构筑起面目一新的现代都市诗意。它有时温热可人,像"盛在青花瓷碗里的/一碗热汤/一吹如雪/再吹如同碧海"(《一月三日,一晚热汤》);有时冰冷似铁,而"我们像一团/从冬雪的寒冷里/就早早出发的柳絮"(《二月十六日,"蠢"》)。有时是"下不完的雨/晴不了的天"(《四月九日,茶餐厅的下午》);有时却又"满眼满天都是朝阳绯红的表情"(《八月二十六日,云阵》)……城市因时空贯通、收放自如的艺术想象而呈现出其丰富、无穷的"共时"诗意面相,"那样一片缤纷/那样一片迷蒙/却使我的眼帘变薄变得透光/使我的睫毛变长变得闪烁/使我的眼波变清变得流动……"(《楼上的春天》),这也许并非艺术夸张,而是诗人一度进入纯诗境界的真实情态呢!

3. "第二自然":兼美之境还是审美乌托邦

在徐芳的诗中,城市并非一个孤立的存在,而是整个自然世界的有机构成体。如前所述,作者是将城市作为与第一自然相对应的另一种自然形态来看待的。由此,城市被纳入"自然"这一更加阔大的文化视阈中,获得了"第二自然"的生命,而诗人也于此初步确立起自己独特的"城市自然观"诗学理念。这一理念可以说当代城市诗学发展的重要收获。人、城市、自然三者共融共存的和谐状态,应该说是每一位诗人深怀于心的诗歌理想。当代诗人宋琳曾经寄语当下诗坛:"让我们的视野更加开阔一些,可以稍稍越出某种题材的限制,比如说城市诗这种题材和自然山水诗这种题材的限制。"[1]这一期待与徐芳"第二自然"的城市诗学理念及创作实践有一种深度契合。卡尔维诺在其《看不见的城市》中,于帝王忽必烈汗的"金刚之城"和商人马可·波罗的"意义之城"之外,还创造了供两人自由对话的"第三空间"——"木兰花园":只有在这座花园中,两个人才能真正领略到自由遐想的无尽乐趣。[2]这恰是对现代城市演绎中自然精神的

---

[1] 洪子诚、孙文波等:《城市与诗——北京大学第六届"未名"诗歌节圆桌论坛实录》,载《江汉大学学报(人文科学版)》2006年第1期。

[2] 周小莉:《卡尔维诺对空间知识型态的反思》,载《兰州大学学报(社会科学版)》2011年第3期。

深刻隐喻。上海诗人徐芳,以其对诗意栖居的不懈追寻及对城市精神的独到诠释,客观上已将笔触探到了中国当代城市诗歌创作的最前沿。

当然,城市诗学的理性思考一经进入创作实践,情况就会复杂得多。事实上,不批判也不讴歌的诗人徐芳的笔下,更多展现的是自己"难以命名"的日常生活体验。这些体验随着岁月的更迭、年龄的增长、阅历的增加也在不断变化,喜悦、忧郁、焦虑、痛苦……多种意绪莫名交织,对诗人超越城市空间阻隔进行诗意提纯、想象整合、语言转换等一系列"诗的能力"构成挑战。无论这种挑战多么严峻,我们看到诗人的"都市自然精神"确实像一股带着体温和爱意的潜流,悄然浸润于其文字的底部,形成一种内在的光芒。因此,"头顶虽然不见星光/眼睛里却錾刻出一样的光芒/且奔跑且燃烧"(《没有星光的城市》)。显然,在心灵的层面上,没有什么能够成为由晦暗城市通往浩瀚自然的真正屏障,"该拍打天空的风涛/该鸣叫高飞的惊鸥/太阳、流霞、海岸/上下五千年……"(《七月六日,读石记》),"东南西北""天上地下",渴望自由的心灵无所不往。在城市化加速推进的今天,依然不能阻挡人们对美好自然的向往与追求。在先知先觉的诗人那里,城市、人与自然早已彼此顾盼,眉目生情了。然而,面对城市发展的未来,兼美之境究竟是一种现实可能,还是诗人一厢情愿的审美乌托邦?对此,徐芳的诗作不只是一种深切的体验呈示,更是一种持久的追问与思考。

(二) 日常诗意的发觉

徐芳所有关于城市诗学的思考,其核心就是为"城市与诗"之关系进行定位。而其城市体验的展开,却只有落实于城市日常生活之壤上才有说服力。紧接着我们想说的是,诗学意义上的"日常"从来就不是自动敞开着的,尤其是现代城市语境下的"日常",更不具有自明性。因此,日常诗意是需要发掘的。徐芳历来坚信城市的"喧嚣和嘈杂"之下掩盖着诗情,并且认为"生活的过程与生活的诗意仅仅一步之遥"。她对日常诗意的发掘主要体现为一种"发觉"——"向内逃"抑或"内部唤醒"成为其诗的重要审美特征。

1. "日常"的革命与城市诗学意义

如果把"日常"这一概念与社会发展史联系起来,就会看到人类对自身的不断解放,其实质正是对日常生活的不断回归或者构建:"回归"是指日常与人的精神传统紧密相连,"构建"是说日常又必须面向未来,迎接变化。在漫长的历史岁月里,人类日常生活始终是不完整的,日常经验的表达始终是不充分的,日常主体意识的确立始终缺少适合自己的生命场域。所以,只有回归日常生活才更加符合人类普遍的精神意愿。可以这样讲,一切与心灵有关的追求与创造活动都源自对日常的不断发现和回归。这就是"日常"的革命意义。

也就是在这个意义上,前些年学界关于"日常生活审美化"论争事关重大。主张者认为这是"在技术和市场强大的冲击下,美学正经历着前所未有的转型"[1],是一次"感性回归","它既为我们提供了挣脱传统理性一元主导论的美学认识论的可能性,同样也为我们展示了美学朝着人的日常生活开放自身阐释能力的现实性"[2]。质疑者则从城市大众文化引发的审美膨胀与价值迷失、消费浪潮催生下的文化产业化趋势、新文化媒介人身份追求、技术主导下的美学话语权获取等方面予以反诘和批评。[3] 参照这两种不同的观点,我们发现徐芳的城市日常体验有着一定的涵盖性:既非秉持现代都市批判态度,也不是代表"部分城里人"(童庆炳语)的感受,而是忠实于自己的个体生命体验,先向内、再向外的一种城市日常诗意发觉与升华。这就避开了上述对于"美学话语权"的争论乃至争夺,相对还原了城市作为公共空间的自在性。"不管一切如何显示／都将触及一种存在"(《是真是假》)。这也正应合了沙朗·佐京《谁的文化?谁的城市》一文中的观点:"拥有经济和政治力量的人们有更多机会,通过控制石头和混凝土建造起来的城市公共空间的建筑,来塑造公共文化。但公共空间在本质上是民主的。谁能够占有公共空间并定义城市的形象,是一个没有确定答案的问题。"[4]同理,日常生活在本质上也是民主的,它是艺术表达的坚实基础,任何权力无法真正彻底剥夺。这也许正是徐芳近四十年来一直能够恣意徜徉于上海这座"带蓝色光的土地"的日常生活而不知疲倦、不作他顾的深层原因。

2. 城市日常:如何命名和选择

卡尔维诺有个观点,就是不认为城市的权力可以归由任何一方掌控,而是存在于无穷的"差异"之中。当然,这是后现代阐释视野中的城市理想,城市生活的差异性,应当成为对现代城市发展程度的一个内在考量指标。然而,事实上目前城市发展却越来越趋于雷同,每个城市的独特性正在消失。这种差异的消失、

---

[1] 桑农:《"日常生活审美化"论争中的价值问题》,载《文艺争鸣》2006年第3期。
[2] 王德胜:《回归感性的意义——日常生活美学纲之一》,载《文艺争鸣》2010年第3期。
[3] 参见鲁枢元:《评所谓"新的美学原则"的崛起》,载《文艺争鸣》2004年第3期;参见范玉刚:《审美膨胀与价值迷失》,载《临沂师范学院学报》2006年第1期;等等。
[4] [美]沙朗·佐京:《谁的文化?谁的城市》,转引自包亚明主编:《后大都市与文化研究》,上海教育出版社2005年版,第113页。

经验的趋同，正是诗人对城市日常体验予以命名和选择的最大障碍。如何穿越之，达致马尔库塞所谓"新感性的解放"状态，这是城市诗歌创作的真正困难所在。

看看徐芳对于"日常生活"是如何表现的：它既非传统意义上的油盐酱醋、家长里短，亦非后现代意义上的日常审美"新崛起"。她始终与所谓"新的美学原则"自觉保持距离，但却并不拒绝甚至始终顺应着任何现代、后现代美学思潮对于日常生活内部的掘进或敞开的努力。因为，她始终关注的，是个体生命于城市生活中的复杂体验，并且将这种种体验与日常生活细节和感性真实紧密融合，形成自己既有突出的当代意识，又具充分的及物性特征的城市日常美学生态。比如"要说的话／也许永远说不完／我低语着／没人听见"（《读一天书》），这是一个诗人的孤独与幸福；又如"我并不相信／不相信／一棵树只守卫一个方向／一条路该如何表达／自己真实的／也是多面的、交叉的／意愿……"（《太阳在一棵树上》），是否对诗人坚守却又恍惚心态的一种隐喻？这是较早一些的作品，其中处处可见诗人作为女性独有的丰富又细微的内心纹理。而下面这几句，"不止一次／我在海里抬起头来／看什么晃眼东西似的／看岁月如何／把鱼变成人／又把人变成鱼"（《八月十三日，寻找》），显然经历了更多时光的磨砺，有了某种厚重、沧桑的味道；而"一首诗摇摇摆摆／来到眼前／手臂，有人家的腿粗／下巴，松垮竟有几层"（《七月一日，所谓诗心》），这种寓庄于谐、充满自嘲的语言风格，在诗人近年的作品中屡见不鲜，显示出诗人在城市日常生活体验中愈发成熟自信的笔力及洒脱多样的文风。

不论是早期作品还是近作，徐芳在一系列诗歌内部关系的把握和处理上，都十分注重细节的作用。有评论家曾说过："城市的经验需要有更多的肌质和肉感的细节来真正把一个诗人在城市的体验表达出来，一些城市生活的细节还需要像细节的发生那样被揭示出来。"[1]也就是说，与叙事文学同理，诗歌创作也需要富有"肌质和肉感的细节"来支撑起散在、凌乱的都市日常。徐芳的诗中不仅多有物理的、心灵的"细节状态"刻画，而且这些细节在感觉上多具"通感效应"：视、听形象触觉化。比如"如同一只夜鸟滑进波浪／我们到了多瑙河畔……"（《蓝色多瑙河》）中那个"滑"字，"夜色很绵软／像一只手托住了下巴"（《灯黑了》）中那

---

[1] 洪子诚、孙文波等：《城市与诗——北京大学第六届"未名"诗歌节圆桌论坛实录》，载《江汉大学学报（人文科学版）》2006年第1期。

个"托"字……,均是借助生动比喻而将本已生动的视听物象转换为更为贴切可感的触觉形象。切肤触感的呈现能使审美感觉体现得更为充分,它能够帮助审美主体将局部性表层感知递进为整体性深度感知。这种艺术手法运用更能体现出诗人对审美对象的体悟能力和语言转化能力。在这一点上,徐芳的诗作水平多年来一直保持在很高的基准线之上。

3. "日常"的历史维度及诗性拓展

我们说,徐芳的诗始终致力于发觉并揭示现代城市日常经验,这个过程极具挑战性。因为这些经验从来都不是一种显豁的存在状态,而是受到多重因素的遮蔽。比如,城市本身的空间性阻隔导致人的经验缺乏完整性,更多呈现为随机、散在、易变的形态;再如,城市文化媒介巨量信息的快速传播,导致人的经验缺乏稳定性,思想情绪瞬息万变;还有,主流意识形态的多向浸入,与人的常态生活构成复杂的贴附状态,制约着审美的纯粹性和穿透力;更有,写作者自身的种种局限,起伏多变的创作心态,直接影响到对日常生活的观察和感受。当然,上述种种本身并非不是"日常",但我们这里所言日常,主要是指向现实生存中的那些恒常、稳定因素,通俗而言就是常态生活。徐芳的城市诗学构想中,正是以人的常态化、自然化生活作为内核的。其倾心表达日常体验的实践过程,也就是一个选择、指认、重组、命名的"祛蔽"过程,或曰回归常态生活的过程。

在诗人一系列的"祛蔽"努力中,有一个意向值得特别关注,那就是其试图突破都市空间阻隔,将城市日常体验与历史记忆纵向打通,形成一定的审美景深度和文化纵深感。她的诗集《日历诗》在整体架构上,就是以"一年"为时间单元,以一个又一个具体、平凡的日子作为彼此独立而又密切关联的"主干意象",由此实现对时间、对记忆的重塑。这部集子就像一座桥梁,跨越了城市诗意的空间与时间、现实与历史、当下与记忆之间的沟壑。这样的努力在徐芳创作中早有体现,如"看彼岸刺破云空的塔与楼/沿着三十年代的感觉路线/出发……/一条江从城市之外/又回到了城市之内/今夕何年?"(《黄浦江之夜》)"一条江"成为一个颇具历史感的贯穿性意象;"城市下渔村的千年面目/又好像秋天最高的黄叶/凝固于树上/当我们睡时/它落下/凌驾于生命之上,不发光/无声也无迹"(《水井之歌》),这首诗借助"水井"这一深幽、宁静的特殊意象,与快速变化的城市形成一种历史性对话。可以说,此类诗句特别能彰显诗人出众的想象力和对母语的领悟、重组、刷新及运用能力。

但是,也不得不指出,由于中国的城市,包括上海在内,其历史的完整感和修复意识向来较为淡薄,使置身其中的诗人、作家们难觅切实可感的历史印迹,记忆往往被悬空,成为一种"断裂式"怀想。尤其是诗歌这种简短、精炼的艺术形式,似乎更容易因"历史意象"的缺位而难以获得某种令人期待的"厚重感"。所以,这也正是徐芳诗歌创作面临的最大挑战:她的成功在于对城市诗学视野的有效拓展,因为她把城市置入了"自然"的大视界中;而她在深入探测自身历史及城市记忆的过程中,却因难以获取城市记忆的"出入口"而导致自我探索的凝滞。这一困惑在多首作品中得到曲折表达。如在近作《三月二十一日,农历春分,飞过都市》《九月二十七日,向往》等作品中,诗人倾述了内心想要摆脱在城市低空飞翔的现状而欲振翅高飞的深切愿望。好在诗人的写作方式是多样互补的,上述困惑在她的大量散文作品中得到了较为充分的展开。特别是对于生命记忆的追溯,通过散文语言,将童年印记与城市变迁叠合交融的情境描绘传递得更为细致真切。这可能就是真实的徐芳,"在城市之中,又在城市之外"[1],似乎命中注定诗人与上海这座城市之间充满一种永远说不清道不明、剪不断理还乱、相互依偎又莫名排斥的复杂情愫。

(三)人伦亲情的深描

前面讲到有评论家说徐芳是个"常态诗人","她没想把自己总摆在诗人的位置,而是摆在女人、女儿、母亲、妻子的位置,摆在一个普通城市居者的位置,却总能在对日常生活的种种劳作、忙碌和辛苦偶尔的回头一瞥中,将她细密的思绪哗地点燃成诗"。这样的读解实可引为诗人知音。日常生活体验的灵魂是什么?为什么看似凡俗、琐碎的常态化抒写却往往具有直抵人心的力量?窃以为,就是在这平常生活表象的背后,藏着人人难以割舍的人伦亲情,也就是爱。这是日常生活的灵魂,也是诗歌乃至一切艺术的灵魂。徐芳的诗真正打动人心的根本,就在于她笔下的城市日常经验,始终蕴藏着一个深深的"情"字。

1. 城市日常的坐实:一个"情"字

徐芳是一个骨子里具有古典情怀的人,"留守女士"之留之守,具体体现于其对急遽变化、光怪陆离的都市日常生活底部的、以人伦亲情为内核的人文传统的执守抑或眷恋。她重情、真挚、爱亲人、爱生活,以致也常常被爱所累。在她的诗中,直接呈现为浓郁情感抒发的,是写给儿子和母亲的诗以及大量散文。在写

---

[1] 徐芳:《月光无痕》,东方出版中心2014年版,第123页。

给儿子的三十九首诗中,以儿子作为情感中心,已然构成了"一种供暖也取暖/人生模式"(《九月一日,暖写给儿子的第三十九首诗》)。具体表述我们已经在前面做过分析。还有一些诗是写给母亲的。这部分诗的写作大多是从诗人痛失母亲后开始的。最初的那些日子里,诗中体现出一种强烈的追念意绪,这种对逝去亲人的追念"因为在你我之间/隔着实在无法丈量的距离"而愈加刻骨铭心,难以释怀。在经历了漫长的孤独、无助的痛苦煎熬之后,近年诗中诗人对母亲的怀念渐趋一种平静的叙述语调,"妈妈走前,她还来得及/检查一下/窗户是否关上/煤气是否熄火/木门和铁门/是否上了保险闩……"《十二月二十二日,农历冬至,再见!》。这些与母亲生前息息相关的生活琐事、生活细节的呈现,将一份丧亲剧痛逐渐转化为一种更加深沉的记忆。而这份思母之情在多篇散文中亦有更为深切描述,那个曾经"爱哭的、脆弱的"妈妈去了,可女儿心中之惑时时萦绕,她"究竟是怎么把我们抚养长大的"?[1] 遭遇不幸是一种悲哀,却又是一次涅槃。在灵魂的煎熬与蜕变中,诗人的笔触穿破了城市繁花似锦的表面,将人生思考与感悟深入到喜怒哀乐与生老病死的生命常态,由此触及的已是一种存在状态的自然之境。

2. 当下与怀想的对弈

现代城市生活对于传统经验最大的冲击,应是人伦亲情的淡化,甚至包括家庭亲情的维系与延伸。一方面城市生活方式对于传统的以家族血缘为纽带的亲情体系产生规模压缩及交流减少的影响;另一方面城市发展带来人口的积聚,造成空间资源的紧张争夺趋势,一些因利益纠纷或功利目的而引发的家庭大战比比皆是,直接伤及人伦亲情。因此,在对城市现代化进程能够有效激发和敞开新的日常生活内涵及精神创造空间予以肯定之同时,也必须对其在人际关系方面,特别是人与人之间情感的深度交流和伦理的维护与重建方面造成的不利影响保持清醒的认识。徐芳的诗魂,就是爱。这种爱在写给亲人的诗中主要是一种直接呈现,而这种情感在面向自己置身的这座城市予以传达时,更多则是曲笔抒写。这是因为诗人对当下城市生活的复杂感受,它包含着对峙而又相依的双重意蕴:一方面是正视与接受,基于一个现代人的开放胸怀与包容心理;另一方面是倦怠与排斥,基于一个诗人的超越性生命理想及自然审美情怀。由此,记忆成

---

[1] 徐芳:《我的妈妈,流泪的妈妈……》,转引自《她说:您好!》,上海文艺出版社2010年版,第62页。

为诗人重要的诗意建构之维。

在这里,记忆主要表现为诗人对个人历史的回望和遥想,个人情怀远大于整体隐喻。它有时表现得很轻,"当一根羽毛从蓝天飘落/我仰视另一片天空:/它是昨天"(《冬至》);有时又很沉重,"祖父的身体就躺在对岸/在平地里的那间小屋/再也没有什么值得一提——"(《渡船与回忆》)。而无论轻重,往事终究会在时间的流逝中逐渐虚化、幻化,近似某种艺术情景,就像其在散文中说的,"回忆在此刻衍变为一种想象,或者说衍变为一种必须依靠想象的补充,才能够继续下去的精神形式"[1]。这是对生命本质的深刻感悟。既然"记忆"并不可靠,那么"遗忘"就成为回顾自我精神史的一种新的生命症候:往事的恍惚进一步加剧当下的孤独体验。"太久太久的日子/是哭是笑已不重要了/我走了过去/十年还是二十年……/我用我的眼睛里/仍在变化又抗拒变化的/一切,凝视自己——"(《凝视自己》)。人究竟是活在当下,还是活在记忆里?也许,两者之间的纠缠与对弈,恰是生命存在的本真状态。

3. 爱与虔诚:至深的伦理

一个人在诗中浸融近四十年,却始终不改初衷,这一事实本身就近乎一个虔诚的宗教信徒对其信仰的坚守和膜拜。徐芳常常心存这样的疑问:"我不知道诗是怎样接近我的,怎样消溶我或者为我所消溶的?""谁想做诗人?"[2]我不相信这是故作萌态,一个与诗相依相伴大半生至今愈发难舍难分的人是有理由这样发问的。答案也许有,那就是"爱叫我们来到世间,接近万物"(《面对一个人的世界》)。一种近似宗教的虔诚,使徐芳的文字穿越了城市日常生活的表面,直抵以爱为灵魂的伦理本质,由此体现出在现代都市寻求心灵故乡的兼美可能。

未来的城市应该是什么样的?徐芳的城市诗学构想一方面有些接近马可·波罗的"意义之城":它具体、零碎、包罗万象、令人沉醉又让人困惑、自以为是又自相矛盾,"毫无疑问,任何想运用诸如词语和文本来把握这个无所不包的空间的尝试都是不可能之举,只能以绝望而告终"[3]。另一方面,由于文化的相异性,徐芳笔下的城市体验和未来期待更多灌注着中国伦理传统所孕育的以家族、血缘为精神纽带的情感文化。而且,通过诗人的艺术想象及诗意创造,这两方面

---

[1] 徐芳:《城市生活》,转引自《月光无痕》,东方出版中心2014年版,第109页。
[2] 徐芳:《徐芳诗选》,百花出版社1992年版,后记,第174页。
[3] Edward W. Soja:《第三空间——去往洛杉矶和其他真实和想象地方的旅程》,陆扬等译,上海教育出版社2005年版,第72页。

有着相互兼融、彼此共生的极大可能空间。也就是,中国传统的人伦亲情能够在现代性文化空间发展中寻找到它扎根的土壤,并由之衍伸到日常生活的内里以及历史记忆的深处。城市化发展的未来篇章中也势必需要中国自身传统文化精神的贯穿和滋润。因为这涉及一个更深层次的问题,即中国人的精神如何安居。当代散文家刘亮程有一个观点:"故乡对中国汉民族来说具有特殊意义。我们没有宗教,故乡便成为心灵最后的归宿。"[1]另一位评论家说过:"诗人是代替读者找寻故乡的人。"[2]我们谈论的诗人徐芳,恰似一个用诗文引领人们在现代都市中寻找精神故乡的人。因此,她的创作不仅具有时代性,同时也具有了超越性。

徐芳曾经在一首诗中这样写道:"也许顿悟只是一种方式/在另一种更大的混沌中/它正被我辨识——/生命中的时光/在我身上留下了深刻的印记。"(《犹如爱》)这也许是比我们任何"局外人"更清醒、更贴切的一种自我认知和自我描述。"顿悟"与"混沌",这是生命创造的两种不同状态,却又互为映射互相包容。人类所能收获的,也就只有"时光"镌刻在我们身上的"深刻印记",而生命的河流,则永远不会停息。我们相信并能够看到的就是,诗人在"混沌"与"顿悟"不断交替的生命体验中,仍会不断地思考与前行。

三、俗世语境中的伦理守护——王小鹰小说中的"善意"解析

同样是生活在上海这个大都市语境中的优秀女性作家,王小鹰呈示给世人的却是另外一种都市景观。这不仅是因为她操持的是小说这种叙述文字,与徐芳的诗意抒写有着文体意义上的鲜明不同,更重要的是在面对同一城市生活的内心体验上,两位女作家有着很大差异:如果说诗人徐芳是置身都市生活却总是在融入与逃离之间不断犹疑、挣扎,使其诗作始终贯穿某种坐拥日常又超越日常的复杂特性;那么,作为小说家的王小鹰则在她的作品中精心而又耐心地讲述着属于这个城市的俗世故事,在笔下那些事件、那些人物、那些起起伏伏和变化无常的人生命运中,却又深深寄托着作者对于普通人普通生活的价值思考和伦理期许,特别是对于人间"善意"的坚定而持久的精神守护。

提到"善意"一词,记得《文学报》关于王小鹰的一篇专访中有这样一句话令

---

[1] 刘亮程:《风中的院门》,上海文艺出版社 2001 年版,第 425 页。
[2] 陈鹏举:《城里有个诗人叫徐芳》,载《解放日报》2009 年 10 月 17 日。

人印象深刻:"在王小鹰的作品里,宽容与和解是最为常见的主题,她似乎不愿意在自己的作品中出现极端的人性,而更愿意表达一种更为广泛的善意。"[1]对于王小鹰的作品,这确是一种具有相当代表性的阅读印象。在她四十年来创作的数百万字文学作品中,无一不是弥散着一种十分宽容、温和的情绪氛围,故事的过程描述无论尖锐激烈还是深沉凝重,结局却多呈现出了悟的豁然心态与和解的平静意向。这种情形在越到后来的创作中越是常见和更趋明显。这其中隐伏着的,恰是作者内心对于现实存在、对于无常世事始终怀有的那一份真切的善念。有很多熟悉她的人、很多关于她的评论文字,无不称道其创作中一以贯之的这种对真诚向善的美好人生深切渴望和不懈探求的精神。

至于作家这种善念是如何形成的,概而一言,就是它源于王小鹰自身的人格理想和情感特征。借用一位评论家的话说:"自身的人格气质和情感行为定型养成了小鹰的人本理想和趋善意识。"[2]进一步讲,应是与作者一贯重视中国传统文化艺术,并从中汲取以善念为核心的儒学人文精神有深切关联。当然,这种善念在王小鹰创作中绝非简单呈现和一成不变的,而是在作家几十年的创作过程中,始终经历着艰难的思想蜕变,始终伴随着心灵痛苦的不断调整。这里要做的,就是进一步梳理这一以"善念"为内核的文学创作价值走向,依此勾描出作者这几十年来从最初温情柔美的女性叙事,经过责任彰显的现实介入,再到透视历史的悖谬揭示,直至真实笃定的母性涵容,这样四个阶段的创作不断跃升与丰赡的演进轨迹。

(一)温情绽放:女性命运的关切与反省

作者早期创作中的善念,主要是借助女性故事来体现的。从 1980 年发表短篇小说《翠绿色的信笺》至 80 年代末,主要有《新嫁娘的镜子》《相思鸟》《爱情不独享》《可怜无数山》《星河》《意外死亡》等作品。这一期间的创作基本上以单纯的女性叙事为主,通过大多同龄人的女性故事传达作者对女性现实的切肤体验及命运思考。这些作品中的主人公多是青年女性,她们纯朴善良、风姿动人、富有独立个性、执着于纯真爱情、情感丰沛而遭际凄苦,她们大都经历在特定历史时期从城市被抛向农村,之后又艰难返城的命运。整体上看,这一阶段创作还

---

[1] 张滢莹:《王小鹰:"非写不可,那就去写吧"》,载《文学报》2013 年 3 月 14 日第 3 版。
[2] 张德明:《人生颖悟与女性情结——王小鹰创作论》,载《当代作家评论》1993 年第 3 期。

明显流露着那种笔触较为纯美、意蕴较为浅直、情致纤柔、文风惆怅的青春期女性叙事特点,但较之于同时期一些女性作家的"青春叙事",却又明显多了几分成熟与丰富的意味。作者一方面将女性故事置于温情的氛围中加以叙述,另一方面又因着对人物的真切关怀而充分拓展着女性经验的多个维度,使这些女性形象见出了人格内涵的丰富性。主要体现如下。

一是人物富于理想色彩。王小鹰早期小说中的女性形象在人格塑造上较趋于理想化,她们既具有现代女性的积极进取之心,又富有传统美德。如第一篇小说《翠绿色的信笺》中的女主人公小静,虽然内心深爱着星明,但当她得知星明爱的是自己的好朋友南萍时,竭力克制自己的感情,甘为他人的爱情做出牺牲。

二是叙事敢于直面矛盾。王小鹰的女性叙事不随意简化现实关系的复杂性,不做简单取舍,显出对现实世界自身张力的正视勇气和精神耐受力。如《爱情不独享》中,女性主人公既有传统女性的温柔、含蓄、吃苦耐劳,又时刻陷于保守、胆怯、身不由己的被动境地,既有面对新的时代潮流的积极反应,又缺乏具体参与和应对的实际能力。这恰是王小鹰和众多女性作家不同的地方,少矫情,不脆弱,敢于敞开人物的内心纹理。这也为她后来写作中日趋明显的平和、笃定的叙述风格作了早期铺垫。

三是内含反思批评意识。在王小鹰的作品中,既有对当时非常历史所带给普通生命个体的思考,也有对女性自身痛苦经历及不平命运的检讨。例如《星河》中素素这个女性形象,性格懦弱、逆来顺受,为着贤良淑德而彻底禁锢了自己的独立与自由。通过这个人物,作者笔锋指向了男权文化传统及现实语境对于女性的人格塑造及精神扭曲,也蕴含了对女性群体缺乏自我价值独立与自觉意识的不满和警醒。尽管作者从不愿被称作女性主义作家,但对女性现实中诸多问题与困境的深切关注,促使其思考触及了女性传统的历史形成及女性自身的局限性,这与 80 年代前期同类写作相比,能够较早地确立起这样的女性反省意识,实属难能可贵。

(二)责任凸显:跨出女界的现实映照

其实,早在 80 年代中期开始,王小鹰就已开始对自己的创作局限进行反思,这也是源于读者及批评界对其作品逐渐增加的不满情绪。后来,王小鹰自己回忆当时:"有评论家对我说:你必须有现代意识,你必须深刻起来,你必须博大一些,你要幽默要潇洒,等等。"[1]归结起来,就是要走出自我封闭的小圈子,把笔触衍伸到更加广阔的社会现实中。而在此际,作者的审美取向也正在经历一次大的变化,即从过去"川端康成的唯美倾向"努力转向"托尔斯泰的现实描写"。这是作者在停笔半年多之后内心创作理念发生的一次巨变,她开始向往一种"有责任感的写作"。

以 1987 年创作的中篇小说《一路风尘》为标志,这部作品开始跨出了昔日作品中单纯女性叙事所带来的题材狭窄、格调阴柔、多有怅惘哀怨情绪等局限,创作视界因投射到火热的改革时代现实而豁然广阔起来。在一个处于社会变革前沿的大学校园里,留学归国的主人公俞晓易遭遇了对人才的嫉妒与排挤等一连串不平现实,自身价值无法实现,最终甚至落得个一无所有的下场。个人理想与社会现实的巨大反差,由衷地促发着人们对国家改革、高等教育、知识分子人格精神等一系列重大问题的思考。而此期真正的标志性作品,是王小鹰的长篇处女作《你为谁辩护》。这是一部建立在两年多对律师生活亲身实践体验基础上的扎实之作,也是作者对过去所钟情的女性书写的超越之作。作品中主人公梅桢依然是一位女性,执着于真爱,注重精神生活的纯粹性,有着近乎完美的人格及非凡的智慧,但较之以往的女性形象更具有一种强烈的社会责任感,无论面对复杂的外部世界还是自己深邃的内心需求,更加显示出时代女性的独立与自信,对于人的个体生命存在与社会价值实现之关系有着更为深层的思考和体悟,处事态度显得更加主动与从容。作品对观念、性格、命运各不相同的五位律师形象的塑造,使主人公所置身的时代内涵在多个维度上得到了有效的拓宽与深化。

在 90 年代初,王小鹰对社会现实的观察与思考更为自觉和深入,开始触及改革开放年代"人的精神建构"问题。在 1990 年创作的《忤女逆子》中,作者的叙事中心由"事件"转向了"日常",围绕一个周姓老干部多子女大家庭的琐碎生活,揭示两代人之间、子女之间的不同价值观和为人准则,对老一代思想行为中的那种机械教条主义、明哲保身的利己主义,以及年轻一代所奉行的"天下大事不管,只晓得成名成家"的个人主义和极端名利思想,均予以质疑和否定。这一主题在 1993 年创作的一部重要长篇小说《我们曾经相爱》中进一步趋于深化。这是一部写工厂改革的小说,时间背景恰值邓小平南巡讲话、中国改革陷于停滞的 1992 年之前。明达厂新任厂长朱墨在推行一系列改革的过程中,遇到的不仅

---

[1] 刘莉娜:《王小鹰:非人磨墨墨磨人》,载《上海采风》2010 年第 7 期。

是经济技术困难,更是陈旧观念和人性劣根带来的重重阻力。作者显然是把关注的重心放在了对改革时代人的精神建构问题的探求上,如研究者所评价:"作者把求索的笔触上升到这个人们在推行改革、发展经济的同时,常常会忽视的人的发展这个根本问题的层面上,这就超出了以往写改革纯粹从促进生产和围绕着体制改革而发生人的利益、人们心态和性格品质的冲突着眼的作品。"[1]

这一阶段的作品较之先期的女性叙事,不仅题材领域更加开阔,而且对现实生活中人性的复杂多变,对特定人群的人格缺陷,对代际之间的思想冲突均予以了深刻的揭示。尤其值得注意的是,以往那种为作家所特有的温情、细腻的女性笔致,在与丑陋现实的激烈碰撞、尖锐对峙、反复杂糅中,不仅没有流失或淡化,反而愈发见出宽和与厚重的底色。怀着这种以善为核心的人文情怀,作者不仅没有回避现实世界的种种矛盾冲突,而且对小人常常得意妄为、君子一生命运多舛的生存悖谬有着入木三分的刻画,这使得其作品中一贯的温情与善意并非凌空蹈虚,而是结结实实地植根于现实土壤之上,能够让读者从中感受到作品内里所传达出的那份深沉的责任与笃实的信念。

(三)历史透视:人生悖论的深刻揭示

王小鹰是一个有着非凡心理承受力和耐性的女性作家。当一个作家不断将笔触伸及社会现实的底部时,就会越来越深地探测到俗世人心的鄙陋与经历世事的艰辛,也就会自然而然地将审视目光扩展到历史的景深地带,对人性作一种通观透析。这就是现实题材写作总是会自然延伸至历史领域的心理轨迹。这也正是考量一个作家的理性思考及心理承受力的时候。通常女性作家深涉历史题材者并不太多,王小鹰即是其中的佼佼者之一。她于1997年发表的《丹青引》和于2001年创作的《吕后·宫廷玩偶》,即是借助历史长镜头对人性进行的深刻剖视,也由此更加深入揭示了长期困扰人们的一些人生悖论,并将作者一直思考的人的精神建构问题以更为凝重的方式呈现在世人面前。

长篇小说《丹青引》是王小鹰90年代中后期的重要收获。这部作品构思八年,笔耕三载,篇幅由最初的六十万字最终压缩到三十多万字。[2] 作品发表后产生了极大社会反响,并荣获第四届上海文学艺术优秀成果奖。对于这部优秀

---

[1] 戴翊:《跨出女性世界之后——论王小鹰90年代的三部长篇小说》,载《上海大学学报(社会科学版)》2000年第4期。

[2] 丁言昭:《女作家王小鹰的生活与创作》,载《湖南人文科技学院学报》2010年第5期。

作品,人们都已经了解到它是以当代中国画坛一群画家为对象,揭示他们在高雅艺术家的面具之下,为着个人名利所暴露出的卑劣行径和丑陋灵魂。这里为什么要强调它的"历史性"价值呢？这是因为作者并非截取一个故事切面予以陈述,而是将人物置于一个悠远深阔的历史语境中加以刻画。这里的"历史语境"包括两重:一是近景,从1949年前到改革开放后,以长期受抑、欲望扭曲的资深画家陈亭北的故事作为起始;二是远景,时间延及明代,以画匠韩无极拒不降清、自戕身亡的故事作为铺垫。如此一来,活动在当代画坛的各色人等都获得了个性表演的共同历史幕景,在历史的映衬下各自人格表里也就被更清晰地显露无遗。如陈亭北这个人物,当年曾受到国民党政府青睐,拒绝逃亡台湾,1949年后曾受过周总理接见。但他貌似清高,淡泊名利,实则欲念深藏,潜待机缘。再有美协主席魏了峰的投机钻营,"老虫"曹荒圃的晦涩难懂,马青城的见风使舵,安子巽的卑鄙阴狠等,均在历史鉴照中见出当下欲念浮泛、风骨衰微的精神本相。只有韩此君习得无极画技真谛,却不仅遭到上下左右的群起剿杀,自己也为了一朝出名而不惜跪求妻子出卖色相以换取画展经费,最后在绝望愤懑中抱画而焚,此行已与远祖宁为玉碎不为瓦全的非凡气节不可同日而语了。与之有着复杂情感纠葛的陈良渚、辛小苦、花木莲三位女性,也均被塑造得血肉丰满,各具内涵。这种将历史背景与现实生活相衬呼应的写法,正体现了作者对于当代人在物欲诱惑下的种种精神病症的深切关注,以及如何予以疗救的良苦用心。其中对于善恶交易、美丑更迭的生存悖论的揭示,体现出作者一贯怀有的真善之心正在经历着更加严酷的现实洗礼,创作理性更加趋于成熟和坚实。

如此,我们也就不难理解,一向驾驭现实取材得心应手的王小鹰会接受写吕后这个历史人物的艰巨任务。她想借这个人物在幽深晦暗的"女性历史"身上打个洞,以还原一个"真实的、立体的吕后"。为此,她再一次发挥自己有耐心、能吃苦的"特长",花了一年多时间钻研史料,穿越厚重的历史屏障,最终将吕后这个随中国政治风潮大起大落的抽象符号,成功回归为一个在历史长河中身不由己不断沉浮的无奈女性,一个在几千年男权专制中充当男人的、权力的、政治的、历史的多重玩偶的悲剧女性。强权意志与柔弱女性的历史遇合,本身就显示出一种难以言传的荒诞性,也昭示出人类面对自身困境的救赎是何其艰难。

(四) 真实刻画:深沉笃定的母性涵容

在王小鹰的创作中,对女性命运的关注似乎成为她的一个天然使命。随着

第四章 女性主体性建构的个体化情境及样本解析

人生阅历的不断增加,作者对笔下女性的审视一方面不断拓宽以往单纯狭窄的情感化叙事空间,充分展示她们复杂现实生活的多重际遇与困惑,另一方面也在不断拉开时间视阈,通过富有历史感的世事变幻来展示女性坎坷跌宕的一生。这一变化在上述两部长篇中已有一定表现,而2009年发表的《长街行》则通过上海一条小街的变迁,将一个叫许飞红的女人的一生曲折命运轨迹生动呈现给了世人。

这是作者又一部重磅代表作,深功细磨,耗时五年,六十万字的可观体量,一经面世即引起高度赞誉,先后获得中宣部"五个一工程"奖和上海文艺创作精品奖。这部作品如小说题记,是写一个女人和一条街的命运。这条叫做"盈虚坊"的弄堂的变迁又折射出时代的变迁。这部作品是将盈虚坊这条小弄堂作为上海大舞台的一个人生交汇点,以一个外来女性的"身份焦虑和角色转换"[1]为主线,成功塑造了许飞红这个人物。作为这个弄堂的一员,女主人公许飞红却是下等人的身份,幼时从乡下来沪,住在上等人家的楼梯间,有形无形的不平等现实造就了她既富有野心、善于行动的强势性格,又时刻陷于自卑与自负、期待与失落的矛盾纠结中,成为当代女性人物长廊中一个新的典型形象。

再后来,王小鹰还连续写了几篇关于上海女人生活的中篇小说,且均以词牌名标题,包括《点绛唇》《青玉案》《柱凝眉》《懒画眉》《假面吟》等。这些作品比起《长街行》来,虽然格局不大,人物较少,关系也相对单纯,但却各有用力之处。如《点绛唇》中叶彩萍这个女性形象,从怀抱梦想的青春少女到尴尬失意的中年妇女,失望和屈辱始终伴随,自己却又无力挣脱,被称作"在天堂的壁橱里蜗居"[2]的女人。《青玉案》中的玉蚕,原本身处平静的乡下,却被不断袭来的诱惑引入大城市,最终既丧失尊严也丢掉了宝贵的爱情。女性在日渐开放的现实中还有没有可以洁身自处的"净土"?作者通过这一悲剧故事发出深深的诘问。在《柱凝眉》中,王小鹰塑造了九妹这样一个让人既怜又厌的女性,身患绝症的她早知丈夫杨兆安背信出轨,不仅忍辱负重一味承受,"到死都没有责骂他一声",甚至执着于死后与丈夫"合墓"的凤愿。这从中也给世人一种警示:女人的善良是否可以丧失自尊自强为代价?

这一阶段的作品,从表面看是重新回归女性叙事,女性题材、女性主角,女性

---

[1] 王纪人:《上海叙事 弄堂乾坤——评王小鹰长篇小说〈长街行〉》,载《上海文学》2009第7期。
[2] 高艳芝:《在"天堂"的"壁橱"里蜗居》,载《安徽文学》2011年第11期。

命运……均显示作者经多年探索后再度将目光聚焦女性世界,但叙述视点却有了进一步的提升,拉开的时空视界更加开阔,而"真实反映"重新成为作者写作的标尺。在阅读这些作品中我们不难发现,在真实的书写中,作者一贯的温情与责任不仅没有退化,而是以一种更为内敛、平静的姿态浸溶于复杂的世相勾描、人性刻画之中。或者说,作者对于笔下人物的关切不再如早期作品那样溢于言表,情难自已,主观情感投射过多,而是表现出一种饱经世事后的克制、淡定、平静、温和的母性情怀。当然,作者绝不是那种冷冰冰的客观叙事,更不是形而上的"思想性写作"。她的骨子里有着一个孩童般的天真与母亲般的善良,这使她的文字总是有温度的,触之令人心生亲切的。有人曾对鲁迅先生有一个颇为独到的评价,叫"被逼成思想家的艺术家","人类的大部分文化遗产,正是由鲁迅式的'天真汉'创造出来的。冷冰冰的智慧与深刻,并不是鲁迅所追求的"[1]。王小鹰莫不是一个永远不老的"天真女"？她的目光总是温润的,她的襟怀总是宽广的。她以自己深沉而笃定的母性涵容力量,在刻画时代变幻中的人心浮沉、善恶交织的真实世相之同时,焕发出一重慈爱与善意的光辉来,让阅读者从中获得一些心灵的慰藉。

王小鹰近四十年来的创作实践,再次触及了那个"变"与"不变"的古老话题。说其"变",作者能够不断突出女性写作的封闭狭小圈子,将笔触延伸到广阔的现实领域和深幽的历史记忆中去,写出了像《丹青引》《长街行》等一般女性作家难以企及的大格局、大气象;说其"不变",作者从来不盲从不跟风,始终坚持自己的节奏,用她自己的话说就是"笃悠悠地写",不急不躁,显出非同一般的心理定力。究其深层,无疑与作家历来看重并积极汲取中国几千年历史文化积淀出的丰厚的艺术资源有紧密的内在关联,小说、诗歌、绘画、戏曲等无一不构成王小鹰小说创作的内在精神养分,并凝结成一种以儒家传统道德善念为内核的人文情怀。这种善念又在与时代的不断碰撞中被作者融合成了独具特色的艺术灵魂,渗透并贯穿于其几十年的创作实践过程中,形成了卓然不群的写作特色,并取得了令人瞩目的文学成就。这对于当代女性写作,尤其是那些靠吃青春饭、玩小情调过活的年轻一代女性作家,很有示范和启示意义。

一位早期即关注她的评论家很早就说过:"固然,随着时间和空间运转,她的作品已慢慢走向深沉,但我们仍能从她无数的字句看到那充溢纯净的热情,无

---

[1] 张远山:《永远的风花雪月 永远的附庸风雅》,上海三联书店1999年版,第12页。

限的天真,甚至我们可以觉察她对人生之复杂之艰辛之难为之无奈有时总看得那么平和。"[1]就是说,无论世事如何变化,人们都能够从王小鹰的笔下读出她永远不老的热情与天真,感知她灵魂深处的平和与善意,这一点可能永远不会改变。这又让人想到亚里士多德的那句名言:"美是一种善,其所以引起快感,正因为它善。"[2]文学终究是归附于伦理的,无论是都市文学还是乡土文学,在多重文学语境中真正具有灵魂意义的,就是文学的伦理价值。而王小鹰这位身处都市语境的女性作家,其灵魂深处久久安居着的"平和与善意",正是促使她以一支纤笔不断为我们创造着神奇之美的真正源泉所在。灵魂不变,神奇就不会停止。

四、历史语境中的延伸与穿越——严歌苓小说《第九个寡妇》重读

下一个样本解析,笔者依然选择了一位上海女性作家。同样是出生于上海的优秀女性小说家,严歌苓以其极具特质的文学叙事在当代文坛独树一帜。与王小鹰守驻都市俗世生活并为其刻画善意之魂的努力不同,严歌苓的小说具有很强的现实延展性和历史穿越性。也就是说,她的文字虽具有明显的都市气质,但笔触却从一开始就充分逸出上海这座都市的边界,于更为广大的现实语境和更为深远的历史语境中思考人性的复杂,探索人生的更多可能。当代著名作家毕飞宇曾经说过一句话:"在最高本质上,小说的思路只有一个,呈现人类在不同语境下的可能性和复杂性。"[3]这里,笔者选取严歌苓的《第九个寡妇》这篇小说,尝试对其于特定历史语境中进行人格塑造的独特艺术价值予以深入分析。通过对小说人物的解析,可以让我们对女性主体性建构的历时性涵义,以及作为一个个体的女性在命运压迫下究竟能够焕发出怎样惊人的生命力,有一个更为清晰的认识。

"延伸与穿越"用之于叙事文学,理应是一个富有深度的批评概念,因为我们知道,以人物为中心的叙事类文学作品,特别是长篇小说,能够呈现个体生命对艰难现实与历史屏障的意志穿越,由此揭示人的真实生存境况及命运真相,这是小说家们历来孜孜以求的一种文学高标。"优秀长篇小说应该具有比较强的

---

[1] 张德明:《人生颖悟与女性情结——王小鹰创作论》,载《当代作家评论》1993年第3期。
[2] 亚里士多德:《修辞学》,转引自朱光潜:《西方美学史》(上卷),人民文学出版社1999年版,第84页。
[3] 毕飞宇:《沿着圆圈的内侧,从胜利走向胜利》,载《文学评论》2017年第4期。

历史感"[1],这已基本是一种文学共识,而其中最核心的成分自然是人物在跨越历史过程中形成的"穿越感"。岁月坎坷,沧海桑田,若能通过一个文学形象传达生命跋涉的真正况味,无疑是衡量一部作品精神内蕴和思想涵量的一个重要尺度。要实现人物面对历史的这种精神穿越,又不是轻易可以做到的,必然需要作家通过自己对生活的至深感悟,给人物寻找到构成其独特命运的力量支点。这也应是考量一个叙事作家才情与思想的关键点。

基于这样的思考,重读严歌苓的长篇小说《第九个寡妇》,愈发感觉到作品所蕴涵的那种神奇穿透力。为了增强对这种阅读感觉的理性阐释,这里借助了现代人格美学视角对之予以重新观照,也由此有了如下的基本认识,即小说中王葡萄这个跨越半个世纪历史的女性形象,支撑她命运的力量支点主要就是:坚实的个体人格与通透的女性美。

(一) 人格美学:一个穿越性的观照视角

作为严歌苓的一部代表性作品,《第九个寡妇》自当初面世之日起就受到评论界热切的关注与积极的评价,相关评论文章逾百篇。围绕这部作品也提出或运用了"地母""民间精神""月性良知""后革命叙事"等诸多重要的批评学概念,涉及了女性主义、后现代主义、叙事学、历史学、文化心理学等多重丰富的学科领域和批评视角。笔者于今想通过"人格美学"这一新的观照视角,来切入对严歌苓这部重要长篇小说《第九个寡妇》的再解读,并进一步对王葡萄这个女性形象作出深入剖析。

在古今中外的美学发展史上,"人格"一直是一个重要而深邃的研究范畴。中国传统文化历来注重对人格境界的修养和塑造,如儒家思想中,孔子以"仁义"作为人的价值内核;而孟子则在继承前人思想的基础上,更加强调"人格气度"的重要性,以及"以意逆志"的诗学立场。以老庄为代表的道家思想则在批判人性的基础上倡扬人的理想人格。在西方美学思潮中,无论是人文主义还是科学主义,人格美学一直处于两者的交叉点上,尤其是弗洛伊德开创的精神分析美学,通过对人格结构的科学分析,建立起了以人格心理学为重要支点的精神分析哲学。而他的学生荣格在对老师的批判中继承并扩展了人格结构理论,创造性地将个人与集体的"无意识"现象纳入了人格美学研究中……面对丰富多姿

---

[1] 赵连稳:《略论长篇小说的历史感》,载《北京联合大学学报(人文社会科学版)》2006年第2期。

的人格美学理论资源,这里主要选取现代人格美学哲学研究的一个独具个性的代表人物——20世纪初俄国存在哲学家尼古拉·别尔嘉耶夫的人格主义哲学美学理论来建构一个较为独特的文本阐释体系,以求对这部重要作品有所新见。

作为一位旅居海外的华文作家,严歌苓在当代中国乃至世界文坛的影响有目共睹。概括地讲,她的创作一直紧扣着"女性"与"人性"这样两个基本点,两者又经常复杂地缠绕在一起。从时间上看,作者于1989年赴美攻读文学写作硕士学位,这是其创作特点发生明显变化的一个时间节点:此前,即从80年代初开始创作的长篇小说如《绿血》《一个女兵的悄悄话》《雌性的草地》等,作者主要关注的还是男女性别差异造成的不平等问题,"强调女人的生物性特征,如性欲、生育、母职等,以此来反衬虚幻的'革命'的名义和虚幻的'男女平等'的名义的荒诞"[1],张扬"雌性"这一自然生命形态的独特价值,凸显出女性意欲冲决荒诞时代压抑人性的个人化倾向;此后,作者更多汲取了西方文艺复兴以来重视"人"的个体价值的理论思想,对人性的体认更加深入,而生命载体依然主要是女性,她们大多置身社会底层,却敢于以一己柔弱生命对抗强大的历史。代表作如《扶桑》《人寰》《第九个寡妇》《小姨多鹤》等。其实,前后贯穿起来看,无论是对女性自然生命意识的真切关怀,还是对女性个体抗拒强大外力的深情体恤,严歌苓一直致力于对女性个体人格价值的塑造及对女性独特生命美学的揭示。近四十年来,这一创作命题也经历了由隐、杂、虚、细碎逐步向显、纯、实、完整过渡的演进过程,这种以人格美学为内核的哲学思考也日臻成熟,真正构成了一种对历史语境的穿越性力量。现在回过头来看,我们已有一定的把握说,这种"穿越性"已然在《第九个寡妇》中得到了最充分的呈现。

(二) 个体人格:因阻断而穿越

在关于严歌苓的众多评论中,有一位研究者的发现颇具启示价值:"严歌苓并不试图去构建新的历史叙事,而是在人和历史的遭遇之中寻求一种对抗异化的穿越性的精神。"[2]依笔者看,这种"穿越性精神"的内在支撑,正是她们坚韧而弘豁的个体人格。概观严歌苓的创作,人物中的扶桑、小渔、小菲、王葡萄、多鹤、小环,这些女性无一不是在与无比强大的历史潮流、政治运动、人生苦难、自

---

[1] 王列耀:《女人的"牧""被牧"与"自牧"》,载《名作欣赏》2004年第5期。
[2] 马兵:《两个女人的史诗——评严歌苓的〈小姨多鹤〉》,载《扬子江评论》2008年第5期。

然灾祸的对抗中放射出这种"个体人格"的耀眼光辉,以及女性独有的生命美感。就个人之于历史的复杂关系,作者有着独到的见解,她说:"个人的历史从来都不纯粹是个人的,而国家和民族的历史,从来都属于个人。"[1]这表明作者一贯坚定持守的为宏大历史影像下遮蔽着的平凡个体生命精神立传的创作观念。

说到"个体人格"这个概念,我们必须对尼古拉·别尔嘉耶夫表示深切的敬意。正是这位杰出的哲学家突破了长期以来视道德或理性为人类精神的最后宿地的一元论思想窠臼,把人的解放落实在了"个体人格"这个更为坚实也充满矛盾的对象上。他对个体人格的阐释,不是囿于心理学、生物学或社会学的范畴,而是超越其上提高到人本哲学的高度,将个体人格视为人的根本属性,"它是人的最高本性和最高使命","人即个体人格"[2]。在这样的价值认知谱系中,别尔嘉耶夫对这一核心概念作了这样的描述:"个体人格是这个世界进程的阻断、突破和终止,是新秩序到来的启蒙者。"[3]联系到《第九个寡妇》这部作品,笔者觉得王葡萄恰恰就是一个"阻断、突破和终止"历史进程的特殊人物,从抗日、反蒋到1949年以后土改运动,再经历十年"文革",直到改革开放、新世纪初,这漫长的半个多世纪的历史潮势,因了王葡萄这种个体人格与女性美相合而成的坚韧力量的阻断与突破,使其成为史屯这个村庄历史的真正"穿越者",以及每一次时代更替前处变不惊的"预知者"。

严歌苓在王葡萄这个人物的人格设计上体现了这样两个特点。一是简化,通过简化而聚力。作品中王葡萄是一个被做了人格简化处理的女性形象,比如她的单纯、认死理、泼辣、扛事、不记仇等,俗称有点"缺心眼"。这些个性特征使这个形象更趋近于符号化,利于应对复杂世界,因而更具穿越力。二是放大,通过放大女性优势效应,来实现对女性人格力量的张扬。小说中王葡萄的女性特质不仅被充分重视了,如美丽、健康、能干、包容等传统因素,而且更重要的是在此基础上对某些质素的突出与强调,比如她对自己性需求所采取的主动姿态,以及对男性世界的机智利用和从容驾驭等。一收一放、一张一弛之间,构成了这一女性形象特定个体人格塑造的一个有效审美空间。这也是严歌苓写女性的一个一贯性策略,见出其独特的文学智慧。

---

[1] 严歌苓:《穗子物语》,广西师范大学出版社2005年版,自序,第2页。
[2] [俄]尼古拉·别尔嘉耶夫:《人的奴役与自由》,徐黎明译,贵州人民出版社1994年版,第4页。
[3] 同上。

个体人格作为人的生命价值形态和目标,在中国的文化传统中历来缺少生长空间,它与个体生命所涉的自由与尊严直接相关。当自由与尊严无法得到重视和保障时,个体人格的价值实现就只能是一个遥远的梦想。与个体人格相对立的集体意志,则从来就具有决定性的力量。"集体剥夺个人思想的存在","集体代表着正确与安全"[1]。所以,在严歌苓的早期作品中经常看到个体(以女性为主)遭遇集体的"围剿",如《雌性的草地》中,杜蔚蔚被牧马班集体遗弃时的惊慌失措,《一个女人的史诗》中,小菲违背个人良心丢弃同伴而顺从大多数(集体)的痛苦,以及《人寰》中"我"父亲的创作成果被篡改成"集体成果"的无奈,这些作品深刻揭示了集体意志无时无刻对于个体人格的压制乃至摧毁的历史真相。

但是,追求个体人格的理想之火从来就没有熄灭过,在广阔的民间大地上,在每一个看似平凡的草根生命心中,永远都埋藏着顽强的人格火种。这也正是《第九个寡妇》这部作品的一个重要贡献,它把至高的人格精神与凡俗的民间生存深刻联系了起来,通过王葡萄的旺健生命与穿越精神,挑战了无比强大的时代力量,从而建构起了"一种民间的立场和视角"[2]。而王葡萄这个乡村女性也以自己单纯的人生哲学、"浑然不分的仁爱与包容一切的宽厚"[3],穿越了重重历史屏障和一切艰难险阻,成为个体人格与女性美自在统一的艺术符号。

(三) 个体人格:因他者而自足

别尔嘉耶夫在论及个体人格的特性时深刻指出:"它自身不能自足,不能自身实现自身,它的生存一定需要'他者'。也就是说,它既需要导向卑下寒微的事物,也需要导向高远神绝的事物。"[4]对于王葡萄个体人格所需要的"他者",对于这种须同时具备的"向下"与"向上"的背离性价值维度,笔者想作者不会是先行做了理论功课,而更可能是源自作家自己的悟性,即在一个普通女性身上同时发现出人性的力量和神性的光辉,并将两者天然相融的一种审美直觉能力。

在王葡萄的个体人格塑造中,作者并非一味从人物自身内部寻找价值之源,而是更加注重揭示其与外界的精神联系,并由此构筑起"他者"的重要价值维

---

[1] 彭配军:《试论严歌苓的后革命叙事》,载《常熟理工学院学报》2008年第5期。
[2] 陈思和:《自己的书架:严歌苓的〈第九个寡妇〉》,载《名作欣赏》2008年第3期。
[3] 同上。
[4] [俄]尼古拉·别尔嘉耶夫:《人的奴役与自由》,徐黎明译,贵州人民出版社1994年版,第11页。

度。这里"他者"的价值主要体现为人性和神性两个层面。关于人性的层面,王葡萄是在七岁时"逃黄水"被孙二大救回家当童养媳的,正是出于对"被救"恩情的回报,才有了后来她对这个死刑犯公公窝藏地窖近三十年的义举,于中体现出的就是"谁对我好我就对谁好"的简单生活信条,显示出其人格的真实、朴素与自然美。关于神性的层面,如果说对孙二大的报恩还只是源自人物本性中初级形态的伦理意识的话,那么在"向上"的精神向度上,王葡萄明显超越了一般乡村女性形象所具有的人格内涵,她在更高的神性层面上接受到了"他者"的救助,如那些来历不明的"侏儒家族"每每在关键时刻的出手援救,史冬喜、朴同志对其窝藏罪行的"知情不报",还有越来越多的史屯人面对"外来人"时共同保护"秘密"的默契,这些源自民间大地的温情与王葡萄之间互为浸润、互相渗透,逐渐形成了一种无形的、厚重的、整体的人格力量。

  这里还涉及了一个个体人格更深层次的力量源泉问题。作为一个女性生命个体,王葡萄的人格力量显然并非仅源自本能,而是与其生存环境深刻关联的。用别尔嘉耶夫的理论来说,是与一种"精神共相"密切相关。他说:"个体人格是存在于个别的不可重复的形式中的共相,是个别——独特与共相——无限的结合。"[1]也就是说,王葡萄的个体人格不是凭空孤立产生的,而是与其置身的民间大地的内在精神息息相关。具体到作品中,就是与史屯这个中原大地上的小村庄里顽强衍续、生生不息的"共相"——民间精神力量息息相关。这种民间精神力量也被有的学者称作"月性良知",与主张"群体优于个人"的"日性良知"相对,更加注重和顺应个体的感受与需求。[2] 概括而言,就是王葡萄的个体人格源自其生存的民间大地的"月性良知",同时又成为这种民间精神力量的"共相"缩影。正是有了这种源自民间大地的浑厚"地气"的支撑,王葡萄身上才呈现出地母般的神性光彩。她对孙少勇这个"不孝之子"良知的唤醒,对史冬喜超越权力与平庸生活的鼓舞,对女革命家蔡琥珀落魄时的保护,以及收养被受辱女知青遗弃的孤儿,无一不是对俗世的精神救赎,充满着悲悯情怀。这样一来,王葡萄这个形象并没有流于概念化成为空洞的能指,而是在自身生命欲望的人性化满足与超越自我对现世施行神性救赎的自在统一中,实现了个体人格的自足与升华。

---

[1] [俄]尼古拉·别尔嘉耶夫:《人的奴役与自由》,徐黎明译,贵州人民出版社1994年版,第5页。
[2] 沈红芳:《在苦难中升腾——论严歌苓小说中的女性意识》,载《当代文坛》2008年第5期。

这部作品结尾部分的设计十分耐人寻味,通过孙二大临终前讲述的故事,使现实版的"王葡萄"与神话版的"姓夏的媳妇"之间形成了神秘的对应关系。此举表明,作者宁愿冒着冲淡作品现实品质的风险,也要放大人物身上所挟带的超越人性之上的神性光芒。这也说明,严歌苓在书写一个又一个平凡生命、底层女性时,从来就没有忽视她们健全的精神世界、高尚的人格理想,以及对美的深刻体认与热切追寻,而这些正是长久以来女性主体性建构所追求的目标所在。

(四)个体人格与女性美

论及女性人物的个体人格,自然离不开女性独有的美学特征。从改革开放以来的女性文学批评发展看,对女性美的分析一般不外乎这样三个层面:第一层是貌——女儿性;第二层是性——女人性;第三层是爱——母亲性。就女性生命所具有的可能性精神内涵而言,这三个层面应该说基本显示出了"全覆盖"。值得进一步关注的问题在于,在不同历史时期、不同性别、不同观念的作家笔下,上述三重女性内涵的主次、轻重、深浅等的文学处理是大有不同的。如在20世纪80年代初期,文学作品中的女性主要体现的是女儿性,如雯雯、香雪等;到80年代中后期,对女性的性爱、母爱的书写渐成主流,以铁凝的"三垛一门"、王安忆的"三恋一世纪"为代表。严歌苓的《第九个寡妇》中的王葡萄,基本贯穿了女性美的三个思想层面或三个生命阶段,但由于有着独特的个体人格作为内在精神支撑,使这个女性形象有了更为丰富的耐人寻味的美学内涵。

首先,看看王葡萄的女儿性。由于其生命内部一直贯穿着一种"坚韧而弘豁"的个体人格,王葡萄的女儿性表现得也与众不同。她并无绝人的女性姿容,小说中给予少女时期的王葡萄只是"口舌伶俐""个子不小",七岁就能刷锅,八岁就会搓花纺线,十三岁就能独自外出收账,这些都和美貌不大沾边,却又均指向一种我们称之为"品质"的东西。在涉笔其容貌时,小说最令人难忘的是两处写到她的"眼睛":一处是十二岁她看人时那双"直戳戳的眼睛",另一处就是她五十来岁时依然有一双"直愣愣的眼睛"[1]。几十年不变的眼睛说明什么?无疑是说眼睛背后有一颗不懂变更的心。心灵的经久不变,同样也映射在生命的肌体上,王葡萄的康健、耐老、腰身活泛,同样令人印象深刻,而这显然也是指向其达观、超脱的生活态度的。这与诸多小说中对女儿性的外在美乐此不疲的描

---

[1] 严歌苓:《第九个寡妇》,作家出版社2010年版,第13、333页。

写全然不同,也应更符合一个乡村女性美的本然。

再看看王葡萄的女人性。女人性当然是指女性成熟状态下的生命内涵展示。作品在写到王葡萄成熟后的女性生活时,一个核心的内容就是性。虽然也有大量笔墨在写其如何应对各种艰难困苦,但是字里行间流溢着的更多是其对生活有滋有味、苦中作乐的受用。当涉及一个年轻守寡的女性最敏感的问题时,作品竟显示出少见的从容、淡定,举重若轻。性之于女性的不平等问题由来已久,从父权制取代母权制的那一天起,女性的"第二性"地位似乎就已奠定。许多人熟悉并常引用恩格斯的这段话:"母权制的被推翻,乃是女性的具有世界历史意义的失败。丈夫在家中也掌握了权柄,而妻子则被贬低,被奴役,变成丈夫淫欲的奴隶,变成生孩子的简单工具了。"[1]既然性主体的易位是与生产力发展、私有制产生紧密相关,那么男权对于女性的性统治也就具有了普遍性,正像《性政治》的作者凯特·米利特所言:"性统治绝非最后一种不公正现象,它成了人类不公正的总体结构的基础。"[2]如此一来,女性的性权力就在根本上隶属于男人了,自己只能充当性的被支配者。然而,女性个体生动鲜活、多姿多彩的生命经验从来就不会完全膺服传统的"菲勒斯中心",无论在现实生活中还是文学作品中,总有像王葡萄这样果敢而独立的女性,她们能够把包括性在内的生活主动权牢牢抓在自己手中。作品中王葡萄不仅有爱(孙少勇、朴同志、史冬喜等),更有属于自己的性快乐,无论在怎样的境遇下,她都是自主的、投入的、享受的。她的身体语言看似出自本能,实则与其一贯的主体性人格浑然合一。因此,读者才从她的性爱中感受到的不是淫荡,而是女性的自主自决、恣意妄为、酣畅淋漓的美。

最后说说王葡萄的母亲性。作品中传达出的母性美也是有层次的:一是天然自在的母性情怀。这表现在她对孩子的关爱(如对儿子挺的母爱、对女知青弃子的怜爱)和对男人的关照(如对朴同志的无微不至的关心)上。二是升华放大的地母特性。她对孙少勇的灵魂救赎、对孙二大几十年的冒死窝藏,是在现实意义上的神圣母性的呈现;而通过孙二大临终讲述的祖奶奶的故事,赋予了王葡萄"民间地母女神"的形象和地位。从这个意义上讲,王葡萄就是严歌苓展示给

---

[1] [德]恩格斯:《家庭、私有制和国家的起源》,转引自《马克思恩格斯选集》(第4卷),人民出版社1972年版,第52页。
[2] [美]凯特·米利特:《性政治》,宋文伟译,江苏人民出版社2000年版,第148页。

读者的一部关于'地母'生存的史诗。[1] 这种对女性的母性情怀的神性提升，在以往女性作品中早有多次尝试，如20世纪80年代中后期铁凝的《麦秸垛》、航鹰的《前妻》、王安忆的《小城之恋》、陆星儿的《今天没有太阳》等，但与严歌苓的作品相比，她们更多是对自然母性的道德化、神圣化和诗意化，其实质依然是对女性不平等现实的规避和对男权传统的变相臣服。而严歌苓笔下的王葡萄以及其他作品中的女性形象诸如柯丹、小渔、扶桑、多鹤、小环等，更侧重于塑造她们内在的独立人格、坚韧的生存态度，以及以此为现实依托的神性超越，这显示了作者更为成熟、更为从容自信也更具生命激情的女性主体性立场。

个体人格的确立是人类摆脱一切异化力量的奴役以求解放自身的一个终极目标，女性个体人格追求更兼有父权制传统的重重压制与包围。女性个体人格的文学塑造于我们也仅仅还只是一个开端，它应是女性文学中女性主体性建构的主要落脚点。只有在个体人格独立意义上建立起来的男女平等，才是更加具有实质性的平等。这样看来，王葡萄这个女性形象的个体人格塑造及审美拓展，对于当今的女性文学创作以及女性主体性建构的社会实践，均应有长久而深层的启示价值。

五、边缘语境中的别样诗情——刘永新诗集《我的玖歌》微观

相对于完全置身都市语境的诗意抒发和经验叙事，如诗人徐芳和小说家王小鹰，以及能够有效逸出都市单一空间，进行跨越性观察和穿越性叙事，如严歌苓，还有一种女性文学个体经验值得关注，那就是于城市的边缘语境中生活的那些文学书写者。言其属于边缘语境：一是指其从小在城市以外的乡村环境中长大，对于城市有着先天的隔膜感；二是其现在虽然跻身城市生活，然而从社会身份到心灵归属却都仍然未能真正获得城市的认同。这些女性作家在当代城乡移民浪潮中不胜枚举，笔者选取了一位并不十分引人注目的年轻诗人，但她的文学经验却具有一定的典型性。她叫刘永新，是深圳的一名报刊编辑，来自山西一个不大的地方。我们要讨论的是她的第一本诗集《我的玖歌》。

就文学创作的社会语境而言，这是一个文化打工者真切的在场体验，这是一份关于现代空城的诗意申述。刘永新的诗，不同于伴随特区成长的豪情歌者，也不同于一般进城务工女性的伤痛书写。她在融入与游离的精神间隙中无奈挣

---

[1] 冉春芳：《"地母"的史诗——严歌苓小说的女性形象分析》，载《语文学刊》2012年第3期。

扎,致使她的诗歌呈现生存与心灵的尖锐对峙,回望成为其诗情建立的基本姿态,而当下却成了谎言、堕落、隔绝、孤独、抑郁的复合体。其中深蕴的人文关怀,来自一个媒体人的职业良知,以及一个异地漂泊者的遥远记忆。

刘永新是当代中国"70后"女性诗人群体中颇具独特个性的一位。她的创作历程不算长,大部分作品主要是90年代后期尤其是跨入21世纪以后写作的,但思想内蕴坚实,成熟度较高,格调深郁而又"暗含北方朔风之苍劲与阳刚"(杨克语),近年影响不断扩大,已经作为今天深圳青年诗群中一位中坚而日益引人注目。

(一)"回望"的抒写姿态

作为一个在深圳这一特区城市生活已近二十年的职业媒体人,刘永新的诗却一直采用一种以"回望"为主的基本抒写姿态,这是笔者读了她的诗集后最强烈的感受。《我的玖歌》所选百余首诗作,从时间上看主要还是近十来年的作品,也就是说,创作这些诗时,诗人在深圳这座城市已经基本完成就业、安居、嫁人、生子等人生要义。在通常情况下,当上述人生内容均已铺展开来之后,人的情感体验、精神状态会随之发生较大调整,现实与心灵的契合度会逐步上升,然而,刘永新似乎并非如此。她虽然身置喧嚣的现代都市,但身份认同却一直难以完成,她的心灵一直于遥远的时间和空间里流连、游弋,诗情在别处久久难返。

在时间意义上,诗人的思绪总是牵羁在遥远的童年世界,那里有着至亲的母亲、乳娘、老核桃,有着无穷的童年趣事,有着美丽的乡村景色;即使是那曾经强势压人的、极富领导力的"哥哥",或者是曾与"我"深藏隔膜,"掌控过半世繁华剧情"的"父亲",此刻于诗中也因穿越漫长时光隧道而尽显脉脉温情。这部分诗中,最具真情感染力的是《春天,给母亲》这首诗,它以"母亲明眸顾盼,芳华如春"的亮丽格调启笔,经由"母亲把最后一张高粱饼从锅沿上剥下……/母亲饥饿的心里填满抱歉/她用细柳条抽赶饿鬼/把粗扁担嵌进双肩"这样艰辛生活的真切描述,最后所呈现的人生结果是:

> 春天里
> 母亲为儿女们描绘了20个春天
> 如今这些春天都已经兑现
> 我看见河对岸走来的母亲

> 花发初染,步履蹒跚
> 我看见一个衰老的结果
> 一个私密的春天
>
> ——《春天,给母亲》

轻松切入,沉郁收梢,母爱的无私与伟大,于这样一个颇具叙事结构意识的"跳跃式"生命勾描过程中得到了最充分的体现。而最耐人寻味的却是《与父亲的对话》一诗,诗中首句"父亲终于老了",让人体味到作为女儿的诗人似乎一直在等待一个"机缘",那是一个可以"平静、友好、亲切"地进行父女"对话"的机缘,这一刻于今终于到来了。然而,这种"对话"却依然没有真正实现的可能,因为"我和他谈论诗人情怀/而他所有的相识/都住在先秦",这是怎样的一种人生错位,又隐含多少荒诞与无奈于中?诗人于此体验并揭示的,是隐藏于日常情感中的生存真相,因其细微,才愈显体悟的深度。

这样的遥远怀想并不止于人事,诗人也写记忆深处的其他生命存在,比如"一匹老马":

> 你曾经住在隔壁
> 像一个衰老的长工　吃得很少……
> 他们说你还能拉车
> 他们在墙上画了两框萝卜
> 然后给你套上辕和鞍
> 你的发鬃始终是湿的
> 迎着风雪出去　它们就成为冰……
>
> ——《一匹老马》

诗中的"你"对"他们"显然具有某种隐忍的反抗性,而作为抒情主体的"我"则在真正关切着"你"的命运,"那个冬夜是白色的/炉火映着人们丰富的睡态/你没有回来　我等了很久/没有听到隔壁的咳嗽"(《马》)。这里我们自然会联想起20世纪30年代臧克家那首极负盛名的《老马》,诗中曾以"老马"这一意象喻示处于重重压迫下的劳动人民艰辛无望的生存现实;而刘永新笔下这匹"老马",却通过"湿的""风雪""冰""咳嗽"等一系列阴冷而病弱的意象,将诗人对生命生而平等的人道精神以及女性特有的那种细致入微的体恤关切,传达得极其贴切到位。

（二）记忆在"别处"

在空间意义上，诗人的目光和足迹总是更多地停留在遥远的北方，与自己生活的南国城市拉开了很大间距。古老的河流、广袤的草原、荒芜的高山、干旱的田野……这些雄浑、浩大的事物却在一个纤弱女子的笔下铺排从容、撒豆成兵，端得有些气象非凡。请读一下这样的诗句："我挟卷着泥沙，胸含着悲愤/我吼叫着 我轰鸣/我流经虎跳峡时，只看到一封老虎的书信"（《怒江，河对岸的情人》），不仅气势恢宏，而且举重若轻，心机巧妙；"在北方/我每年都会涉过草原/把双腿和腰佩没进长草/恣意啸歌/浪逐云朵"（《草原情歌（一）》），一个"涉过"，一个"没进"，将巨大的跨度与恣意的动感天然糅合在一种豪迈的语境中，见出一种壮美之境；"我们躺在太阳的眉眼里做梦/蝴蝶与蝉从耳畔欢嬉经过"（《致清贫爱人》），"太阳""蝴蝶""蝉"共同营造出一幅安贫乐道的幸福画面，于中能够感知诗人内心深处那种对田园生活的憧憬。

中国古代诗词在意境创造上特别注重空间意识，其突出优势在于：一是利于展开想象，二是极具画面感。刘永新的诗中有着古典诗风的深刻印迹，体现在大胆的构想与精细的画面两者兼顾，甚至在一些诗中达致完美统一。我们看下面这首诗：

经过了这么长的夏
它们脉络深刻
水是至清的
乱石之下无鱼

这是自然的洪枯
继续把卵产在路上
把花粉撒入大气
就像在北方
送肥人一路抽落的鞭子
都镌进了盘山窄道的爱与痛楚
驴和骆驼用嘶鸣划破干枯和绝望
蒿草总是向一边倒伏

> 水被逼向大海,蝉恹恹的
> 留在陆地上的蛙　深陷于寂寥
> 迟疑地扑往一只虫
>
> ——《洪枯》

诗的首句用了"这么长"来修饰"夏"这一意象,此中隐喻的是源自荒蛮的自然大力;"它们脉络深刻",这句不仅是对地理山川的形象刻画,同时内蕴久远历史的沧桑更替;而接下来,"路上""大气""北方""大海""陆地"等这一系列意象,将诗人的想象扩展为一个纵接天地、横跨南北的洪荒世界,整体呈现一种大构架、大气象,让人不得不惊叹一颗插上艺术想象翅膀的心灵到底有多大。更难能可贵的是,在这种"大"的内部,起着真正支撑作用的却是肌理分明、细微生动的"小":"卵""花粉""鞭子""盘山窄道""驴和骆驼""蒿草""蛙""虫"等,它们就像诗中鲜活的生命细胞,构成上面阔大想象的坚实根基。最精妙的是这样的描写:"送肥人一路抽落的鞭子/都镌进了盘山窄道的爱与痛楚",一个"镌"字,尽显光阴的力量;"驴和骆驼用嘶鸣划破干枯和绝望",一个"划破",与"干枯和绝望"形成绝配;"蒿草总是向一边倒伏/水被逼向大海",蒿草为什么"总是向一边倒伏"? 谁将水"逼向大海"? 这其中隐含的也许既有神奇的自然力量,同样还有着人类自以为是的作茧自缚;"蝉恹恹的/留在陆地上的蛙　深陷于寂寥/迟疑地扑往一只虫"。此句画面感极强,生动、传神,语感控制极好,尤其"迟疑地"这一状语运用可以说将整首诗的精神气质无比形象地表达出来了。

（三）诗化的故乡及其悲悯情绪

至此,我们回到开始所说的那个词:回望。故乡、北方、童年记忆,这些遥远的事物构成了刘永新诗情的主体,身居边缘语境中的诗人对这些远处、别处的事物的体认更加敏感、清晰。然而,深圳这座为诗人寄居的现代城市,在诗人心中只是"一座空城",它从来就没有给诗人以任何一丝的温馨与慰藉,有的只是"负心、失控、尖叫",还有肮脏、残酷的人生乱象,比如"工业区楼上抛下温热的婴儿/送货中年男包养下第 7 个女生/候诊区卫生间半闭,一名 18 岁的保姆/在此自助分娩"(《世相:街边少年、高楼女婴》)。诗人痛彻地感觉到,这是一个伦理与爱心都很匮乏的城市,它"没有羞惭/更不会向下阅读"(《木棉花在这个城市》)。为了生计而蜷居其中的诗人,只有"端着一副键盘拼命敲打:本报讯本报讯本报讯/心脏就被撕得无限褴褛"(《母狮的愤怒》);与环境的不谐和却时时可感,"我仍然像个忧伤的小偷一样,孤零零/在一群人的外边"(《不安》)。即便如此努力,也难免遭遇下岗、疾病等不幸的光顾,于是,下面诗中这一画面就具有了某种经典意义,"在这个谎言和恭维泛滥的小镇/一个女人　拖着孩子/绕来绕去,敲了一天的门/找不到痛哭的理由"(《南方日记:通话》)。这是一个柔弱女性对商业资本时代的强烈控诉,体现出真正坚实、锐利的在场主义锋芒,与前面遥远回望中建构的诗意无论在审美意蕴还是价值取向上,均形成鲜明对照:南与北,近与远,丑与美,咒与歌,都可以看出诗人当下现实的矛盾、挣扎、游离、无助状态。其深层景观,也许正是现代工业文明与传统诗歌理想在一个特定的生命个体心灵内部的惨烈厮杀。处于这场战争中心的诗人一直固守自我精神领地,坚信诗情只在别处,在远方,在悠久的文化传统和历史记忆中。

当然,笔者并不认为诗人是一个迂执的理想主义者,远方、童年、故乡的意义于诗中已不只是简单的历史记忆,而更是与现代城市商业文明相对应的一种救赎力量,是诗人赖以慰藉自己疲惫不堪、伤痕累累的心灵而建构的某种诗意象征。事实上,对于这样一个"诗化的"故乡,诗人自己也有着较为清醒的认识,比如"故乡"之于诗人的意义,不仅是疗伤的良药,有时也是沉重的负担,正如诗中所述,"故乡已经开始破败/这些年,从老家来的消息/音调沉闷　内容惊悚"(《凶器》)。故乡记忆是诗人诗歌世界重要的内在支撑,然而故乡已经不再是昔日模样,故乡的日益"破败"不单表现在外观上,更主要是那些记忆深处的故乡人,连同他们曾经的音容笑貌一起消逝了,这里传递出的诗意,也就不仅仅是对故乡人文生态的一种置疑,还深蕴着一种对众生命运的悲悯情怀。

(四) 爱与自我救赎

身居"空城"的苦痛,加之故乡记忆的衰败,身在"边缘"的诗人内心世界正经受着严峻的挑战,如何自我救赎始终是一个令人困扰的难题。此时,我们看到了诗人内在的坚强与柔韧,她把儿子的诞生视为上帝伸向她的拯救之手,在诗集最后《熙》这部分诗中,我们看到了这种新的生命力量。诗人如此深情地写道:

　　熙就是祥光旭暖、紫气东来
　　和风拂面
　　明媚、明净、明快的三月天

从三月天走来的亮堂堂宝贝呵
是我前世今生的唯一
唯一的情人、儿子、爱恋

——《熙》

对于始终挣扎于生活困境中的诗人而言,儿子的降临几乎成为其全部的精神寄托,"母亲"这一无比慈爱、雍容的身份已经将所有现实的空虚与疼痛涵化殆尽,诗人在此尽显一个中国式传统女性的善良品性,儿子从此成为她生命的核心。曾经庸常、烦琐的生活,于今也有了不同以往的全新感受:"现在天亮得真实/四野芬芳,我怀抱着你/背对青山/很多东西不再重要/我只努力把心/平铺在草原"(《释梦》)。生育对于一位女性的生命意义是巨大的,她的潜能被无限激发出来,她的心胸一下子有如"草原"般宽广,这时的女性在承受新的生活重负之同时,也变得力量无边。

所以,只有在这部分诗中,我们才感到了诗人在异域生活体验中难得的那一缕亮光,即使现实仍是那么逼仄无奈,然而对于诗人而言,"别处的"诗意终于能够与眼前情景交相融汇,写作的道路依然在曲折中不断延伸。像刘永新这样置身现代都市现场的"准白领"打工诗语者,其诗中传递出的都市边缘语境体验既独特又具有一定代表性,这使得她们的自我价值追求及主体性建构呈现出更多的现实挑战性,也会因此成为中国女性知识分子整体趋于现代性过程中的一道重要景观,一个重要提示。

六、心灵语境中的佛与巫——从容诗集《隐秘的莲花》赏析

就中国目前的社会现实而言,因生活需要而建构起某种边缘化体验的文学从业者不计其数。然而,边缘语境的内涵却绝非简单一致的,恰恰相反,不同的个体经验中有关城市的边缘感受、身份认同以及调整策略因人而异,难以类化。比如,有的人侧重于外部经验的差异性引发的现实感受表达,而有的人则相对能够越过表层差异,内化到自我心灵深处体悟更为复杂的甚至超越了一般时空意义的边缘经验,这就给我们增加了解读难度。下面即将选取分析的女诗人从容,在笔者看来就是一位有一定解读难度的边缘抒写者。

作为一位年轻诗人,从容有着与刘永新类似的生活经验,即很早开始就远离故土,在异乡闯荡打拼,并由此无法避免地建构起某种复杂、分裂的边缘性生命

体验。但是,又明显不同,她的诗歌中所呈现出的边缘体验更趋内化,也更具有诗性内部的分化与叠合相交融的意味。

是饱经世事后的深沉内敛,将心深深隐匿,只在纯洁、宁静的佛性世界一味放飞绮丽的想象;还是女巫君临,口吐咒语洞悉前世与来生,手执魔杖点石成金;抑或天性如孩童,历经世相浸染而始终不改清澈如水的天使初衷?反复阅读从容的诗,笔者第一次感觉到了作为一个长期浸淫俗世中人的愚钝与羞愧。

然而,一种直觉又挥之不去盘踞心头:如此出众的诗情、诗艺,如此饱满的生命体验与思想内蕴,怎么可能仅仅是源自一个年轻美貌女子的一点聪明与灵性?怎么总觉得,抒情主体的心灵伤痕累累,而诗的脸上却总在微笑;怎么总觉得,诗人精神的羽翼在静夜的高空盘旋,而沉重的肉身正经受现实反复的锻打。缘此,让躯体轻轻闭合,让灵魂趋近佛祖,"在山中闭关在莲花旁静悟""青丝入土从此清心"。这是历经尘世伤痛者才会有的生命诉求,不管此论有多少不符实际的臆想成分,笔者想说得是,诗人有着极为丰富而又颇为沉重的内心世界,她的诗与现实从不直接对应,而是全部从心灵出发,穿越心灵内部的隐秘通道,再度到达心灵。"为心灵立法",有论者说,诚如是。这里还想补充的是,这颗诗心一直游弋在佛与巫的边缘世界:佛是无语的,佛在聆听,佛发散着无边的爱意;巫总在预言,巫在诅咒,巫在揭示着人世的一个又一个秘密;两者之间的领地恰恰交付给了诗人,既接受佛的启示,又传递巫的咒语。在这奇异的精神世界的复合交集中,诗人正在编创着一部与生命同构着的唯美诗剧,诗剧的主题,是爱。

就整部诗集而言,"爱"作为一根精神主线贯穿始终。诗中对"爱"的表达,就是围绕人间挚爱这一情感内核,在佛性、巫性、人性、智性等不同心灵层次、不同精神界面上,进行着诗艺的拓展和诗意的深化。在诗集所分的四个部分中,虽未显示清晰的题材或主题界限,但在基本的阅读感觉上:第一辑更接近佛性之爱,佛意浓郁,一派超俗之美;第二辑则统合着巫性、佛性与人性之爱,呈现驳杂交互之美;第三辑如短小箴言,顿悟日常,尽现智性之美;第四辑展现心的游历,他山之石,尤见越界之美。

(一)一颗皈依的心究竟有多纯

从容诗中有相当一部分浸透着虔诚的宗教情怀。一个年轻如斯的女性,对于青灯古寺竟然心存如此的迷恋,超越尘世的愿望竟是如此强烈。于是,在诗中找到佛祖,收敛内心,双手合十虔诚跪拜,接受神灵的抚摸,在静心谛听中升华自我的灵魂。"我要聆听开示/在山中闭关在莲花旁静悟/羞愧于尘世的爱欲情仇/你就为我剃度受持斋戒/青丝入土从此清心/我以弟子的谦恭陪你云游直到老去/你将在此生圆满羽化而升/在另一个没有汗水没有泪水的世界/我会乘愿追随/在亿万朵未开的莲花中你轻轻/唤醒我"(《隐秘的莲花》)。

这是一颗蒙封尘世俗念的心,在寻找佛性力量。被这种皈依的愿望所驱使,哪怕仅仅只是一种靠近,哪怕时光停止。"世界停止运转/我就搬到山坳/带上博尔赫斯/和你/隐居在一座尼姑庵的/隔壁"(《如果世界停止运转》)。在这里涤去浮躁的风尘,心灵的秩序得以重建,心中的爱意得以升华,"某一世/被成就的母亲/羽化成一朵白色的曼陀罗/开放在你的掌心/于诵经声中/甘心被你/揉碎"(《曼陀罗》)。

笔者最初读这些诗,想到的第一个问题就是:究竟是什么力量促使一颗年轻的心如此渴望得到解脱?这里我想起德国诗人荷尔德林著名长诗《面包和酒》中惊世骇俗的一问:"在这贫乏的时代里,诗人何为?"而他自己的回答更是悲怆无比:"诗人是酒神的神圣祭司/在神性的黑夜,他走遍大地。"[1]今天我们置身的时代也许已远不止"贫乏",还有持续的"喧哗与骚动",人心干涸的土壤之上,久已企盼甘霖的垂降,因为也许只有这种源自佛祖的佛性力量才能够拯救尘世。而诗人从容只是听从了自己心灵的呼唤,渴望得到佛性的救赎。我在《呼吸》这首诗中仿佛听到了她心底那急于挣脱羁绊的呼声:"这一生 谁能像鸟儿飞翔/谁踱步在鸟笼里/不能高飞的鸟儿/是否关闭了想象/或者睁大了眼睛 拍散翅膀/姿态有凌云的气象"。这是对"自由"理想的畅意抒发,即便被困笼中,不能做飞翔的鸟儿,也不会"关闭了想象",也会有"凌云的气象",因为想象是心灵的翅膀,谁也无法将其折断,"笼中的鸟/与自由的同类 神秘对歌/呼与吸/在另一个真实中/嘹亮"。"另一个真实",不在当下,不在身边,不在俗世中,而是存在于高山雪谷、莲花绽放的精神圣地。它不一定是现实中的佛寺道观,它更是一种精神救赎的象征,灵魂归属的高地。而诗人的宗教情怀,于此也并不是指向寡欲、清心、超脱、自在,而是凭借心中所获得的佛性力量来反哺人间,拯救尘世。

因为有了圣洁的精神归宿,原本晦昧充斥的黑夜、纠缠不清的俗世爱欲也已得到一定净化。"用经书填满夜/直到它的长度上升/连接黎明/把自己卷缩进

---

[1] [德]荷尔德林:《追忆——荷尔德林诗选》,林克译,四川文艺出版社2010年版,第30页。

经书里/渴望被展开/被圣洁的目光阅读/点燃身体成为一炷香/烧成一颗象牙色的/舍利"(《焚香》)。因为灵魂的皈依,世界万物在诗中呈现出全新的生命质地:譬如,一个新生婴儿诞生的秘密;譬如,两情相悦的纯粹与底线;譬如,成为母亲的宗教般的神圣,"花要隐藏多深/才能躲过蜜蜂的侦探/我的孩子要提前多少年请求我收留/我才抱住你不把你摔坏/有人遍寻花蕾/我拒绝开放/黑夜让一场失蹄的马技/带走怨恨的眼"(《曼陀罗》)。

关于爱情,那种俗世的倾心追求,在皈依的精神世界里,泛出的是无比清澈、洁净的祥光。"我怎样才能把你藏好/藏在深山里……/我要制造什么样的烟雾才不致暴露你的空降/才能用整整一生结构一出精彩的戏剧……/当我完成了潜伏的任务/我想听你说的不是我爱你/而是对着山谷说/宝贝有一天你痴呆了/让我来陪你"(《前世的秘密》)。包括人与动物之间,业已建立起一种超乎一般意义的情感依恋,那是一种灵魂净化后的博大悲悯,不是矫揉造作的那一种,而是如此真切动人。"我把你丢在人群拥挤的十字路口/没有我的日子你怎么过/饭一定是冷的水也是凉的/每天晌午和傍晚你都会穿过天空幽怨地/咀嚼我的名字……/我把你当成了前世的孩子/还是你把我当成了此世唯一的/妈妈"(《猫儿》)。

偶尔,还是要回归俗世,面对尘缘,对一份真爱的渴望难以掩藏。但得到的回应如此微弱和淡漠,不由人产生对世间真情的深刻疑虑,也不经意间窥得诗人在自我灵魂洗涤、精神超拔努力中的真情寄托与无奈失落。"两个灵魂/融入两棵树一同成长/多年后/你枝繁叶茂/却不能给我荫凉/我树干瘦长/投向你/而你只亲近天空/我的身影/像墨汁慢慢洇开/在两棵树间/种满经幡"(《两棵树》)。

处于佛性引领与人性牵绊之间的诗人,深邃的内心世界委实难以弥合"舍"与"得"的间隙。最终,我们看到诗人把自己塑造成了这样一尊奇异的"女神":

  把我放在殿堂
  装上金色的画框
  听人间说话

  谁需要我
  慈悲
  我就给予

不食人间烟火
不抚摸欲望
只接受

盛誉
和
残酷的
仰望

这尊女神,既端肃、悲悯、清心寡欲,又自恋、虚荣、拥抱世俗,佛性与人性的奇妙博弈与矛盾融合,成为其受洗灵魂回返俗世河岸后唯一的现实可能。而巫性,就生长在佛性救赎与人性迷失的交叉河道。

(二) 守护着一个人的殿堂

相比佛性的洁净、澄明、涵容、大度,巫性的世界里虽然也有着庄重气息,然更多则是妖的妩媚与乖戾。巫是可爱的,因为她执着于心灵,具有拯救力量;巫又是可怕的,因为她自我、专断、决绝、幽怨、神秘莫测,柔软的心藏得很深,而口中喷出的往往是灼人的毒焰。在从容的多首诗中,佛与巫的纠结空前紧张,内心的法度处于最隐蔽的战乱状态,难分难解。用诗中的一句来表达:"这是一个咬合在一起的/秘密"(《戒指》)。

先看下面这首《黑衣女郎》：

那颗心
有时
轻如柳絮
映衬着你的江河
却流淌着自己的诗行

内心的
宫殿
在无数层朱门的后面
每一扇

打开一道风景
你只能惊鸿一望
带不走一片飞瓦

无声地飘着柳絮的
黑衣女郎
守护着一个人的殿堂
再亮的灯
都照不进她的心房

除非
你变成柳树
除非
为她造一座
圣塔

这首诗可以看作是诗人巫性之爱的宣言。"那颗心/有时/轻如柳絮",请注意,这里为什么说是"有时"呢?因为绝大多数时候,"那颗心"是不轻的、是沉重的;而下面"映衬着你的江河/却流淌着自己的诗行"两句,是否就可以这样理解:在绝大多数时候,那颗沉重的心,可能就是与你的江河融而为一,当然也就不可能"流淌着自己的诗行"了。那就是说,此刻,只有此刻,抒情主体幻化而成的"黑衣女郎",不具有常态的女性特征,而具有非常态的女巫气质。这个女巫的内心世界极其深幽,"内心的/宫殿/在无数层朱门的后面/每一扇/打开一道风景/你只能惊鸿一望/带不走一片飞瓦"。如此自闭又自恋的"黑衣女郎","守护着一个人的殿堂/再亮的灯/都照不进她的心房",这很接近一种女权主义的态度的了。西方女权主义理论中曾提出这样的观点:"只有通过写作,通过出自妇女并且面向妇女的写作,通过接受一直由男性崇拜统治的言论的挑战,妇女才能确立自己的地位。……她们不应该受骗上当去接受一块其实只是边缘地带或闺房后宫的活动领域。"[1]从容这首诗中,心灵只是属于自己"一个人的殿堂",

---

[1] [法]埃莱娜·西苏:《美杜莎的笑声》,黄晓红译,转引自张京媛编:《当代女性主义文学批评》,北京大学出版社1992年版,第193—195页。

自己才是这座"宫殿"唯一的主人,"带不走""照不进",更显守护者的决绝之意。只有一个例外,那就是"除非/为她造一座/圣塔","圣塔"作为一个女性自主意识的极端意象,于此显示出了彻底的、不妥协的男权批判精神。

当然,这里并不是想把诗人生硬地纳入女权主义行列,只是想说,悟性极高而又眷恋凡尘的女性,其实就像女巫,而女巫身上自带七分女权主义者的味道,她们对男性世界多持不信赖、不合作的态度,因为她们大都曾是受伤害者。当她们把手中利杖指向"负心汉"们的同时,内心仍在呻吟和流血,深沉的期待与无尽的幽怨就会在不经意间汩汩而出。"神的女人,企盼/最精确的击中……/无尽的妙意/在爱人演奏前/不断酝酿"(《钢琴》),"钢琴"意象,女性主体奇妙的自指;而在演奏者"最精确的击中"与被演奏者"演奏前/不断酝酿"之间,存在着一种怎样的心心相印、息息相通的和谐完美境界,这却是只有绝顶聪慧的女性才能建构的爱情理想。

正是由于这一理想的难以实现,才使女性体验中的大部分成为幽怨与决绝的复合体。"如果有来世/我将和你成亲/在风沙掩面的路上/我们莞尔一笑/却不知前生/你已把我/遗落在忘忧河的中央"(《别》)。尽管是对"来世"的假想,却依然预知遭受"遗落"的命运,"怨"之深切可见一斑。而下面这些诗句,如"影子/谁能爱我如你/长成坟上的一棵/夜来香"(《影子》);如"葬在同一个墓地/那是我的梦想"(《我们葬在同一个墓地》);如"我不过是提前为你温热墓穴/好让你以后舒适地躺在那里"(《亲爱的我上路了》),其中的"坟""墓地""墓穴"这些阴性十足的意象,却和炽烈执着的爱情互渗在一起,既是爱极生恨的痛切诅咒,又是决然无二的终极关怀。爱能至此,已是永恒。

(三) 与自然相融共生的生命体验

因为追寻人间真爱,致使内心陷入战火,这一情感悖论在女性诗人笔下表现并不少见。从古至今,人们对女性写作中"盼"与"怨"的主题早已不陌生。如果从容的诗仅在这一传统女性意识层面上打转,那她的当代意义就大打折扣了。我们看到的是,从容的理性思考与生命体验都彰显出强烈的后现代性,她拆解着一切传统的女性经验及其表达模式:她在寻求佛性启迪的同时,并不建立和佛性救赎之间的绝对依赖关系,佛的法度与心的法度是内在同构的,救赎与自救总是紧密相伴,天堂与人世只相隔一层纸,超度众生的地藏王菩萨,只在我的梦里存活,"我想叫他师父/他低垂双目从我身旁轻轻走过"(《今天七月三十日是他的生日》);但当她陷入巫性世界迷途难返时,她又试图建构自己内心的信仰,重新站在高处反省人世的有限性。这使她的诗具有一般年轻女性诗人少有的复杂性与不确定性,由此极大地扩充了其诗歌内部相融性与对抗性交相辉映的美学张力。

  笔者这里想着重说的,正是诗人为重建自己内心价值指向所做的这种可贵努力。在诗集中,有一部分诗作较清晰地体现了诗人对原始自然神性力量的崇敬与融合,这与前述的宗教体验一脉相承,但又已不限于佛家的静心感悟,而是兼具对道家自然情怀的倾心拥抱,在佛道精神互渗交叠中趋近一种与自然相融共生的生命体验。有这么几首诗,诗中都运用了"牧人""羊群""羔羊""帐篷"等意象,如"你在哪一世/把我弄丢了/丢在牧人的羊群里/羊奶喂大"(《冤家》),这里虽然仍在表述一种"被"的情感体验,但却没有突出"怨";相反,你能感受到的是一种自在、坚实的精神依托,内里包含着自然的灵魂。又如"你赶着羊群/来到我的帐篷下/跪献到我的床榻/我是夜的女神吗/你用星星编织花环/戴在我璀璨的头上"(《黎明》),这是爱情的原始生态,与天地、自然相生共融,由"我"的小化中升华出大写的"爱"来。这里体现的是一种对"爱"的超验表达,却又借助了最具体、最古老、最原始的事物,隐含着对世间"大道"的深切感悟。当然还有忏悔,这是今人早已陌生的情感,年轻的诗人却心怀敬意地提醒世人,"我们带着有罪的羔羊/长跪成白色的绸带"(《什么都不要说》)。体悟自然之道,正视命运安排回归谦卑的生命本源,从容将自己的诗意空间拓展到了常人所不及的高度与深度。而巫性之爱的火焰,也因随着心灵的拓展而归复平静。

  如此,我们也就能够进一步领悟诗集中一些短诗的独特魅力了。这一部分堪称是整部诗集中的顿悟箴言,它短小、凝练,内蕴哲理,却不事说教;语言充满智性之美,却几乎全靠形象来建立。有四个一贯的语言特点在这部分诗中愈加突出:一是画面感,如《夜思》一诗中"受伤的黑/趴在阳台上不吃不喝";二是动态性,如《宵夜》一诗只有两句"鬼在胃里/魂随即散开";三是结构意识,这一点尽显从容作为戏剧家的独特优势,一首诗即使再短小,也能为之搭好最恰当的表演舞台,如《阿盟》一诗,"阿盟你扎在比心/还要深的地方/也许你进了佛门/就不会让我疼/佛说/谁在说话",有层次、有递进、有升发,其构之妙,妙不可言;四是语感把握,从容是个既追求精致又性情洒脱的人,她的诗歌语言目标,应该是一种近似"无语之语"的境界,正像诗中所云:"语言到达不了的地方/多么神秘"(《潜水》)。从诗语的选择、编织、打磨、抛光等一系列语言内功可以看出,她在这方面的功夫与生俱来,勿要过多修饰。这就像一个懂得美妆的女人,无须刻意打扮,顾盼已自风流。这里,笔者还感到从容人生经历中多变的区域环境给予她的优质营养,从精神积淀到语言历练,多元文化的交融荟萃,使她的诗歌在地域文化特色相对淡化的同时,却强化了一种类似交响乐般华丽的现代美感。

(四) 遥远而温馨的记忆

其实,巫性之爱对于女性而言,既是批判的利器,也是自毁的毒药。就像20世纪80年代中后期,当时还年轻的一批女性诗人纷纷迷恋上了"黑"这个字眼,抑或是迷恋上了一种类似"巫"的神秘风格,于是诗坛一度掀起了一股女性"黑色浪潮",不少优秀女诗人裹挟其中。比如翟永明,其创作曾经沉湎于一种"黑夜意识"难以顿脱,在经历了近十年的自我调整之后,才逐步摆脱了那种"巫气"的笼罩,她由此产生了非常深刻的体悟:"如果你不是一个囿于现状的人,你总会找到最适当的语言与形式来显示每个人身上必然存在的黑夜,并寻找黑夜深处那唯一的冷静的光明。"[1]正是由于对"黑夜深处那唯一的冷静的光明"的不懈寻找,才帮助诗人走出自我梦魇,使其从90年代中期开始,无论诗的内蕴还是色彩均呈现出成熟而独特的、不可复制的精神气质。也有一些同期诗人,并没有走出那段非常岁月,长期陷落乖张诗窟。联系历史,我们深感从容的诗歌理性是饱满而智慧的,她没有让自己在"黑衣女郎"的神秘"巫气"中沉湎太深流连太久,她不仅积极向着佛性的亮光处探寻出路,而且借助"天道"大力反观自身,静心忏悔;同时,她还开启了两条独特的路径:一条是通往过去的记忆之路,一条是通往外界的想象之门。前者的"记忆之路"使她返归儿时、返归故乡,创造了一个温馨动人的亲情世界;后者的"想象之门"使她穿越地区、国界,徜徉异域文化海洋,在出色的跨界想象中打通了世间人性中最宝贵的精神联系:真情、善念和美景。

先看通往故乡记忆之路。海德格尔曾有句名言:"诗人的天职是还乡,还乡使故土成为亲近本源之处。"[2]从容是一个漂泊的人,年轻的生命里已刻印了丰富的游历体验,而"唯有这样的人方可还乡,他早已而且许久以来一直在他乡流浪,备尝漫游的艰辛,现在又归根反本"[3]。这是一次精神还乡,因着记忆趋

---

[1] 翟永明:《纸上建筑》,东方出版中心1997年版,第236页。
[2] [德]海德格尔:《人,诗意地安居》,郜元宝译,上海远东出版社1995年版,第87页。
[3] 同上。

近生命"本源之处"而倍显温情。在诗中,妈妈、爸爸、奶奶、姥姥、姥爷、孩子,这些至亲至爱的人作为诗歌意象,映射出诗人温柔真挚的生命底色。若是稍做细观,可以看出这个以亲人为对象创造的"亲情意象群"中,每个角色之于诗人的诗学意义迥然不同:他们在呈现"爱"的同质性时,也在与诗人主体不同的生命关联中展示出各不相同的精神异彩。他们与诗人自我内心的爱意交互传递,相映生辉,结构出一幅含蕴深邃、意味绵长的"亲情诗学"图谱,对于同类诗歌写作具有启迪意义。比如《妈妈》一诗,诗人的笔触从妈妈的"皮肤"出发,沿着"你的箱子""你的房间"回望到妈妈的"十九岁",并将这残酷的生命流逝笼罩在一层款款深情的"梦"里,哀而不伤。写《爸爸》时,与"我"的关联性是如此紧密,"你是云我就是雾/你总是被我迷惑/你是门我就是风/你总是为我让步/你是蛹我就是蝶/我最后把你的生命抽走",用平静、节制的语言,表述"把你的生命抽走"的生命逻辑,内在张力被急剧放大。最后一句说"爸爸你老了/就是我的孩子",不仅反转自然,而且惊心动魄。这里的诗意"反转"不仅是个结构技巧问题,更深的涵义在于诗人于此流露出的母性情怀。它非但没有僭越伦理之嫌,反而把儿女感恩之情升华为一种圣母般的雍容大爱。这种情怀,在面对"孩子"时自然就愈发饱满盈溢,"你神秘地坐在我的面前/嘴里念念有词/你说你已经告诉上帝/他同意你可以不去幼儿园/并且还送给你一只/真的牧羊犬"(《孩子》),这既是一个童真世界的生动描绘,同样也是圣母对人间天使的仁慈抚爱。

这里想提醒关注的还有对"姥姥"与"奶奶"的不同抒写。在《落叶的金黄——献给93岁的姥姥》里,诗人作为晚辈深情讴歌,"你像深秋的金黄落叶/优雅地被夹进诗集/被你的子孙/和你的学生们/永久珍藏",这显然是对一位文化老人的高度赞美了,其中"被夹进诗集"一句,透露出诗人与"姥姥"的情感联系具有一种"现代性"。在写给"奶奶"的两首诗中,浸润诗语的情感源自故乡与记忆,醒目的意象是"桑树""拔火罐","无论我/在多黑的夜晚/归来/你都在那里/张望"(《奶奶二》),这种近似"经典"的画面,为诗人的"亲情诗学"提供了历史景深度与纵深感,也为诗人复归心灵的宁静提供了精神土壤。

再看通往外界想象之门。在诗集第四辑中,我们看到诗人放逐躯体让灵魂更深地融入自然的努力。无论是边疆古镇还是山川美景,无论是异域文化还是异族风情,诗人的脚步在踏向广阔外部世界的同时,其实也是在完成着一次诗歌的跨界想象与艺术融通。有一首诗《有一天早晨》里这样写道,"我的/孩子将在八十八年后/的某个中国街角/与约克郡的朝霞相遇/并迎接一只信鸽/名叫伊丽莎白",你看,时空被轻松穿越,一种世界一家、天下大同的动人景观被简约勾描纸上,而这内里包蕴的力量,却与一种无形的广博大爱融而为一。

　　行文至此,不得不提到"境界"这个大词了。由于当代诗歌自身的诸多局限,格局与气象均不尽如人意,人们已不敢将古人论诗的这一核心范畴拿来作比量了。然而,深入读解从容诗作,笔者还是觉得这位年轻的诗人已经给出不凡的答卷,她的诗歌创作在自省、整合、跨越、升华等一系列精神探索中已不断触及"真感情、真景物"的高标。她背负巫性之重,心向神明之光,在现实的滚滚红尘中坚守着一个人的精神殿堂,自我灵魂浴火重生。正像《给如母的人们》一诗中所言,"也许,你会死去/也许,你将醒来/被他解密、点穴,自我修复/胸前系着一条亚麻布/上岸"。笔者想说的是:也许,上岸很难,因为那是彼岸世界;但是,你已经看到它,就在眼前。

APPENDIX 附录

资源与经验：
文学创作语境构成的两个端点

假如撇开性别视角，就作家整体而言，同样可以肯定地说，文学创作活动无时无刻不受到文学语境的制约和影响。对于复杂的文学语境问题的讨论，在这里可以约简为下面两个方面予以一定的抽象性提炼和阐述：外部环境与内心体验。也就是说，一切关涉文学活动的外在、多重的语境因素，整体构成了作家进行创作的外部环境，这也恰是文学创作活动赖以开展的丰富资源；而所有这些外部资源要想转化为文学创作的有效信息，又必须经历作家主体内在的心理体验过程。因此，外部资源和内心经验，就成为创作活动中文学语境构成的两个最基本的端点：从外部一端来说，一切语境因素都可以称作文学资源；从内部一端来说，一切语境因素又可视为创作经验。

一、文学资源：一个不是问题的问题

文学创作是一项复杂的精神生产活动。这一活动的最高目标就是要创作出好的作品，或曰好的精神产品，以传达创作主体的人生理想和审美追求。要达到这一目标，有很多的制约因素，诸如语言、结构、想象力、感悟力，等等，这些都可能成为制约文学创作成功的重要因素。但是，与这些因素相比，有一个更为重要的根本性的制约因素，那就是文学创作资源。

文学创作的资源问题，一直是潜藏在文学活动纷繁复杂的表象背后一个深层次的问题。这个问题之所以长期未引起人们的充分注意，原因大概有以下两方面：一方面是在批评家那里，这似乎是一个"熟透了"的话题，并早已在正统的文学理论框架中作了定位，即"社会生活是文学创作的唯一源泉"。这一理论命题在特定语境中显示出其真理性意义的同时，也无形中遮蔽了进一步延伸向文学个案作深入具体的文本分析的思维路径,人们已习惯了将自己的思考提升至与此权威判断等高的位置。另一方面是在作家们眼里,这似乎是一个"不是问题的问题",因为作家们虽然十分敏感和看重自己赖以构建文学大厦的那一方精神宝藏,甚至视之为自己进入文学世界的重要的、特殊的、完全个人化的唯一途径,却并无多少人拥有将之上升为一个严肃的理论问题的热情。久而久之,文学创作的资源问题,就成为文学理论中一个最为"夹生"的话题。

与物质生产同理,作为精神生产的文学创作也绝对离不开文学资源。文学资源是一种特殊的资源,从作家创作前资源准备的活动形态来看,这种资源具有精神性和个人性两大特征。文学资源的精神性,是指在整个文学创造活动的过程中,所调动和使用的一切材料、信息都必然经过了创作主体内在精神的复杂处理,使之失却了纯客观性,就连纪实性文学创作中所涉及的材料也莫不如此,主体精神无所不在的浸染功能使文学创作的资源无法成为一种客观存在。文学资源的个人性,是指由于创作主体在介入文学活动时,从肉体到精神都属于一种完全个体化的生命经验形态,致使文学创作中所涉信息材料全部产生于作家个人的意识活动中。歌德在谈及最初写《少年维特之烦恼》的情形时这样说:"使我感到切肤之痛的、迫使我进行创作的、导致产生《维特》的那种心情,毋宁是一些直接关系到个人的情况。原来我生活过,恋爱过,苦痛过,关键就在这里。"[1]我国当代一位文学理论家也曾明确指出,"个体经验是包括文学创作在内的一切艺术创造活动的唯一途径"[2],因为"文学创作不能不依靠作家取得的亲身体验和感受才能获得成功,而这种亲身体验和感受又只是以个体为单位才能进行"[3]。正因如此,笔者认为,文学资源是一种以个体生命经验和生命意识为单元的自在封闭体,这里根本不存在什么"资源共享"的可能。

为什么我们常说文学是一项孤独的事业?从文学资源的两大基本特征我们已经意识到,文学家从他起步之日起,就已经踏上了一条"前不见古人,后不见来者"的孤行之旅,他所背负的是独属于自己的人生经验和感受,他与别人的差异是命中注定的,差异造成隔膜,文学家只能独自回望心灵的故乡,并从那里寻找到通往文学世界的"通行证"。从资源意义上说,文学家们不是往前走,而是往回"返"——返回到生命的出发地,返回到经验的起点,返回到心灵的故乡。

---

〔1〕 [德]爱克曼:《歌德谈话录》,朱光潜译,人民文学出版社1978年版,第18页。
〔2〕 杜书瀛:《文学原理·创作论》,社会科学文献出版社1989年版,第210页。
〔3〕 同上书,第214页。

获得诺贝尔文学奖的作家莫言很早就对此有着清醒的认知:"一个作家不可能是万能的,他只能写自己的一亩三分地,谁没有自己的一个高密东北乡呢?"[1]他的多数作品中也总是或显或隐地有一种"返回"高密乡的印迹。对于作家来说,这一"返回"绝不是轻而易举的,而是十分艰难的,因为此时太容易发生"反认他乡作故乡"的错觉了。所以,通常意义上讲,谁真正返回到"心灵的故乡",谁就获得了文学真正的资源,谁就可以以卓然不群的姿态站在文学的高岸上。当然,"返回"的动力,恰是缘于对当下现实的高度敏感,莫言这样表述"当下"与"记忆"的关系:"对我来说,当下的生活不仅仅是当下的,它也是激发我过去记忆的一种活力,它会赋予我过去的生活一种新的意义。"[2]事实却是,许多作家写作一生,学养深厚,阅历丰富,笔耕勤奋,然而却只因囿于"当下",找不到独属于自己的那一片深藏于记忆的精神矿脉,那一方皇天后土,常常有意无意地借他人之土地种自己之禾谷,最终难以构建出具有独特艺术魅力和独到生命内涵的文学世界。反过来,鲁迅由"浙东悲剧"直逼中国几千年封建礼教的"吃人"本质;沈从文从"湘西边城"走向世界,迫近诺贝尔文学奖;赵瑜自幼颠扑不破的体育情结成就了其体育文学的皇皇大观;刘亮程靠"一把铁锨"向世界洞开了那个叫"黄沙梁"的小村庄……他们的成功,除别的因素不论,却都得益于他们长期苦寻而得的、赖以滋养写作的、独一无二的文学资源。

那么,何谓文学资源? 那就是在特定的历史时期、特定的文化背景和特殊的生存境况下,于创作主体内心世界自然生成的、以记忆形态储存的、与作家个体生命有着深刻的互渗关系、与当下现实有着丰富的互释可能的精神矿脉。

二、文学资源向创作经验的转化

显然,我们这里是将"资源"作为一种主体内部事实或内部存在来理解的,它属于作家个体的生活经验,但不等于经验。

经验是指人们在社会实践过程中,通过自身感官直接接触外界而获得的各种事物表象的总和。就文学创作而言,作家的人生经验对其创作具有相当重要的意义,但并非全部的经验都如此重要。对作家创作起着关键性作用的,是生活经验中那些亲身体验的部分,即歌德所言"直接关系到个人的情况";尤其是当

---

[1] 转引自傅小平:《莫言:写灵魂深处最痛的地方——长篇新作〈蛙〉访谈录》,载《文学报》2009年12月17日第3版。
[2] 同上。

这种亲身体验是属于一种"原生性经验"的时候,其对一个作家的创作更是起着决定性作用。

原生性经验,是指作家在无任何与文学相关的先在意图附着的前提下所具有的经历和获得的体验,也就是我们所说的自然生成的经验。与之对应的是"附生性经验",即为着某一文学目的而有意识地获得的经历和体验,也可称为有意形成的经验。对于文学创作,我们认为原生性经验比附生性经验所产生的作用要大得多,也深刻得多。因为原生性经验形成的过程,正体现着一个个体生命自然运动的过程,这一过程无论从发生、发展还是结果上,都具有不可预测、不可逆转、不可把握的特性,此正像人们常称之为"命运"的那种东西。也正是因为这种经验形成在本质上神秘莫测、不可捉摸的特点,使之构成作家艺术家生命中最大的、且不断累积和不断裂变着的资源宝库。20世纪80年代中期的"寻根文学"创作所倚重的"知青经验",就属于这种经验,并由此创造出新时期第一个文学高峰。

在创作过程中,当作家欲开发并利用这一生命资源时,他必然要通过"回忆"这一特殊的心理通道来接近这一资源。回忆是作家返回经验、返回历史、返回记忆的唯一途径,所以某种意义上讲,回忆也是文学创作的唯一途径。在回忆的过程中,我们发现这种心理功能对以往的经验记忆所发生的作用力并不平均,恰恰相反,回忆对经验记忆的作用力有极大的不均衡性。我们知道,经验的形态实质上是记忆形态,记忆即对经验的识记、保持和随后的再现。记忆的形态又主要是表象形态,表象即保持在记忆中的事物映象。当作家随着记忆闸门的轻启,心灵之泉脉脉流归往事的时候,最能引起心灵久久震颤、激起情感阵阵涟漪的,往往是那些形象类记忆和情绪类记忆,这是作家艺术家记忆活动的一个共性特点。这些记忆的发生,又绝大部分集中在青年之前,尤其是关于童年、少年经验的记忆,构成一个作家经验记忆中分量最重、最为稳定、心灵栖居时间最长的一块,无疑也成为其创作资源中最重要的资源。散文家刘亮程对此曾经做过这样的生动描述:"我们的肉体可以跟随时间身不由己地进入现代,而精神和心灵却有它自己的栖居年代。我们无法迁移它。在我们漫长一生不经意的某一时期,心灵停留住不走了,定居了,往前走的只是躯体。"[1]这里的"某一时期",无疑是指一个人的童年和青少年时期。

---

[1] 刘亮程:《风中的院门》,上海文艺出版社2001年版,第414页。

与成年经验相比,童年和少年经验有着三个特点。一是持久性,这是就记忆的时间特征而言的。一般发生在童年和少年时期的事情,记忆总是稳定而持久,常常可能伴你一生。特别是其中那些具有"成人化礼仪"式的事件,将以某种"情结"的方式留存在早期的记忆中,成为未来回忆时难以绕开的界碑,也势必成为日后创作特殊重要的精神资源。二是清晰性,这是就记忆的空间特征而言的。儿时的经历在回忆中总是以极清晰的画面展示出来,构成这些画面的表象和细节,因审视距离的相对遥远而全部焕发出丰富的美学意蕴,令人回味无穷。许多文学大师越到晚年,越对这一时期的生命记忆眷恋不已,反复开掘,乐此不疲。三是再生性,这是就记忆的价值而言的。童年和少年经验对于文学创作所具有的资源价值,并非一次性即可显现完毕,往往是随着创作主体成年经验的不断累积,随着时空间距的不断拉大,后期经验便促使作家对人生早期记忆予以反复不断的映照,每一次远距离的映照都伴随着主体强烈而悠深的情感活动,而这种情感的背后则无疑是对当下生存现实的深刻的感受和反思批判的冲动,感受愈深,冲动愈烈,对往事之映照便愈是持久和遥远。这便使这种早期经验成为文学意义一再发生的重要源泉。

由此可见,作家的早期经验是其原生经验中最稳定、最清晰、最具文学审美价值之所在;在资源意义上,对文学创作具有特殊重要的意义。

三、早期经验与故乡记忆

在一个作家的丰富而复杂的人生经验中,我们为什么要如此强调早期经验或童年、少年记忆的重要性?难道我们能依此否认其他阶段上形成的经验记忆对文学创作的意义和价值吗?当然不能。但是,作为一种精神资源,一种文学创作的生命底蕴,我们的确必须充分强调在童年、少年时期形成的人生早期经验所具有的特殊意义,因为与人成年以后的经验相比,早期经验最突出的特点,就是其不可选择性,或曰命定性、先在性。一个人在成年之前,绝大部分经验的形成带有被动性,人在孩童时期是无力把握自我的,即便部分人有着自主选择的优越条件,也难以与命运做出抗衡,这也就是为什么孩子总是心存恐惧,但却不知恐惧从何而来的缘故。恐惧是弱势主体对周围环境所做出的一种防御性的本能反应,这种反应表现为心理的极度敏感。一个儿童比一个成人对周围环境变化的敏感程度要高得多,正如孩子们总是盼望着过年,而成人则反应日渐淡漠,习惯上人们以为孩子喜欢过节是为了重复那种原有的欢乐气氛,但实际上正好相反,孩子们是强烈期盼着一年与一年之间的那些变化，哪怕这些变化微小到只是乡下人门前多摆了一个旺火、多买了两个爆竹，城里人窗外多挂了一盏火红的灯笼，都能成为孩子们兴奋的重大事件。恰恰是大人们日渐愚钝的心灵，使其对过年产生了重复的感觉。当一个人逐渐获得了对自我的一定的选择自主权时，他的莫名的恐惧感也便渐渐消失了，取而代之的却是一颗日益麻木、迟钝的心。

　　文学终究是为了表现世界的本质真实的。因为是文学真实，当然就不能像科学揭示世界那样一是一，二是二。但是，即便如此，文学家们依然并不打算随心所欲地虚构这个世界，他们在竭力寻找一个更可能接近生存真相的角度。在这个意义上，人们普遍感到孩子眼里的世界比起成人的更可信、更真实。曾获得过诺贝尔文学奖的日本作家大江健三郎在与朋友对话时说过一句话："小孩子所感到的痛苦和全世界所感到的痛苦和坏事是相联系的。"[1]孩子的感觉与整个世界相通，这种说法一点也不夸张，因为孩子不像大人们那样大多是用脑思考，而是用心感受世界。也许身边走过的一个衣衫褴褛的乞丐，会比教科书更有效地在他们心灵深处直观而牢固地印下"贫穷"和"差别"的含义。

　　这不只是童年视角与成人视角的差别，这关涉人类灵魂的归属问题。就人类整体而言，人类的灵魂寄身在我们早期的文化历史中，无论东方还是西方，那些遥远的神话与传说并不因今天现代科技的高度发展而丧失其存在意义；相反，它们对人类文明有着永久的启迪作用。就生命个体而言，一个人的灵魂从空间上说永远根植于养育过自己的故土，从时间上讲则永远存活于人生的早期记忆中，"往前走的只是躯体"。一个作家在创作中不断向外寻找的过程，其实正是不断走近自我灵魂的过程。而我们的灵魂就栖居在故乡，栖居在人生早期的那一段记忆之中。返回故乡，返回童年、少年经验，就是回归灵魂的居所，回归精神的家园。

　　我们并不想说，文学创作由此就找到了通向成功的道路，那是另一个问题，留到后面加以讨论。这里欲表达的是，文学创作不能成为无根浮萍式的运动，作家要有寻根意识。这里所谓"寻根意识"，与中国文坛80年代中期所兴起的文化寻根思潮并不相同，我们并不以为一个作家能脱离自身经验而去获得更广泛、更深刻的文化认识；反过来说，民族的、文化的根，就深植于每一个作家生命的底

---

[1]　[日]大江健三郎：《我文学的基本形式是呼唤》，转引自裴善明编：《诺贝尔文学奖获奖者访谈录》，江苏文艺出版社1997年版，第400页。

部,如果挖掘出了自我生命之根,也就触摸到了一个民族、一种文化的灵魂。美国的著名作家福克纳所创作的"约克纳帕塔法世系"的系列作品,无不带有庄园主后人的精神脉象,无不见出浓郁的家乡风土人情;日本的大江健三郎笔下反复出现的"森林——峡谷村庄"既是对故乡的隐喻,也是一个具有虚构特征的文化意象,作品在狭小的叙述空间里展示着个体生命成长的无尽内涵;我国的沈从文一生写作都贯穿着"湘西记忆",却由此登上了中国新文学史上难有人及的文学高地;山西的赵树理,小说写作似乎一直未逸出以晋东南山区为背景的乡土记忆,却借此为当代文学提供出了新奇独特的语言经验。以卓尔不群的风格独步中国当代文坛的散文家刘亮程,倾心写出一个叫"黄沙梁"的小村庄,却让多少人从中认出自己故乡的模样。这些大师们并未漫无边际地四处寻找文学资源,他们的目光似乎只盯着一个地方,他们的叙述时空大体上限于早年经验和故乡记忆,但是他们却由此打开了文学通向世界的一道天堑。他们的艺术想象力在有限的资源空间中不仅未受制约;相反,想象的外部空间的紧缩促成了想象的内部意义的有效增殖,艺术想象的羽翼得以真正的尽情舒展,文学才能得以淋漓尽致的显示。正是因为这种想象是"有根的"想象,这些才能从根本上受着灵魂的指引,才促使他们的创作达到了超越常人的境界。这不能不给我们以深刻的启示。

四、有限语境与无限拓展

应该说,早期经验和故乡记忆并不是什么专属于某个作家或某一部分人的特殊事物,每一个人都曾拥有自己的童年和少年时期,每一位作家都曾拥有自己的故乡体验。然而,拥有并不等于认识,对于这部分人生经验的文学意义,并非每个作家都具有比较到位的体认。这是个资源意识问题。

所谓资源意识,是指一个作家对自身所拥有生命资源的独特性及其所潜含文学价值的理性觉悟和反应能力。在通常情况下,作家们容易产生一种错觉,以为可供自己进行文学创造的资源是无限的,进而以为人生阅历与文学资源是成正比的,由此滋生出了一种对文学创作资源的盲目自信,写作的区域也总是频频游移,变动不居。结果带来两个普遍性问题。一是选点盲目,即对于在人生经验的何处落笔缺乏足够的敏感和深沉的思考,往往受创作潮流和社会时尚的裹挟,而难以发出属于自己的独立的声音,使文学创作失却了生命根性,缺少了文化定力,这便导致文坛人云亦云、人写亦写的随大流的平庸局面。二是开掘浅显,即对于有价值文学资源缺乏深度透视能力和挖掘能力。有为数不少的作家对于自身拥有的独特生命资源倒是十分看重，然而只是将手中的文学犁头在这片生命之壤上反复耕耘，却无力深入发掘，或者说不知在何处倾力开垦，这便导致文学创作中最常见的自我重复现象，此类问题尤其集中在一些地方作家的创作当中。

其实，对于一个作家来说，其创作活动貌似被繁复、多重的文学语境因素层层包裹，但实际上所能真正占有并予以有效开掘的文学资源是十分有限的。这与每个人独特的生命成长史有关。尤其是我们生命经历的早期，那个缺乏自我把握和选择能力的童年阶段，对于我们未来的一生都起着难以想象的制约、渗透及阐释的作用，正如有些学者所揭示的那样："一个人的童年经验常常为他的整个人生定下基调，并规范他以后的发展方向和程度，是人类个体发展的宿因，在个体发展史上打下不可磨灭的烙印。"[1]这当然主要是一种内在的、精神的作用。所以，对于某个生命个体而言，整个生存事实向我们的敞开是非常有限的，你只能缘着你生命的来路，逐渐走近并看到存在的部分真相，或者只是一点点真实。而能做到这一点，你就是非常了不起的，你的文学追求就已与整个世界相沟通，正如大江健三郎所感悟到的那样，"集中于小的、局部的东西，而后推广于世界中去，我想所谓文学就是这样的吧"[2]。

在有限语境中追寻和拓展无限存在，这也许就是文学的最大魅力。

然而，这便需要作家具有从有限中看到无限的文学眼光。只有凭借这种洞察入微的智慧的眼光，才能看到人生经验中那些独特的、内蕴丰富的精神矿脉，才能将深居其中的幽暗的灵魂照亮。对此，当代著名诗人翟永明有一个精彩的比喻："就是把自己变成一个罐子，既可以占据黑暗中的一个角落，又可以接纳生活的一掬活水以映照内心的寂静和灵魂的本性。"[3]

但是，人们的眼光却普遍有着三个局限性。一是视阈的局限。作家所置身的现实生存环境，往往在客观上限制了其视阈，使之趋于半封闭状态。而开阔的视阈对于我们深入认识和把握事物是非常重要的，因为视阈的开放性带来的是丰富的文化参照，丰富的文化参照引发多角度的比较和多元化的思考。许多作家正是因为有了由乡村入城市、从国内到国外的经历后，其创作才发生了根本性

---

[1] 童庆炳、程正民主编：《文艺心理学教程》，高等教育出版社2001年版，第92页。
[2] [日]大江健三郎：《我文学的基本形式是呼唤》，转引自裴善明编：《诺贝尔文学奖获奖者访谈录》，江苏文艺出版社1997年版，第402页。
[3] 翟永明：《纸上建筑》，东方出版中心1997年版，第209页。

的变化,这恐怕就是因生存环境变化而带来的"易阈审美"效应。借助一个陌生化了的文化环境、文学视域,作家们得以重新回望自己固有的一切,却可从中感悟、思索出全新的意义和内涵。许多作家因现实条件所限,目前仍无力充分实现这种"易阈审美"的愿望。二是知识的局限。这里主要是指因知识结构所限而带来的思想能力尤其是哲学意识的贫弱。文学的创造离不开哲学思考的内在支撑,一流的作家并非排拒哲学这种抽象的东西,而是能够缘着自己内在的理性意识不露痕迹地再度返回到具体、形象的事物,最后将一个生动、自然却无处不闪烁着理性光芒的文学世界展示给读者。可是,不少作家要么沉湎于琐细的生活现象难以自拔,要么生硬地提升至哲学层面却无力返回日常生活,目前这两类"玩现象"和"玩思想"的文学文本大量泛滥,导致读者普遍的不满。三是心态的局限。作家的创作心态与创作眼光的关系相当密切。文学创作所需要的心态,应该是平和的、沉静的、悠远的、博大的,它虽然受现实心态的重重制约,但是仍然不能以现实心态替代创作心态,如果一个作家的创作完全囿于现实生活的悲悲喜喜、起起落落,那他就只能成为一个庸常现实的描摹者,而非文学世界的创造者。近年来中国文坛创作缺乏深度,缺乏大眼光、大智慧,与时下作家们浮躁的、急功近利的心态直接相关。在这种心态作用下,作家的思想和情感无力深潜,无以积淀,而是虚火上浮,直至肉体的、感官的皮表层面,一些所谓的"身体写作"者正是此类心浮气躁、眼光浅近的作家的典型代表。

　　文学的眼光是可以培养的。它与文学的灵魂不同。灵魂是于我们的生命经验中先期铸定的,而眼光却与后天的、成人化的全部经验有关,与一个人所受的教育、所从事的职业、所具有的生活习惯,以及阅历的丰富程度等均有关系。可以说,一个优秀的作家,就是借助成人后的丰富的人生经验及成熟睿智的理性目光,不断审视、观照自己的灵魂赖以栖居的早期经验和故乡记忆,不断从中发现出构筑新的文学世界的丰富资源,从而不断发现并超越自我。认识到这一点,对于我们深入解读制约和影响作家创作的文学语境问题,有着化繁为简的参考价值。

POSTSCRIPT
后　记

在本书编写"收官"之际,却难以体会到那种收获的轻松和喜悦。

从文学语境视角切入研究中国女性文学创作,探讨女性主体性建构这一重要命题,这种选择不啻是一次历险。

从国内外研究状况来看,反抗男权文化和建构女性主体性一直是女性主义思潮的两个紧密关联的基本主题。围绕女性主体性问题的女性文学批评研究在经历了 20 世纪 80 年代的启蒙阶段、成形阶段和 90 年代的爆发阶段之后,21 世纪以来已进入了深化与拓展阶段,开始更加自觉和深入地探索女性主体意识、女性主体性建构等核心问题。对于文学语境问题的研究,也已经历了由最初的单一性语境概念理解和使用,到多种语境类的普泛化发展和多层次研究。事实上,国内外以往有很多运用语境理论进行文学分析的尝试,但却是零散批评居多,尚未有依此观照女性文学的系统研究。直接围绕女性主体性建构这一命题来探讨文学语境的多个层次、多重空间的存在形态,以及对女性书写的复杂制约和影响,尤其是对女性主体性建构的基本特征的形成及现实可能的剖析与揭示,还明显薄弱。

笔者尝试将文学语境问题与女性文学批评结合起来,通过分析女性写作所置身的多重文学语境的构成及特点,来揭示女性主体性建构的多重特性,以及在文学实践中的复杂表现,由此构成一个新的女性研究认知体系。

应该说,这一研究从十年前就已启动,但是却又因多种主客观条件所限,整体推进得比较艰难。而今,总算基本完成原来的理论构想。回过头来梳理业已取得的有限成果,却发现无论在整体结构设计上,还是一些具体内容方面,都还有大大小小不少的不尽如人意之处。而且,其中所建观点、所持论据、所选样本等各个方面,也必然会存在许多有待商榷和改进之处。所以,本书只能视作自己从事文学理论研究的一个阶段性小结,那些无法弥补的缺憾和还需商榷的地方,既是这项历时性研究的真实体现,也是恳请各方同仁不吝批评指正之所在。

李有亮

2019年3月8日于上海

图书在版编目(CIP)数据

文学语境视域下的女性主体性建构/李有亮著.—上海:复旦大学出版社,2019.9
(上海政法学院建校三十五周年校庆系列丛书)
ISBN 978-7-309-14560-1

Ⅰ.①文… Ⅱ.①李… Ⅲ.①妇女文学-文学研究 Ⅳ.①I0

中国版本图书馆 CIP 数据核字(2019)第 177086 号

文学语境视域下的女性主体性建构
李有亮 著
责任编辑/张 炼

复旦大学出版社有限公司出版发行
上海市国权路 579 号 邮编:200433
网址:fupnet@fudanpress.com http://www.fudanpress.com
门市零售:86-21-65642857 团体订购:86-21-65118853
外埠邮购:86-21-65109143
江阴金马印刷有限公司

开本 787×960 1/16 印张 13 字数 208 千
2019 年 9 月第 1 版第 1 次印刷

ISBN 978-7-309-14560-1/I·1184
定价:65.00 元

如有印装质量问题,请向复旦大学出版社有限公司发行部调换。
版权所有 侵权必究